大正天皇 漢詩集

石川忠久❖編著

大修館書店

大正天皇漢詩集

目次

大正時代

大正元年

大正二年

大正三年

大正四年

大正五年

大正六年

詩題索引

はじめに

夏草や　昭和は遠くなりにけり

中村草田男が、昭和の初めに詠った名句「降る雪や明治は遠くなりにけり」の顰みに倣って、一句物してみた。草田男はどのような心であったのか。

平成も二十六年となり、激動の昭和は、夏草の思い出とともに遠ざかりつつある。そうして、その前の大正は、明治と昭和の長かりし世に挟まれて、いよいよ影の薄い存在となってしまったようだ。

平成の初め、二松学舎大学に移ってより、創立者の三島中洲が、皇太子時代の大正帝の侍講を勤め、漢詩をお教えし、大正帝はご生涯に千三百六十七首もの御作を遺《のこ》された事を知った。その後、木下彪著『大正天皇御製詩集謹解』（昭和三十五年・明徳出版社刊。以下『謹解』と略称する）を入手し、さらに宮内庁書陵部に蔵される『大正天皇御集』（昭和十二年作成、以下『御集』と略称する）を、許可を得て閲覧し、その全容を拝見することができたのである。

折しも、平成の半ばごろから『大正天皇実録』が少しずつ公開され、それに伴い大正天皇に関する著作も幾つか出版された。私は漢詩を専門にする立場から、天皇の漢詩について述べ、巷間取り沙汰されている片寄った大正天皇像を正すべく、『漢詩人大正天皇―その風雅の心』(平成二十一年十二月・大修館書店刊。以下『漢詩人』と略称)を出版した。『漢詩人』は、天皇の〝漢詩人生〟の紹介を目的としたものであるため、取り上げることができた漢詩は約八十首にとどまった。そこでこの度、「詩集」の出版を企て、『謹解』に採録されている二百五十一首と、これに『漢詩人』に独自に取り上げた十七首を加え、「大正天皇御製詩集」の決定版として刊行することとしたのである。

『謹解』の二百五十一首という数は、『漢詩人』にも詳述した(11〜15ページ)ように、終戦直後の昭和二十年十月、当時の『大正天皇御製詩集』刊行会が、参与の任にあった狩野直喜と鈴木虎雄(ともに、当時京都帝国大学名誉教授)の主導の下に、全千三百六十七首から刪定したものである。

刪定の基準は、明言してはいないが、作品の完成度のほかに、天皇としてのお立場にふさわしいもの、という観点から選び、またそれによって手を入れたり削ったりもしている。

この度の刊行では、作品の年代、順序、作詩の経緯などは、概ね『謹解』に拠り、語釈、解説などを新しく加えた。『謹解』は木下氏自身が当時の宮内省に勤務していたことから、貞明皇后(大正后)や、天皇のご学友の甘露寺受長《かんろじおさなが》翁、侍講・侍従を勤めた落合為誠《ためのぶ》翁から直《じか》に聞いた〝秘話〟などを伝える、たいへん興味深いものが含まれるが、時に木下氏の個人的な回想を雑じえたり、また表現には過度に鄭重で現代にはそぐわない点もある。

そこで、本書では、『謹解』を参考にしつつも、これらの点に留意し、適切な解説を試みた。また、詩としての完成度に多少の問題があり、天皇らしくない点が見られるとしても、天皇の〝人間味〟とでもいうべき一面を窺うに足る御作を増やした（増やした詩には、目次に＊印を付してある）。

以下、いくつかの留意点を記す。

○　詩の本文には、原則として旧字体を用いたが、しんにょうが含まれる漢字など、一部印刷の都合により、必ずしも旧字体になっていないものもある。書き下し文は、新字体、新仮名遣いとした。

○　『漢詩人大正天皇』に詳説してあるところは、解説の最後に〔『漢詩人』○ページ〕のように該当ページを付記してある。

○　語釈中の「双声語」は、その語の語頭子音がそろうもの（玲瓏・れいろう・lei-lou）、「畳韻語」は、その語の韻母がそろうもの（逍遙・しょうよう・shou-you）を示す。

適切な言い方ではないかもしれないが、日清・日露の戦役を経て、日本が富国強兵の道を歩む時代に、天皇であられたのは、大正帝にとって幸せであったのか……。奈良・平安の雅びな時代に在位しておられたら……。などと、つい夢想してしまう。今上天皇陛下には祖父君に当たられる大正天皇。そんなに昔の人ではない。今日、遺された漢詩をしみじみ拝誦するのは、意義深いことと思うのである。

出版にあたっては二松学舎大学東アジア学術総合研究所の石塚英樹君、大修館書店取締役の黒﨑昌行氏と、実際の編集作業にあたっては佐藤悠氏の助力を得たことを記し、感謝申し上げる。

平成二十六年甲午　立夏の日

東京九段　正陶室にて

石　川　忠　久

明治時代

明治二十九年

新春偶成

東風梅馥郁
天地十分春
喜見昌平象
謳歌鼓腹民

新春偶成

東風に梅馥郁たり
天地　十分の春
喜び見る　昌平の象《しょう》
謳歌す　鼓腹《こふく》の民

五言絶句。春・民（眞韻）

【訳】　春風に香る梅の花／天地に春の気が満ちる／喜び見る　太平の世を／ことほぎ唱う　諸人《もろびと》のさま

○偶成　ふと興がわいてできる。また、そうしてできた作品。○東風　春風。○馥郁　香気のさかんなさま。畳韻語。○十分　満ち足りて欠けるところがない形容。○昌平　国運がさかんで世の中が安定していること。○象　しるし。あらわれ。○謳歌　歌をうたう。また、大勢で声をそろえて歌う。天子の人徳や仁政を慕い讃えるのにいう。○鼓腹　腹つづみをうつ。食足りて満足するさま。太平を楽しむ喩え。『十八史略』「五帝」有老人、含哺鼓腹、撃壌而歌曰、日出而作、日入而息、鑿井而飲、耕田而食、帝力何有于我哉（老人有り、哺を含み腹を鼓《う》ち、壌《つち》を撃って歌いて曰く、日出でて作《な》し、日入りて息《いこ》う、井を鑿《うが》ちて飲み、田を耕して食らう、帝力何ぞ我に有らんやと）。〔『漢詩人』一九ページ〕

『謹解』によると、明治二十九年の新春を葉山の御用邸に於いて迎えられた、そのときの作。

御製詩集の冒頭を飾るこの詩は、新年の作ではない。実は、大正天皇（当時は皇太子）が漢詩をお作りになるようになったのは、三島中洲のご指導による。中洲は、この年の三月より東宮御用掛（五月より侍講）となって、皇太子とその御学友に漢詩の手ほどきを始めた（御学友の一人、甘露寺受長の懐古談〔『謹解』の序〕による）。従ってこの詩は当然それより後の作となる。恐らく五月以後のいつか、「新春偶成」の題が出され、それによって作ったものを、題に合わせて新年初めに置いたのだろう。出された題によって作るのを「題詠」といい、作詩の稽古の必須の階梯である。

詩は、規格正しく、また格調高く、いかにも皇太子らしい詠いぶりで、まず第一歩を踏み出したところ。

櫻花

瓊葩燦燦映春陽
暖雪流霞引興長
爛發東風千萬樹
此花眞是百花王

桜花

瓊葩《けいは》燦々《さんさん》　春陽に映ず
暖雪流霞　興を引くこと長し
東風に爛発す　千万樹
此の花真《しん》に是れ百花の王

七言絶句。陽・長・王（陽韻）

【訳】美しい花はキラキラと春の日に映《は》え／雪とも霞とも見まがう美しさ／春風に乱れ咲く千万の花／この花こそは真の百花の王

○瓊葩　美しい花。○燦燦　輝くさま。キラキラ。○流霞　朝焼け。○爛発　爛漫と咲きほこる。咲き乱れる。「爛発」の語は、明治の文章家重野成斎《しげのせいさい》の「霞岡臨幸記」（漢文）に、「桜花爛発」と見えるので、あるいはこれをご覧になった可能性がある。第四句に、「百花の王」と桜を讃えているが、中国では専ら「牡丹」をいう。因みに、中国には桜はない。この詩では、第一句から三句まで、桜を美しく歌い上げ、これこそ真の百花の王、と結んでいる。

還京

東京有命促歸旋
卽發沼津猶曉天
一日三秋今再謁
九重依舊起祥煙

京に還る

東京命有りて帰旋を促す
即ち沼津を発す　猶お暁天
一日三秋　今再び謁す
九重旧《きゅう》に依り　祥煙《しょうえん》起る

七言絶句。旋・天・煙（先韻）

【訳】　東京から帰京を促す旨の知らせがあり／すぐに沼津を出発したときは、まだ夜が明けたばかり／その間、非常に長く感じられたが、今ふたたび参内すると／皇居は以前のまま、めでたき霞がたなびいていた

○一日三秋　一日会わないと、三年も会わないように待ち焦がれる気持ちがはげしいこと。一日千秋に同じ。『詩経』「采葛」彼采蕭兮、一日不見、如三秋兮（彼《か》の蕭を采らん、一日見ざれば、三秋の如し）。○九重　天子の宮殿。○祥煙

めでたいしるしのもや・かすみ。

『謹解』によると、明治二十八年十一月以来、葉山、次いで沼津に滞留中であったが、翌年四月二十五日、沼津御用邸を出門、翌二十六日に参内し、天皇皇后両陛下に謁せられた、そのときの作。

久しぶりで両陛下にお目にかかれる喜びが、素直に伝わってくる。この詩は題詠ではなく、沼津より東京へ帰ることを、ありのままに詠う。第一句の「東京有命」、第二句の「即発」、第三句の「一日三秋」の用い方、など、表現にややぎこちなさが見える。

『謹解』の説明によると、三島の手ほどきは、まず沼津のご用邸で始まったようである。

至尊

至尊九重内
夙起視朝廷
日曜無休息
佇立負金屏
萬機聽奏上
仁慈憫生靈

至尊

至尊　九重の内
夙《つと》に起きて朝廷を視る
日曜　休息無く
佇立して金屏を負う
万機　奏上を聴き
仁慈　生霊を憫《あわ》れむ

餘暇賦國雅
諷詠不曾停
日晩始入御
聖體自安寧

余暇に国雅を賦し
諷詠 曽て停まらず
日晩れて始めて御に入り
聖体 自ら安寧

五言古詩。廷・屏・靈・停・寧（青韻）

【訳】 天皇陛下は御所の中に在《いま》し／朝早くから起きて政務をお執りになる／日曜でも休むことなく／金屏風を背にして立っていらっしゃる／政務では、諸々の奏上をお聴きになり／情け深く慈しみ深い心で人民を愛《いつく》しむ／余暇には和歌を詠まれ／詩歌を朗誦され倦むことがない／日が暮れてからやっと御所にお入りになり／そこで玉体は安らかにお休みになるのである

○至尊　天皇。○九重　「還京」参照。○佇立　たたずむ。○金屏　金で飾った屏風。○萬機　天子が執り行うよろずの事。天子の政務、政治。○仁慈　いつくしみ。曹植「聖皇篇」侍臣省奏文、陛下體仁慈（侍臣奏文を省し、陛下仁慈を体す）。○生靈　人民。生民。○國雅　和歌。○諷詠　詩歌をそらで歌う。○日晩　日がくれる。日暮。○入御　奥御殿に入る。○聖體　天子のからだ。玉体。○安寧　安らかなこと。

「日曜」「入御」など和語も見えるが、漢詩作り途上の習作、というところ。

過目黑村
雨餘村落午風微
新綠陰中蝴蝶飛
二樣芳香來撲鼻
焙茶氣雜野薔薇

目黒村を過ぐ
雨余の村落　午風微《かす》かなり
新緑陰中　蝴蝶飛ぶ
二様の芳香来りて鼻を撲つ
茶を焙《あぶ》る気は雑わる　野薔薇に

七言絶句。微・飛・薇（微韻）

【訳】雨上がりの村に、午後の風がそよ吹き／新緑の木陰から蝶々が飛んで来る／二つの芳香が鼻をくすぐってきた／茶を焙る香りと、野バラの香と

○目黒村　現在の東京都目黒区。明治二十二年、荏原郡《えばらぐん》三田村、上目黒村、中目黒村、下目黒村が荏原郡目黒村となった。○雨餘　雨降りのあと。雨上がり。○午風　ひるごろに吹く風。○蝴蝶　ちょう。

『謹解』によると、明治二十九年五月十八日午後、荏原郡目黒村付近をご遊行、西郷従道《つぐみち》侯爵（西郷隆盛の弟）の別邸にてご休憩、夕刻お帰りになった。

習い初めの初夏の作だが、早くも詩人の天稟の才の現われた、傑作と申し上ぐべきもの。雨上りの農村の景を秀れた感性でとらえた。〔『漢詩人』二五ジペー〕

遊小倉山
松杉深處杜鵑啼
時有鶯聲隔一溪
山麓人家堪俯瞰
夕陽影裏暮烟迷

小倉山に遊ぶ
松杉深き処　杜鵑《とけん》啼く
時に鶯声の一渓を隔つる有り
山麓の人家　俯瞰するに堪えたり
夕陽影裏　暮烟迷う

七言絶句。啼・渓・迷（斉韻）

【訳】松や杉の深い所でほととぎすが鳴く／また、時に谷を隔てて鶯の声もする／山のふもとの人家を見下ろせば／夕日の光の中、夕靄がたちこめる

○小倉山　現在の栃木県日光市の北にある山。○松杉　松と杉。○杜鵑　ほととぎす。○鶯聲　鶯の鳴く声。○俯瞰　高いところから見下ろす。○暮烟　暮れ方に立つもや・かすみ。

『謹解』によると、明治二十九年七月二十八日、日光に行啓、九月二十五日に至るまで五十六日間、御用邸に滞在、小倉山へは八月六日および十五日の二度ご遊行。

大谷川観捕魚

大谷《だいや》川にて魚を捕らうるを観る

吟行傍溪水
水面湧烟波
滿眼風光好
四山林樹多
捕魚碧漣裏
立杖白沙坡
歸路斜陽晩
秋蒸可奈何

吟行して溪水に傍《そ》えば
水面に烟波《えんぱ》湧く
満眼　風光好く
四山　林樹多し
魚を捕らう　碧漣《へきれん》の裏《うち》
杖を立つ　白沙の坡《つつみ》
帰路　斜陽の晩
秋蒸　奈何《いかに》すべき

五言律詩。波・多・坡・何（歌韻）

【訳】　詩を吟じつつ谷川に傍って行けば／川面にもやがたちこめる／見わたす限りよい景色／四方の山には木が繁る／青い水際《みぎわ》で魚を捕らえているのを／白い砂浜に立ち止まって眺める／帰り道　夕陽が沈むころ／秋の蒸し暑さはどうしようもない

○碧漣　青く澄んだなぎさ。

明治二十九年八月十三日、という日付けがついている。日光の御用邸に滞在中、大谷川で漁を観ての作。三月に作詩の手ほどきを受け、早くも最初の律詩が出来た。律詩は八句で構成し、中の二聯（第三・四句、第五・六句）を対句仕立てにするきまりである。従ってかなりの稽古を積まないと出来ないものである。

この詩は、日光の山水の中、魚を捕える漁師の様子をスケッチふうに詠じ、まとまっている。対句は二聯ともよく出来ているが、第八句の「秋蒸」（秋の蒸し暑さの意か）などこなれない表現もあり、まずは腕だめし、といったところ。〔『漢詩人』九二ページ〕

遊田母澤園　　田母沢園に遊ぶ
雨過溪水忽跳珠　　雨過ぎて渓水 忽《たちま》ち珠を跳らせ
一帶青山影有無　　一帯の青山 影有無《うむ》
磯上釣魚人已去　　磯上に魚を釣りし人已《すで》に去り
夕陽煙樹鳥頻呼　　夕陽煙樹 鳥頻りに呼ぶ

七言絶句。珠・無・呼（虞韻）

【訳】　雨がやみ、谷川はしぶきを上げて流れる／あたりの青い山の姿はぼんやり見える／岩の上で釣糸をたれていた人も帰ったあと／夕陽を浴びてもやのたちこめる森の木に、鳥が鳴きあう

○田母澤　現在の栃木県日光市本町の西。○溪水　谷川の水。また、谷川。○磯上　かわら。○煙樹　もやの中にかすんで見える木。

『謹解』によると、八月二十五日午前、乗馬にて田母沢園へ行啓、夕刻還啓。明治二十六年、日光西郊に田母沢御用邸が造営された。皇太子はこの日、乗馬で御用邸を出発、川遊びを楽しまれた。〔『漢詩人』三二ページ〕

讀戴叔倫春怨詩
青鴨香消欲斷魂
桃花春雨掩柴門
誰人知此相思意
一架薔薇帶涙痕

戴叔倫の春怨詩を読む
青鴨《せいおう》　香消えて　魂を断たんと欲す
桃花春雨　柴門《さいもん》を掩《とざ》す
誰人《たれびと》か此の相思《そうし》の意を知る
一架の薔薇　涙痕《るいこん》を帯ぶ

七言絶句。魂・門・痕（元韻）

【訳】青い鴨《かも》の形をした香炉に薫《くす》べた香も消えて、気が滅入ってくる／桃の花が春雨に濡れ、柴の戸を閉ざしている／誰がこの恋心を知ってくれるか／棚のバラの花には涙のあとがついている

○戴叔倫　中唐の詩人。○青鴨　鴨の形をした青い色の香炉。○柴門　粗末な扉。庶民の家。○相思　恋。○薔薇　バラ。

初期の習作。比較のため、中唐の戴叔倫の原詩を掲げてみよう。

春怨　戴叔倫

金鴨香消欲斷魂　金鴨　香消えて　魂を断たんと欲す
梨花春雨掩重門　梨花春雨　重門を掩す
欲知別後相思意　別後相思の意を知らんと欲せば
回看羅衣積涙痕　回看す　羅衣に涙痕積むを

傍線を施した部分が、相異する語。皇帝の寵愛を失った宮女の嘆きを詠った詩。いわゆる「宮怨」詩である。大正帝の詩とは、全体に用語も重なり、帝がこの詩を下敷きにしていることがわかるが、宮廷の舞台を、庶民の家に換え、村娘の恋に悩む姿に仕立て換えしている。〔『漢詩人』四四ページ〕

擬涼州詞　涼州詞に擬す

孤城征戍幾時還　孤城に征戍《せいじゅ》し幾時か還る
又看春風到玉關　又看る　春風の玉関に到るを
萬里家鄕無限思　万里の家郷　無限の思
忍聞羌笛暮雲間　聞くに忍びんや　羌笛《きょうてき》暮雲の間

七言絶句。還・關・間（刪韻）

【訳】 塞《とりで》の戍《まも》りいつの日還る／また春風が玉関を吹く／故里《ふるさと》遥か　千切れる思い／聞くに堪えない　羌《えびす》の笛を

○擬　なぞらえる。○涼州詞　唐の王之渙、王翰らにこの題の詩があり、『唐詩選』に載っている。涼州は中国の西部、シルク・ロード沿いの地域。現在の甘粛省武威の辺り。○征戍　とりでを守る。○羌笛　異民族（羌）の吹く笛。

前作同様、初期の習作。王之渙の本歌《もとうた》を掲げよう。

涼州詞　　王之渙

黄河遠上白雲間　黄河遠く上る 白雲の間
一片孤城萬仞山　一片の孤城 万仞《じん》の山
羌笛何須怨楊柳　羌《きょう》笛何ぞ須《もち》いん 楊柳を怨むを
春光不度玉門關　春光度《わた》らず 玉門関

「孤城」「春風」「玉関」「羌笛」など、原作の骨格を為す語を取り入れ、デッサンをそつなくこなした形である。

〔『漢詩』五〇ジペー〕

明治三十年

梅雨
乍雨乍晴梅熟時
仰天偏願歳無飢
青苗挿遍水田裡
看到秋成始展眉

梅雨
乍《たちま》ち雨ふり乍ち晴るる梅熟する時
天を仰いで偏えに願う 歳飢うる無きを
青苗挿し遍《あまね》し 水田の裡
秋成を看到れば始めて眉を展ぶ

七言絶句。時・飢・眉（支韻）

【訳】 梅の実の熟するころは、降ったりやんだり／天を仰いで豊作を願うばかり／早苗を水田に植えわたしたら／あとは秋の実りが気にかかる

○青苗　稲の青い苗。 ○秋成　秋に穀物が実ること。秋熟に同じ。 ○展眉　まゆを伸ばす。心配事がなくなること。

為政者の立場で詠んだ模範的作品。

池亭観蓮花
茅亭瀟灑碧池傍
出水蓮花自在香
倚檻風前閒誦詠
濂溪周子舊詞章

池亭に蓮花を観る
茅亭《ぼうてい》瀟灑《しょうしゃ》たり　碧池の傍
水を出でて蓮花　自在に香し
檻に倚り風前に閒に誦詠す
濂渓《れんけい》周子の旧詞章

七言絶句。傍・香・章（陽韻）

【訳】水辺の亭は小ざっぱりと池のほとりに／ハスの花はすっくと立ってよい香り／手すりに倚り風に吹かれて口誦さむのは／周濂渓のあの「愛蓮の説」

○池亭　池のほとりのあずまや。○茅亭　かやぶきのあずまや。○瀟灑　さっぱりして清らか。すっきりしてあかぬけしたさま。双声語。○自在　思いのまま。自由。また、安らかで静かなさま。○倚檻　てすりにもたれる。欄干によりかかる。○閒　しずか。○誦詠　節をつけて詩歌を歌う。○濂溪周子　宋の周敦頤（字は茂叔）。廬山の濂渓に住んだことから、濂渓先生と称せられた。○舊詞章　周敦頤が作った「愛蓮の説」を指す。

周濂渓の「愛蓮の説」は、日本人によく読まれた名文である。「蓮は花の君子なる者なり」という。他に、「菊は花の隠逸なる者」、「牡丹は花の富貴なる者」という。〔『漢詩人』四〇ページ〕

江上試馬
春色江邊望欲迷
漁舟繫在夕陽西
墨堤十里花如雪
半入輕風趁馬蹄

江上に馬を試《こころ》む
春色江辺 望み迷わんと欲す
漁舟繋《つな》いで夕陽の西に在り
墨堤十里 花 雪の如し
半ば軽風に入りて 馬蹄を趁《お》う

七言絶句。迷・西・蹄（斉韻）

【訳】 墨田川の春景色はぼうっとかすみ／近くに漁舟が夕日を浴びてもやっている／墨堤十里、花は雪のよう／その花びらは、半ば風に乗って馬を追いかける

○試馬 馬をためす。馬に乗ってみる。○春色 春の景色。○江邊 川のほとり。○墨堤 現在の東京都墨田区を流れる隅田川のつつみ。○輕風 そよ風。微風。○馬蹄 馬のひづめ。

『謹解』によると、実際に墨堤に乗馬を試みられたのではなく、詩材として想像でお作りになった作。中唐の韓翃《かんこう》の詩に、次のようなものがある。

宿石邑山中　韓翃
浮雲不共此山斉　浮雲も此の山と斉《ひと》しからず
山靄蒼蒼望轉迷　山靄蒼《さんあいそうそう》々として望み転《うた》た迷う
暁月暫飛千樹裏　暁月暫《しばら》く飛ぶ 千樹の裏《うち》
秋河隔在数峰西　秋河隔てて数峰の西に在り

傍線を引いた箇所が類似しており、恐らくこの詩を念頭に置いて作られたものであろう。〔『漢詩人』四一ジペー〕

龜井戸
紫藤花發映清池
池上風微雲影移
歩歩緣欄過橋去
鼓聲斷續出神祠

亀井戸
紫藤花発《ひら》いて　清池に映ず
池上風微にして　雲影移る
歩々欄に縁《よ》り　橋を過《よぎ》り去る
鼓声断続して　神祠を出づ

七言絶句。池・移・祠（支韻）

【訳】　紫の藤の花が咲いて池に映っている／池のほとりにそよ風が吹き、雲が流れる／欄干にそいながら橋を渡って行くと／亀戸天神で打つ太鼓の音が聞こえてくる

○龜井戸　亀戸。現在の東京都江東区の地名。　○神祠　神をまつった堂。ここでは、亀戸天神を指す。

『謹解』によると、明治二十年五月五日と、二十一年三月四日の前後二度、亀戸天神に詣でられた。それから十年の後になって、かつて亀戸に遊んだことを思い起こしてお作りになったもののようである。〔『漢詩人』四三ジペー〕

天長節
雲晴日暖拜天閽
萬歳聲中謝聖恩
昭代佳辰祈寶壽
九重賜宴酌芳樽

天長節
雲晴れ日暖く　天閽《てんこん》を拜す
万歳声中　聖恩を謝す
昭代佳辰《しょうだいかしん》　宝寿を祈る
九重宴を賜《たま》い　芳樽《ほうそん》を酌む

七言絶句。閽・恩・樽（元韻）

【訳】　雲は晴れ、日差し暖かな中、皇居に参拝し／万歳を唱えて、皇恩に感謝する／太平の御代のよき日に天子の寿を祈り／宮中の御宴に召されてよき酒で祝杯をあげる

○天長節　天皇陛下の生誕を賀する祝日。天皇誕生日。○天閽　宮城の門。○聖恩　天子のめぐみ。○昭代　よく治まっている御代。○佳辰　よい日。よい時。吉日。○寶壽　天子の年齢。○九重　「還京」参照。○賜宴　天子が臣下に宴会を賜ること。○芳樽　よい酒を入れた樽。転じて、よい酒。

当時の天長節は十一月三日。

聞陸軍中佐福島安正事
蹈破山川此却回

陸軍中佐福島安正《やすまさ》の事を聞く
山川を踏破して　此に却回《きゃっかい》す

高秋騎馬壯懷開　　高秋　馬に騎《の》りて　壮懐開く
獨行萬里非徒爾　　独行万里　徒爾《とじ》に非ず
鼓舞神州士氣來　　神州の士気を鼓舞し来る

七言絶句。回・開・來（灰韻）

【訳】　山川を踏み越えて、ついに帰って来た／天高く澄む秋、馬に乗り意気大いに揚がる／独り万里を行くのは、だてに出来ることではない／わが神州日本の士気を鼓舞したことだ

○福島安正　ドイツのベルリンを発って、単騎シベリアを横断して、帰朝した。男爵。陸軍大将。○却回　ひきかえす。○高秋　秋のたけなわのころ。また、空が高く晴れわたる秋。○壮懐　さかんなおもい。勇壮な志。○徒爾　いたずらに。むだに。○神州　我が国の異称。神国に同じ。

『謹解』によると、福島はドイツ公使館武官となったが、明治二十五年、任期が満ちて帰朝するに当たり、二月十一日、単騎ベルリンを出発し、シベリアを経て、翌年六月十二日浦塩に達す。十七ヶ月、二千五百里を跋渉し、地形、兵勢、民情を視察した。実に未曾有の大陸横断なり。

この出来事の当時は、まだ漢詩を習っていない。後年、この話を聞いて興味をそそられ、作られたと思われる。用語など勉強のあとが窺われる。〔『漢詩人』二九ページ〕

明治三十一年

遊宇治

清閒此地有僧房
芳茗何唯稱擅場
最愛鳳凰堂結構
猶憐源頼政詞章
舊碑文字未磨滅
古寺規模堪擴張
一派溶溶流水外
鳥啼花落又斜陽

宇治に遊ぶ

清閒《せいかん》此の地 僧房有り
芳茗 何ぞ唯だ擅場《せんじょう》を称すのみならんや
最も愛す 鳳凰堂の結構
猶お憐れむ 源頼政の詞章
旧碑の文字 未だ磨滅せず
古寺の規模 拡張に堪えたり
一派溶々たり 流水の外《ほか》
鳥啼き花落ちて 又た斜陽

七言律詩。房・場・章・張・陽（陽韻）

【訳】 清らかなこの地に平等院がある／ここの名産である、よい香りの宇治茶は世にならぶものがない／最も素晴らしいのは鳳凰堂の威容であり／ここで自刃した源頼政の辞世の歌は心を動かす／昔の石碑の文字はまだすり減っておらず／古い寺はその規模を拡張するにふさわしい／宇治川の水が盛んに流れるあたり／鳥が鳴き花が散り、夕日が沈む

○宇治　京都府南部の地名。平等院や宇治茶などで知られる。○清閒　清らかな静けさ。○僧房　僧の居所。○芳茗　香りのよいお茶。○擅場　その場に匹敵する者がないこと。○鳳凰堂　天喜元（一〇五三）年の建立。中堂、左右の翼廊、中堂背後の尾廊の四棟が「平等院鳳凰堂」として国宝に指定されている。○結構　建築の組み立てや構造。○源頼政詞章　源頼政は、平安時代末期の武将・歌人。以仁《もちひと》王を仰いで平家を討とうとしたが失敗、平等院で自害した。詞章は、その際に詠んだ辞世の和歌「埋木《うもれぎ》の花咲く事もなかりしに身のなる果《はて》はあはれなりけり」を指す。○舊碑　古い石ぶみ。古碑。○磨滅　すり消える。双声語。○一派　一筋の流れ。○溶溶　水が広々と流れるさま。

『謹解』によると、明治三十一年十一月六日午前九時、二条離宮を馬車で出発し、宇治に行啓。平等院で鳳凰堂をご覧になった。

早いころの七言律詩の作。末句の「鳥啼き花落つ」の表現は、秋の季節らしくないが、『謹解』では、「秋にも亦《また》鳥あり花あり、何かお目に触れたところの実景であったであらう」としている。なお、第三・四句の頷聯の句作りは、破格のおもしろさがある。〔『漢詩人』九四ページ〕

金閣寺
林間風冷日方晴
鳬鴨馴人渾不驚
幽境秋高金閣寺
坐聽清籟動吟情

金閣寺
林間風冷やかにして　日方《まさ》に晴る
鳬鴨《ふおう》人に馴れて　渾《すべ》て驚かず
幽境秋は高し　金閣寺
坐《そぞろ》に清籟《せいらい》を聴いて　吟情を動かす

七言絶句。晴・驚・情（庚韻）

【訳】 林の間を吹く風は冷たく、空は晴れている／鴨は人に馴れていて、近づいてもまったく驚かない／奥深い場所にあるこの金閣寺のあたりは秋の澄んだ気につつまれ／何とはなしに清らかな風の音を聞いていると、詩情が湧き起こる

○金閣寺　現在の京都市北区にある鹿苑寺の通称。足利義満の別荘北山殿を、義満の死後、遺命により寺とした。○鳧鴨　鴨。あひる。転じて、水鳥の総称。○幽境　奥深いところ。静かな場所。○坐　何とはなしに。○清籟　清らかな風の音。○吟情　詩歌を作る心。吟心。

『謹解』によると、前首と同じく京都ご滞在中の作。十一月七日午後、二条離宮を人力車で出発。白峯・北野・平野三神社に行啓、最後に金閣寺をご覧になった。

秋日

秋深籬畔菊花黄
紅葉經霜映夕陽
偏喜村人務農事
家家無穀不登場

秋日

秋深き籬畔《りはん》　菊花黄なり
紅葉霜を経て　夕陽に映ず
偏《ひと》えに喜ぶ　村人の農事を務め
家々　穀《こく》の登場ならざる無きを

七言絶句。黄・陽・場（陽韻）

【訳】 秋がふけて、まがきのほとりには黄色い菊の花が咲き／霜にあった葉は赤く色づき、夕日に照らされている／

村の人々が農作業に励んだおかげで／穀物が実らない畑がないのは喜ばしいことである

○籬畔　まがきのほとり。　○登場　穀物の実った畑。「登」は、みのる、の意。

木曾圖

木曾山中景
畫師寫雲煙
蕭森千萬樹
行行不見天
溪上有茅屋
高人獨閑眠
恍惚想眞境
飄然身欲仙

木曽の図

木曽山中の景
画師　雲煙を写す
蕭森《しょうしん》たり　千万樹
行々《こうこう》　天を見ず
渓上　茅屋《ぼうおく》有り
高人　独り閑眠す
恍惚《こうこつ》として真境を想う
飄然《ひょうぜん》　身　仙ならんと欲す

五言古詩。煙・天・眠・仙（先韻）

【訳】　木曽の山中の景色を／絵師が雲煙たちこめるさまに描いた／こんもりとした木々／行けども行けども空は見えない／谷川のほとりの山家に／隠者がのんびり眠っている／うっとりと真の境地を慕う／世俗を離れふらりと身を翻して仙人となる心地

○木曾　長野県南西部、木曽川上流域の山岳地帯。○雲煙　雲と霞。○蕭森　樹木の多いさま。双声語。○行行　どんどん行くさま。○溪上　谷川のほとり。○茅屋　かやぶきの家。粗末な家。○高人　心を高尚にして仕えない人。高士。○恍惚　物事に心を取られて、うっとりするさま。双声語。○眞境　少しの穢れもなくすぐれてよい場所。仙人などの住む地。○飄然　ぶらりとさまようさま。また、利欲の心を全く捨て去るさま。

八句の詩であるが、律詩ではなく、古詩。画の超俗の趣をよく表している。〔『漢詩人』一八七ジペー〕

明治三十二年

三島驛

遙見煙霞山色新
天晴風暖絶埃塵
來遊偏覺衣巾爽
二月梅花古驛春

三島駅

遥かに見る　煙霞《えんか》山色の新たなるを
天晴れ風暖かに　埃塵《あいじん》絶ゆ
来遊偏《ひと》えに覚ゆ　衣巾《いきん》の爽やかなるを
二月梅花　古駅の春

七言絶句。新・塵・春（眞韻）

【訳】　遠くかすみたなびく山を望む／空は晴れ、風は暖か、清々しい／来てみると、帽子も服もさわやかに／ここ三

島の宿は二月、梅の真っ盛り

○三島驛　現在の静岡県三島市。江戸時代には、東海道の宿場町、三島宿として知られた。○煙霞　もやかすみ。○山色　山の景色。○天晴　空が晴れわたること。○埃塵　ほこり。ちり。○衣巾　衣服と頭巾。

『謹解』によると、明治三十一年十二月二十五日より翌年四月一日に至るまで、沼津御用邸に滞在中、しばしば三島方面へご出遊されたときの作。第四句は、唐詩の風あり、名句といえよう。〔『漢詩人』六九ジー〕

三島矚目

明神祠畔聽鶯聲
天外芙蓉嶽色清
百里煙霞春滿野
梅花落盡已開櫻

三島矚目《しょくもく》

明神祠畔《しはん》　鶯声《おうせい》を聴く
天外の芙蓉　岳色《がくしょく》清し
百里の煙霞　春は野に満つ
梅花落ち尽くして　已に桜開く

七言絶句。聲・清・櫻（庚韻）

【訳】　三島神社のあたり鶯がのどかに鳴き／はるかの向こうには富士の高嶺が清らかに聳える／あたりの野原に春がすみたなびき／梅の花も散り尽くした後には桜の花が開いた

○矚目　じっと目をとめて見る。○明神　ここでは、三島神社を指す。三島大社、三島明神ともいう。○祠畔　ほこらのかたわら。○天外　はるか遠いところ。また、きわめて高いところ。○芙蓉　富士山の異名。富士山の頂は八峰が八《はち》朶《だ》の蓮花のように火口を囲んでいるところからいう。○嶽色　高い山の様子。

前作に続く詩。〔『漢詩人』七〇ページ〕

夢遊歐洲

春風吹夢臥南堂
無端超海向西方
大都樓閣何宏壯
鶯花幾處媚艶陽
倫敦伯林遊觀遍
文物燦然布憲章
誰問風俗辨長短
發揮國粹吾所望

夢に欧洲に遊ぶ

春風夢を吹いて　南堂に臥す
端無くも海を超えて西方に向かう
大都の楼閣　何ぞ宏壮《こうそう》なる
鶯花《おうか》幾処か　艶陽《えんよう》に媚ぶ
倫敦　伯林　遊観遍《あまね》し
文物燦然として　憲章明らかなり
誰か風俗を問うて　長短を弁ぜん
国粋を発揮する　吾が望む所

七言古詩。堂・方・陽・章・望（陽韻）

【訳】　春風が吹いて南の部屋にまどろめば／思いもかけず、夢は西方へとめぐる／大きな都の楼閣はなんと立派なことか／花や鳥はそこここに春の光に映えている／ロンドン、ベルリンと歴廻って／文化や制度の素晴らしさを見物し

た／各国の風俗を訪ねて長所短所をあげつらうことなど誰がしよう／わが国の良いものを発揮することこそが吾が望みだ

○夢遊　夢の中で遊ぶ。『列子』「黄帝」夢遊於華胥氏之國（夢に華胥《かしょ》氏の国に遊ぶ）。○欧洲　ヨーロッパ。○南堂　南側の部屋。○無端　ゆくりなく。思いもよらず。○大都　大都市。○樓閣　高い建物。たかどの。○宏壮　広く大きい。○鶯花　うぐいすと花。春の景をいう。○艶陽　晩春の時節。双声語。○倫敦　イギリスのロンドン。○伯林　ドイツのベルリン。○遊観　歩き回って見物する。○燦然　明らかなさま。かがやかしいさま。○憲章　のり。おきて。法度、典章。○國粋　その国民に固有な精神上または物質上の長所。

〔『漢詩人』六二ページ〕

海濱所見

暮天散歩白沙頭
時見村童共戲遊
喜彼生來能慣水
少兒乘桶大兒舟

海浜所見

暮天散歩す　白沙の頭
時に見る　村童の共に戯遊するを
喜ぶ　彼生来能く水に慣れ
少児は桶に乗り　大児は舟

七言絶句。頭・遊・舟（尤韻）

【訳】　夕暮れに砂浜を散歩すると／村の子供たちが水辺で戯れているのをときおり見る／彼らは生来水によく慣れて

いるので／小さい子は桶に、大きい子は舟に乗って遊んでいる

『謹解』によると、明治三十二年六月二十日より七月十三日まで沼津に滞留された、そのときの作であろう。海辺のスケッチ。結句の、「少児は桶に乗り大児は舟」というのは面白い。詩人の観察眼が冴えた句である。

〔『漢詩人』七一ページ〕

十月七日暴風雨有感

靜浦海濱波浪堆
西風捲雨響如雷
眼看松樹忽摧折
恐報農田五穀災

十月七日暴風雨 感有り

静浦の海浜 波浪 堆《うずたか》し
西風雨を捲《ま》いて 響 雷の如し
眼《め》に看る 松樹の 忽《たちま》ち摧折《さいせつ》するを
農田《のうでん》五穀の災を報ずるを恐る

七言絶句。堆・雷・災（灰韻）

【訳】 静浦の浜辺に大波が打ち寄せ／雨を捲いて吹きすさぶ西風は雷のような音を立てている／眼《ま》のあたり松の木が砕け折れるのを見るにつけ／農家の田畑の五穀に被害が出る知らせが心配だ

○静浦 現在の静岡県沼津市の東南、江浦湾に臨むあたり。○摧折 くじきおる。打ち壊す。双声語。

『謹解』によると、十月七日朝、葉山御用邸を出発、汽車で沼津御用邸に行啓。途中御殿場付近より強風が起

こり、遂に暴風雨と化した。

遠州洋上作
夜駕艨艟過遠州
満天明月思悠悠
何時能遂平生志
一躍雄飛五大洲

遠州洋上の作
夜　艨艟《もうどう》に駕《が》して遠州を過ぐ
満天の明月　思い悠々
何《いず》れの時か能く平生の志を遂げ
一躍雄飛せん　五大洲

七言絶句。州・悠・洲（尤韻）

【訳】　夜、軍艦に乗って遠州灘を通れば／空には明月が皓々と輝き、思いは広がる／いつか、日頃の念願を果たし／世界へ雄飛したいものだ

○遠州洋　静岡県の石廊崎から三重県の大王崎あたりまでの海域を指す。○艨艟　戦船。軍艦。畳韻語。○平生　普段。日頃。○五大洲　全世界の陸地を五つに区分した称。アジア・アフリカ・ヨーロッパ・アメリカ・オーストラリアの五大陸。

『謹解』によると、明治三十二年十月十九日午後、沼津御用邸前の海岸から軍艦浅間にご搭乗され、兵庫県舞子の有栖川宮邸に向かわれた。翌二十日の午前、神戸港着。汽車で舞子の有栖川宮邸に入られた。

当時、新聞にも紹介され、評判になった詩である。師の三島中洲の「磯浜望洋楼」を踏まえ、さらに気宇壮大

な趣がある。中洲の詩を紹介しておこう。

磯濱登望洋樓　　三島中洲

夜登百尺海灣樓　夜登る 百尺 海湾の楼
極目何邊是米州　極目《きょくもく》 何れ《いず》の辺か是れ米州
慨然忽発遠征志　慨然 忽《たちま》ち発す 遠征の志
月白東洋萬里秋　月は白し 東洋万里の秋

なお、この詩は、近年公開された『大正天皇実録』では明治四十一年の項に紹介されているが、当時の新聞に報道された経緯から、明治三十二年の作とするのが妥当である。〔『漢詩人』五九ジペー〕

訪欽堂親王別業　　欽堂《きんどう》親王の別業を訪う

青松林裏有高堂　青松林裏 高堂有り
日看白波翻大洋　日に看る 白波の大洋に翻るを
放艇渉園多興趣　艇を放ち園を渉《わた》り 興趣多し
清閒眞是養生方　清閒《せいかん》 真に是れ養生の方

七言絶句。堂・洋・方（陽韻）

【訳】松林の中に立派な邸があり／毎日ここから大海の白波を眺める／小舟を出したり庭を歩いたり楽しみが多い／清らかな静けさこそが健康法だ

○欽堂　有栖川宮威仁《たけひと》親王の号。○別業　別荘。○高堂　他人の家の敬称。○艇　小舟。○興趣　おもしろみ。興味。○清閒　「遊宇治」参照。

『謹解』によると、明治二十一年、威仁親王の養父、熾仁《たるひと》親王が舞子の地に別荘を築かれ、威仁親王は明治二十九年の夏から二ヶ月あまりをこの別荘で養生された。〔『漢詩人』六四ページ〕

觀布引瀑

登阪宜且學山樵
吾時戲推老臣腰
老臣噉柿纔醫渴
更上危磴如上霄
忽見長瀑曳白布
反映紅葉爛如燒

布引《ぬのびき》の瀑を観る

登阪　宜しく且《しばら》く山樵《さんしょう》に学ぶべし
吾時に戯れに老臣の腰を推す
老臣　柿を噉《くら》いて纔《わず》かに渇《かわき》を医《いや》し
更に危磴《きとう》に上るは霄《そら》に上るが如し
忽《たちま》ち見る　長瀑の白布を曳《ひ》くを
紅葉に反映して　爛《らん》として焼くが如し

七言古詩。樵・腰・霄・焼（蕭韻）

【訳】　坂登りは木樵《きこり》に学ばねばならぬ／私はふざけて老臣の腰を押してやる／老臣は柿にかぶりついてのどの渇きをいやし／さらに山路を上れば空に上るよう／やっとそこで滝が白い布を曳くように落ちるのが見えた／白布に紅葉があざやかに映えて焼くようにまっ赤だ

○布引瀑　現在の神戸市中央区を流れる生田川の上流にある四つの滝の総称。○山樵　きこり。○老臣　年老いた臣下。ここでは東宮侍講の三島中洲を指す。○醫渇　かわいたのどを湿らす。○危磴　高く掛かっている石橋。○上霄　空にのぼる。天にのぼる。○長瀑　大きな滝。○爛　かがやく。また、あざやか。

『謹解』によると、有栖川宮別邸にご滞在中、十一月九日午前、汽車にて神戸へ行啓、湊川神社、生田神社などにご参拝、その後布引の滝をご覧になった。

三島中洲、時に七十歳、二十一歳の皇太子に腰を押されての恐縮ぶりがユーモラスに描かれる。皇太子の茶目気たっぷりの様子が窺われる。〔『漢詩人』六六ページ〕

球戯場田内侍従帯酒氣戯賦此

球戯場にて田内侍従酒気を帯ぶ、戯れに此を賦す

白髪将軍意氣雄　　白髪の将軍　意気　雄なり
連宵球戯奏奇功　　連宵《れんしょう》の球戯　奇功を奏す
酩酊雖帯心如鐵　　酩酊　心の鉄の如きを帯ぶと雖《いえど》も
對手紛紛陷術中　　対手《たいしゅ》紛々　術中に陥《おちい》る

七言絶句。雄・功・中（東韻）

【訳】白髪の元将軍は意気壮《さか》ん／毎晩球技をして巧みに勝ちを収める／今日は酔っているので鉄のような堅い心でも

／相手のかき廻しの術中に陥ってしまった

○酩酊　酔っぱらう。畳韻語。○紛紛　とりまぎれるさま。かき廻し。

明治三十二年ごろの作か。

球戯はピンポンか、撞球《たまつき》か。白髪の元将軍が酔って負けた様子を活写。元将軍は田内三吉といい、元陸軍少将、宮中顧問官兼東宮侍従を勤めた。〔『漢詩人』一四五ページ〕

戲示矢澤樂手

遠招樂隊沼津潯
日日聽來感賞深
最喜斯人眉目秀
紅顏眞個似林檎

戯れに矢沢楽手に示す

遠く楽隊を招く　沼津の潯《ほとり》
日々聴き来たって　感賞深し
最も喜ぶ　斯《こ》の人眉目秀《ひい》で
紅顔　真個《しんこ》　林檎《りんご》に似たり

七言絶句。潯・深・檎（侵韻）

【訳】遠くから楽隊を沼津まで招いた／毎日深く感心して聴いている／嬉しいのはこの楽手が眉目秀麗で／リンゴのような赤いほっぺをしていること

○眞個　ほんとうに。まことに。

前の詩と同じころの作か。

沼津の御用邸に楽隊を招いた折、中で目立って可愛らしい楽手がいたのを、ユーモラスに詠った。第四句の「リンゴのような赤いほっぺ」が生き生きしている。〔『漢詩人』一四七ページ〕

明治三十三年

恭謁神宮途上用伊藤博文韻　恭んで神宮に謁する途上伊藤博文の韻を用う

納妃祇告謁神宮　納妃祇《つつ》しみ告げて　神宮に謁す
一路馳車雨後風　一路車を馳《は》す　雨後の風
繼述敢忘天祖勅　継述敢えて忘れんや　天祖の勅
但慚菲德意無窮　但だ菲徳《ひとく》を慙《は》じて　意窮まり無し

七言絶句。宮・風・窮（東韻）

【訳】つつしんで妃を迎えることを告げ奉るべく神宮に参拝した／雨上がりの風に吹かれながら、一路馬車を走らせる／天祖、天照大神を継承するみことのりは忘れるべくもないが／我が身の徳の薄さが慙愧の至りである

○神宮　伊勢神宮を指す。○用…韻　和韻の一種。原作の韻字と同じ字で押韻するが、順序は同じでないものをいう。○伊藤博文　内閣総理大臣。枢密院議長、貴族院議長、韓国統監などを歴任。明治四十二年十月、ハルビンで暗殺された。元老。公爵。○納妃　妃をいれる。妃は皇太子・皇族の正妻。○継述　前人のあとをついで明らかにのべる。継承して祖述する。○天祖　天照大神。皇祖。○菲徳　うすい徳。薄徳。

『謹解』によると、明治三十三年二月十一日、従一位勲一等公爵九条道孝の第四女節子《さだこ》を皇太子嘉仁《よしひと》親王の妃とする旨の詔勅が下った。五月十日、賢所大前においてご成婚の礼が行われた。二十三日午前、皇太子・同妃、神宮・山陵に成婚奉告のため出発。

夏日遊嵐山

薫風吹度茂林間
遠近喈喈鳥語閒
昨日紛華不須説
緑陰幽景領嵐山

夏日　嵐山に遊ぶ

薫風吹き度《わた》る　茂林の間
遠近喈々《かいかい》　鳥語閒なり
昨日の紛華　説くを須《もち》いず
緑陰の幽景　嵐山を領す

七言絶句。間・閒・山（刪韻）

【訳】　薫風が嵐山の森を吹き渡り／あちこちで鳥の声が静かに聞こえる／昨日までの花見の賑わいはもはやない／緑の幽邃《ゆうすい》な風景が嵐山いっぱいに広がっている

○嵐山　京都市街の西、丹波高地の東端に位置する、標高三八〇メートル前後の小高い山。桜や紅葉の名所として、また京都の代表的な観光地として有名。○薫風　おだやかな初夏の風。青葉を吹いてくる風。○茂林　樹木のしげった林。○喈喈　鳥がやわらぎ鳴く声。○鳥語　鳥の鳴き声。○紛華　はでではなやかなこと。うるわしいこと。○緑陰　青葉のかげ。こかげ。王安石「初夏即時」緑陰幽草勝花時（緑陰の幽草は花時に勝《まさ》る）。○幽景　奥深く静かな景色。○領　占める。

『謹解』によると、明治三十三年五月二十五日、神宮に参拝された東宮と妃は、二十六日京都に行啓。三十日桂離宮に行啓、午後より嵐山に行啓、桂川にて漁網ご覧の上、夕刻還啓《かんけい》された。春の賑わいが去り、初夏の嵐山の好風景を詠った。〔『漢詩人』七四ページ〕

沼津眺望
黄稲知平野
青松認遠山
大洋静如鏡
船在水雲間

沼津眺望
黄稲　平野を知り
青松　遠山を認む
大洋　静かなること　鏡の如し
船は水雲の間に在り

五言絶句。山・間（刪韻）

【訳】黄色く色づいた稲が広がるあたりが平野／青い松がはるかに見てとれるあたりが山であることがわかる／大海原は、波が穏やかで海面は鏡のよう／船が海と雲の間に浮かんでいる

○沼津　現在の静岡県沼津市。江戸時代、東海道の宿場町として栄えた。風光明媚かつ温暖な地で、明治二十六年には、皇太子のご静養を目的として御用邸が造営された。

『謹解』によると、中国・九州へ行啓につき、十月十四日、汽車で新橋を出発、いったん沼津御用邸に入られ、翌日には京都に向かわれた。この詩はわずか一日沼津にいた間の所見に係る作。

前半二句は、対句仕立てにし、色彩、遠近をたくみに詠じた雅趣ある作。

過千代松原
雨後松林翠接空
人家幾處暮烟籠
遙望一片孤帆影
去入渺茫波浪中

千代の松原を過ぐ
雨後の松林　翠　空に接す
人家幾処か　暮烟籠《こ》む
遥かに望む　一片孤帆の影
去って入る　渺茫《びょうぼう》たる波浪の中

七言絶句。空・籠・中（東韻）

【訳】　雨上がりの松林の緑は天まで連なり／そこここに見える人家は夕靄《ゆうもや》に包まれている／遠くに一そうの帆舟の影が／遥かな海の浪の中へと去って行く

○千代松原　現在の福岡市東区の馬出・箱崎地区にある海岸。箱崎浜の古称。○暮烟　くれがたに立つもや。○孤帆　ただ一そうの帆掛け舟。李白「望天門山」孤帆一片日辺来（孤帆一片日辺より来たる）。○渺茫　広く果てしないさま。

遠くかすかなさま。双声語。

『謹解』によると、十月十八日舞子より軍艦千歳にご搭乗、十九日門司にお着きになり、小倉に行啓、二十一日熊本、二十三日久留米、二十四日佐世保、二十六日長崎、二十七日福岡、三十日下関に行啓。下関で軍艦千歳にご搭乗、舞子・京都・沼津を経て、十二月三日還啓。「千代の松原を過ぐ」「箱崎」の二首は、九州行啓の折の作。

地方巡啓は、明治三十三年十月の北九州より始まり、四十五年までの十三年間に、沖縄を除くすべての地方を巡られた。

この詩の後半は、李白の「黄鶴楼にて孟浩然の広陵に之《ゆ》くを送る」（七絶）の後半、

孤帆遠影碧空盡　孤帆の遠影　碧空《へきくう》に尽き（一そうの帆掛け舟の遠い姿が青空の彼方《かなた》に消え）

唯見長江天際流　唯だ見る　長江の天際に流るるを（あとにはただ長江が天の涯《はて》へと流れるばかり）

の影を見る。皇太子は広い海の眺めがことにお好きだったようで、『唐詩選』の中の李白の絶唱を海に仕立替えした趣がある。頼山陽《らいさんよう》の「天草洋に泊す」によって高らかに詠われた、日本独自の「海洋文学」の系譜に連なるもの、といえるだろう。〔『漢詩人』七七ジペー〕

箱崎

一帯青松映白沙

箱崎

一帯の青松　白沙に映ず

祠前北望海天賒
胡元來寇已陳迹
伏敵門高立日斜

祠前《しぜん》　北望すれば　海天賒《はる》かなり
胡元の来寇　已に陳迹《ちんせき》
伏敵門《ふくてきもん》は高く　日の斜めなるに立つ

七言絶句。沙・賒・斜（麻韻）

【訳】青い松原が白沙に映えている／箱崎宮の前から北を望めば海も空も広い／蒙古の元が来襲した跡も古くなり／今は伏敵を祈って立てた門が高く聳え、夕日が斜めに照らしている

○箱崎　現在の福岡市東区にある地名。博多湾に面し、古来、博多港と対する要港。元寇の古戦場としても知られる。○祠　ここでは、箱崎八幡宮を指す。○賒　遠い。はるか。○胡元　元朝の蔑称。胡は北のえびすをいう。元は北のモンゴルから起こったのでいう。○來寇　来たりてあだする。○陳迹　むかし物事のあったあと。過去の事跡。○伏敵門　筥崎宮《はこざきぐう》は醍醐天皇の延長元（九二三）年に創建され、延喜式神名帳に八幡大菩薩筥崎宮一座名神大社とある。宇佐・石清水両宮とともに日本三大八幡として朝野の崇敬あつく、特に鎌倉時代以降は武神として武家の信仰をあつめた。なお、「敵国降伏」の宇多上皇の宸翰《しんかん》を掲げる楼門は伏敵門として有名である。

この詩の原作は、次の通り。

箱崎

一帯青松映白沙
箱崎祠外望方賒
玄洋空闊無帆影
淼淼春潮夕照斜

箱崎

一帯の青松　白沙に映ず
箱崎の祠外《しがい》　望み方《まさ》に賒《はる》かなり
玄洋　空闊《くうかつ》として帆影無し
淼々《びょうびょう》たる春潮　夕照斜めなり

第二句以下、かなり後から手入れをしたことがわかる。箱崎を詠ずるに元寇に触れた方がよい、ということと、季節が秋なのに「春潮」というのはどうか、ということであろう。〔『漢詩人』七九ページ〕

海上釣鼇圖

萬頃煙波海上春
扁舟何處好投綸
機心不問群魚逸
特釣巨鼇眞快人

海上にて鼇《おおがめ》を釣るの図
万頃《ばんけい》の煙波　海上の春
扁舟《へんしゅう》　何れの処か　好し　綸《りん》を投ぜん
機心問わず　群魚の逸するを
特に巨鼇《きょごう》を釣る　真の快人

七言絶句。春・綸・人（眞韻）

【訳】　もやたなびく春の海／小舟を浮かべ、どこで釣りをしようか／たくらみ心で魚どもが逃げようと知らぬこと／ただ大海亀だけを釣る、まことの快人物

○釣鼇　海中の大亀を釣る。鼇は大きな亀。○萬頃　きわめて広いこと。○煙波　もやの立ちこめた水面。○扁舟　小さな舟。こぶね。○投綸　釣り糸を垂れる。綸は、釣り糸。○機心　いつわりたくらむ心。『列子』に見える寓話。浜辺の男が毎朝かもめと戯れていたが、父親にかもめを捕らえて来いと言われて浜辺へ行くと、かもめは一羽も近寄ってこなかった。かもめは男の機心（たくらみ心）を察知したのであった、と。○快人　豪壮の士。『列子』に見える「機心」を応用した機知の作。〔『漢詩人』一九一ページ〕

墨堤

墨堤一路長幾里
遙天雙碧認馬耳
游人雜沓來賞櫻
爛漫影映溶漾水
渡頭扁舟往又來
香塵起處綺羅美
簫鼓時響春風中
太平有象殊可喜

墨堤

墨堤一路　長さ幾里
遥天《ようてん》双碧　馬耳を認む
游人雑沓し来りて桜を賞す
爛漫の影は映ず　溶漾《ようよう》の水
渡頭《ととう》の扁舟　往き又た来る
香塵起こる処　綺羅美し
簫鼓《しょうこ》時に響く　春風の中
太平　象《かたち》有り　殊に喜ぶべし

七言古詩。里・耳・水・美・喜（紙韻）

【訳】　隅田堤の一すじの道はどれほど長いのか／空の向こうに馬の耳のような筑波の二つの峰が望まれる／見物人が雑踏して桜を賞し／爛漫の桜はゆったり流れる水に映っている／渡し場の小舟は客を載せて往来し／かぐわしい花びらが美人の着物に散りかかる／春風の吹く中に笛太鼓が響き／まことに太平の気分が溢れ、喜ばしい限りだ

○墨堤　「江上試馬」参照。○遙天　はるかに遠い空。○雙碧馬耳　筑波山の頂上が二峰に分かれてならぶさまは、古来馬耳に喩えられるのでいう。○游人　遊びに出た人。○雑沓　人混み。○爛漫　花の咲き乱れるさま。畳韻語。○溶漾　波のゆったり流れるさま。○渡頭　渡し場。○香塵　よい香気を帯びた塵。また、落花をいう。沈佺期「洛陽道」行樂歸恒晩、香塵撲地遙（行楽帰ること恒《つね》に晩《おそ》く、香塵地を撲《う》ちて遙かなり）。○綺羅　美しい衣裳。また、美服を

つけた人。○簫鼓　笛と太鼓。○太平　極めて平和に治まる世。
八句の古詩。『唐詩選』の「春江花月の夜」（張若虚）の趣がある。前の二句は外の景。中の四句は花見の情景。桜をA、水をBとすると、A—B—B—Aの交錯句法になっている。
「溶漾」は、水がゆったり流れるさま。晩唐の杜牧の「漢江」に、
溶溶漾漾白鷗飛　溶々漾々白鷗飛ぶ
緑淨春深好染衣　緑浄《きよ》く春深く衣を染むるに好し
とあるのに基づくだろう。〔『漢詩人』七二ジペー〕

明治三十四年

清見寺
駿嶺明殘雪
日暄清見濱
我今來駐駕

清見寺
駿嶺　残雪明らかに
日は暄《あたた》かなり　清見の浜
我今来たりて駕を駐《とど》む

即有早梅新　　即ち早梅の新たなる有り　　五言絶句。濱・新（眞韻）

【訳】富士山のいただきにはまだ残雪がはっきりとみえるが／清見の浜辺は日の光が暖かい／今ここにやって来て車をとめると／ちょうど早咲きの梅が咲いていていた

○清見寺　現在の静岡県静岡市清水区興津にある臨済宗妙心寺派の寺。足利尊氏が再興して以来、日本十刹の一つに数えられた。境内は清見潟や田子浦を展望できる風景絶佳の地として知られる。○駿嶺　富士山。○駐駕　車駕をとどめる。○早梅　早咲きの梅。

『謹解』によると、明治三十四年二月四日から三月六日まで沼津御用邸に滞留された。二月十六日、十八日、三月二日の各日、清見寺を旅館に充《あ》てられた。その当時の作。当時、この寺には有栖川宮威仁《たけひと》親王が滞在しておられ、馬車に同乗して狩りなどもされたという。

観梅花　　梅花を観る

一溪凝碧水流平　　一溪碧を凝らして　水流平らかなり
石徑崎嶇日欲傾　　石径崎嶇《きく》として　日傾かんと欲す
樹老著花偏有態　　樹老いて花を著《つ》くる　偏えに態有り
天寒持節孰同貞　　天寒くして節を持す　孰《たれ》か貞を同じくせん

清香馥郁牽詩興
古幹槎枒動畫情
偶坐孤亭忘歸去
臨風恰好有鶯聲

清香馥郁《せいこう》として　詩興を牽き
古幹槎枒《さが》として　画情動く
孤亭に偶坐して　帰去を忘れ
風に臨んで恰《あたか》も好し　鶯声有り

七言律詩。平・傾・貞・情・聲（庚韻）

【訳】一本の谷川は深い緑色を湛えて、水が張っており／石の多い山道は険しく、日は西に傾きかけている／年古《ふ》りた梅の木が花をつけたさまはたいへん趣があり／寒空のもと、いったい誰が梅と共に節操を守ることができるであろうか／たちこめた清らかな香りは詩興を惹きつけ／細く角張って枝を突き出した古い幹は画情を揺り動かす／一軒のあずまやに座って梅と向き合っていると、帰ることも忘れ／風にのってうぐいすの鳴く声が聞こえてくるのは好いものである

○一渓　一すじの谷川。○石徑　石の小道。また、山道。○崎嶇　山路がけわしい。道の凹凸したさま。双声語。○有態　風情がある。○持節　節操を守る。○馥郁　「新春偶成」参照。○詩興　詩のおもしろみ。風流の楽しみ。杜甫「和裴廸登蜀州東亭」東閣官梅動詩興（東閣の官梅詩興を動かす）。○槎枒　木の枝がそいだように角だって入りくんでいるさま。畳韻語。○畫情　絵に描きたくなる気持ち。○偶坐　向かい合ってすわる。○孤亭　ただ一つのあずまや。○臨風　風の吹くところに身を置く。

第七句の「偶坐」には、気ままにする、というニュアンスがまつわる。賀知章《がちしょう》の詩に「主人不相識、偶坐為林泉」（主人相い識らず、偶坐するは林泉の為なり）という句があり、人と対して話すというのではなく、気ままに自然を愛《め》でるのである。

過土方久元環翠荘
老翁矍鑠有仙容
退隱南湖多植松
吾始訪來環翠墅
山光海色隔林濃

土方久元《ひさもと》の環翠荘に過《よぎ》る
老翁矍鑠《かくしゃく》として 仙容有り
南湖に退隠して 多く松を植う
吾始めて訪《たず》ね来る 環翠墅《しょ》
山光海色 林を隔てて濃《こま》やかなり

七言絶句。容・松・濃（冬韻）

【訳】土方翁は老いてなお壮健で、仙人のような俗を離れた姿／湘南に隠退して、別荘の周りにたくさんの松を植えている／私ははじめてこの環翠荘に訪ねて来たが／山水の景色が林を隔てて色濃く見える

○過　立ち寄る。訪れる。○土方久元　江戸時代末期から明治・大正期にかけての政治家。宮中職の履歴が多く、宮中顧問官、宮内大臣などを歴任した。伯爵。○環翠荘　土方久元の別荘の名。○矍鑠　壮健のさま。『後漢書』「馬援伝」帝笑曰、矍鑠哉是翁也（帝笑いて曰《いわ》く、矍鑠たるかな、是《こ》の翁や）。畳韻語。○仙容　仙人の容貌。○南湖「湖」はみずうみだが、ここでは湘南の海を指す。○墅　別墅。別荘。○山光海色　山や海の景色。

『謹解』によると、明治三十四年三月二十三日以来、葉山にご滞在中の東宮は、二十八日午前、汽車で茅ヶ崎にある土方久元の別荘環翠荘に行啓、午後に還啓。

別荘は松林に囲まれているのであろう。別荘の名の「環翠」（第三句）を芯にして、「松を植う」（第二句）、「林を隔つ」（第四句）と情景を描写しつつ、老翁の矍鑠たる仙容を彷彿とさせる趣がある。

皇后宮臺臨恭賦
此日青山玉輦停
迎拜溫容喜且驚
何幸天賚降男子
得慰兩宮望孫情
兒辱叡覽定歡喜
嬌口恰發呱呱聲
妃猶在蓐不得謁
吾獨恐懼荷光榮

皇后の宮台臨《たいりん》す 恭んで賦す
此の日 青山 玉輦《ぎょくれん》停まる
温容を迎拝して 喜び且つ驚く
何ぞ幸なる 天賚《てんらい》 男子を降《くだ》し
両宮の孫を望むの情を慰むるを得たり
児は叡覧を 辱《かたじけな》うして 定めて歓喜するならん
嬌口 恰《あたか》も発す 呱呱《ここ》の声
妃は猶お蓐《しとね》に在り 謁するを得ず
吾れ独り恐懼して 光栄を荷《にな》う

七言古詩。停・驚・情・聲・榮（青韻・庚韻通韻）

【訳】この日、青山御所に皇后の御車が来られた／私は皇后のやさしいお姿をお迎えして驚喜した／幸運にも男子に恵まれ／両陛下の孫を待ち望む御心を慰めることができた／赤子もご覧いただいて歓喜するのだろう／可愛い口を開いてオギャーオギャーと泣いている／妃はまだ産褥にいるのでお目に掛かれず／私ひとり恐れかしこんで光栄に浴している

○臺臨　皇后・皇族がおいでになること。○青山　東宮仮御所がおかれた現在の東京都港区赤坂の青山御所。○玉輦　玉で飾った車輿《しゃよ》。美しい手車。○迎拜　むかえおがむ。うやうやしく迎える。○溫容　やさしくやわらぐ姿。○天賚

天からのたまもの。○兩宮　天皇・皇后をいう。○叡覽　天子がご覧になる。○歡喜　大いによろこぶ。○嬌口　可愛らしい口。○呱呱聲　乳児の泣き声。○蓐　しとね。敷物。ふとん。○恐懼　おそれつつしむ。

『謹解』によると、明治三十四年四月二十九日、葉山に滞在中の東宮に親王ご降誕の旨の電報があった。五月三日、東宮は葉山御用邸から還啓、ご降誕の新宮に初めてご対顔の儀があった。次いで皇后陛下の台臨あり、初めて皇孫にご対面遊ばされた。

後の昭和天皇のご誕生を、昭憲皇太后（明治天皇の皇后、正式の母君になる方）が祝いに来られた。第六句、「嬌口恰も発す　呱呱の声」はほほえましい情景を活写して妙である。喜び溢れるご様子が窺われる作である。

〔『漢詩人』一一二ページ〕

蘭

幽蘭香馥郁
花發古巖傍
此物眞君子
清高冠衆芳

蘭

幽蘭　香馥郁たり
花は発《ひら》く　古巌の傍
此の物　真に君子
清高　衆芳《しゅうほう》に冠たり

五言絶句。傍・芳（陽韻）

【訳】奥深い谷に生えた蘭の香りがあたりに立ちこめ／古い岩の傍らで花を咲かせている／この蘭こそまことの君子

であり／その気高さは数多くの花の中の第一である

○幽蘭　奥深い谷に生える蘭。また、奥ゆかしく気高い蘭。『楚辞』結幽蘭以延佇（幽蘭を結んで以て延佇《えんちょ》す）。○馥郁「新春偶成」参照。○君子　才徳のある人。蘭・菊・梅・竹を君子に喩えて「四君子」という。○清高　人柄が気高い。気品が高い。○衆芳　多くのかんばしい花。あらゆる花。

幽蘭は、『楚辞』に、奥深い谷に咲く気高い花として詠われる。ただし、この蘭は水草で、今ふつうにいうものではない。ここでは『楚辞』に基づいて詠ったもの。

冬至

木葉紛紛散有聲
待看明歳競春榮
可知天地陰窮處
來復一陽今日生

冬至

木葉紛々として　散じて声有り
待ちて看ん　明歳　春栄を競うを
知るべし　天地　陰　窮まる処
来復一陽　今日生ず

七言絶句。聲・榮・生（庚韻）

【訳】　木の葉が風に吹かれて音を立てながら散っている／年が明けてこの木々が春の花を競うのが待ち遠しい／実はすでに天地の陰気は窮まり／冬至の今日からは陽気が生じ始めているのである

○紛紛　乱れ散るさま。○春榮　春の花が咲くこと。○陰窮處・來復一陽　陰暦十月に陰気が極まり、十一月の冬至になって、一陽が初めて生ずるのをいう。易の卦で十一月は復の卦にあたり、一陽がはじめて生ずる。転じて、冬が去り春がくる意味に用いる。

明治三十五年

聞青森聯隊慘事
衝寒踊躍試行軍
雪滿山中路不分
凍死休言是徒事
比他戰陣立功勳

青森連隊の惨事を聞く
寒を衝き踊躍《ようやく》して行軍を試む
雪は山中に満ち　路分かたず
凍死　言うを休めよ　是れ徒事と
他の戦陣に功勲を立つるに比す

七言絶句。軍・分・勳（文韻）

【訳】　寒さの中を勇ましく行軍に出たが／山中に雪が降り積もり路に迷った／凍死と言って片付けることではない／戦場で手柄を立てて死ぬのと違わないぞ

○青森聯隊慘事　明治三十五年一月二十三日に起こったいわゆる「八甲田山死の彷徨」事件をいう。青森歩兵第五連隊の一隊二百十人が、青森から八甲田山に行軍中に吹雪に遭い、死者百九十九人を出した。○踊躍　おどりあがって勢いよく進む。喜び勇む。双声語。○不分　区別がつかなくなること。○功勳　てがら。いさお。

「踊躍」の語は、『詩経』に出る。

撃鼓其鏜　鼓を撃って其れ鏜《とう》たり
踊躍用兵　踊躍して兵を用う

*鏜は、トントンという太鼓の音の形容。

この詩は第一句の「踊躍」から―第二句「雪満」―第三句「凍死」―第四句「功勲」と要《かなめ》になる語が骨格を為して詠われ、明―暗―暗―明の構成となっている。〔『漢詩人』一三三ページ〕

春日山

越将昔居春日山
精兵八面守城關
吾登絶頂頻懷古
北陸風雲指顧間

七言絶句。山・關・間（刪韻）

春日山

越将昔居る　春日山
精兵八面　城関を守る
吾絶頂に登って　頻《しき》りに懐古す
北陸の風雲　指顧《しこ》の間

【訳】　越後の将上杉謙信が、昔この春日山に居たときは／麾下《きか》の精兵が八方で城門を守っていた／今私は山頂に登って頻りに当時のことに思いをはせると／北陸一帯の風雲が、わが指顧の間に収まってしまうかのように見渡される

○春日山　新潟県上越市中部にある山。戦国時代には、上杉謙信の本拠地となる春日山城が築かれた。○越将　越後の将。上杉謙信を指す。○八面　八方。あらゆる方面。○城闕　城の要所。○絶頂　最上のいただき。頂上。○指顧　ゆびさしかえりみる。転じて、距離の近いさま。指呼。

『謹解』によると、明治三十五年五月二十日、東北行啓のため上野駅をご出発、群馬、長野を経て新潟に入られ、二十八日、直江津にお着きになり、春日山の古城址にご登臨された。

幕末明治の詩人大槻磐渓の名作「春日山懐古」が、この詩の元になっているのだろう。参考のため、左に掲げる。

春日山懐古　　大槻磐渓

春日山頭鎖晩霞　　春日山頭　晩霞に鎖ざし
驊騮嘶罷有啼鴉　　驊騮《かりゅう》　嘶《いなな》き罷《や》んで啼鴉《ていあ》有り
憐君獨賦能州月　　憐れむ　君独り能州の月を賦して
不詠平安城外花　　平安城外の花を詠わざりしを

第三句は、謙信の名作「九月十三夜陣中作」の、「越山併得能州景」（越山併《あわ》せ得たり　能州の景）を踏まえているのは、いうまでもなかろう。

階前所見

階前流水自澄清

階前所見

階前の流水　自《おのずか》ら澄清

竹外風涼幽鳥鳴
好是紫薇花一樹
斜陽映發更分明

竹外 風涼しく 幽鳥鳴く
好し 是れ紫薇《しび》の花一樹
斜陽映発《えいはつ》して 更に分明

七言絶句。清・鳴・明（庚韻）

【訳】階段の前を流れる水は清らかに澄み／竹藪の外に涼風が吹き山鳥が鳴く／最もよいのは紫薇花の木／夕日のなかにいよいよ鮮やかに咲いている

○階前　きざはしの前。○澄清　すんできよいこと。○幽鳥　奥深いところに棲む鳥。幽禽。○紫薇花　さるすべりの花。○映發　光彩が互いに映り合う。○分明　あきらか。はっきり。明らかにわかる。

日光の田母沢御用邸でのお作であろうか。

この詩は、前半に「流水」「澄清」「竹外」「風涼」「幽鳥」と清澄で閑静な雰囲気の舞台装置をして、後半に「紫薇花」「斜陽」「分明」と、色あざやかでくっきりした語を配し、鮮やかなコントラストを為している。リズム感もあって、小品の佳作というべき詩。〔『漢詩人』一四八ページ〕

壽伊藤博文周甲
多年獻替盡忠誠

伊藤博文の周甲《しゅうこう》を寿《ことほ》ぐ
多年献替《けんたい》 忠誠を尽くす

洞察政機如鏡明
緑野堂中回暦宴
祝卿壽考保功名

政機を洞察して　鏡の如く明らかなり
緑野堂中　回暦《かいれき》の宴
祝す　卿が寿考　功名を保つを

七言絶句。誠・明・名（庚韻）

【訳】長年臣下として帝を輔《たす》けて忠誠を尽くしてきた／政治の動きを洞察すること、鏡のように一点の曇りもない／唐の宰相、裴度《はいど》の緑野堂にも比すべき滄浪閣《そうろうかく》で催されるこの還暦の宴／卿がますます長生きして功名を保つことを祈る

○壽　ことほぐ。長命を祝う。○伊藤博文「恭謁神宮途上用伊藤博文韻」参照。○周甲　人が六十歳になり、生まれた年の干支を迎えること。還暦、華甲に同じ。○獻替「獻」は進、「替」は廃。善を勧め、悪をすてる。君主を補佐することをいう。○政機　政治の機微。○緑野堂　唐代の宰相、裴度の別荘の名。伊藤博文の別荘、滄浪閣を喩えていう。○回暦　こよみがめぐって、新しい年に変わる。ここでは、還暦の意に用いた。○祝　祈る。○卿　君主が臣下を呼ぶ際の代名詞。○壽考　長生き。「考」は老。

『謹解』によると、明治三十五年十月二十四日、伊藤博文の還暦祝賀の宴を大磯の別邸滄浪閣でひらくにあたり、祝いの品を賜い、そのときに伊藤に贈られた作。

こういう祝賀詩には、なぞらえが大切だが、この詩では伊藤博文を唐の名宰相裴度になぞらえたのが適切で、詩を格調高いものにしている。なお、翌年二月、伊藤から皇太子の詩への返礼の次韻（同じ詩韻を用いて作る）詩がたてまつられた。

『謹解』に拠って紹介しておこう。

明治癸卯二月　共攀東宮殿下所曾賜寶礎賦蕪詞一首以塵叡覽
臣心一意藿葵誠　臣心一意　藿葵《かくき》（ひまわり）の誠
叡智四周天鏡明　叡智四周　天鏡明らかなり
他日重光繩太祖　他日重光　太祖を縄《つ》ぎ
萬邦欽徳仰英名　万邦徳を欽《した》いて英名を仰がん

詠馬　　馬を詠ず
龍種名驥勢似龍　龍種名驥《めいき》　勢い龍に似たり
人人歎賞好形容　人々歎賞す　好形容
近時飼養勝洋産　近時　飼養　洋産に勝る
騎出遠郊蹄不鬆　騎して遠郊に出づれば　蹄　鬆《ゆる》からず

七言絶句。龍・容・鬆（冬韻）

【訳】名馬の飛騰《ひとう》する勢いは龍の如く／その姿のよさは人々が嘆賞するところ／近頃のわが国の産馬は飼育のよろしきを得て、西洋の産にも勝る／試みに郊外に遠乗りしてみると、なるほど四つの蹄がひきしまった良馬である

○龍種・名驥　いずれも名馬の意。○形容　すがたかたち。容貌。○飼養　動物を飼いやしなう。○鬆　ゆるい。あらい。

詠物詩。乗馬のお好きな皇太子らしく、後半、乗り心地の良さを詠う。また、明治以後の改良にも触れておられるのも、関心の深さが窺える。

農家圖
郭外參差屋數椽
東風籬落碧桃姸
鳥聲喚夢清晨日
霞色怡情晚霽天
稼穡艱難非偶爾
庭闈悅樂自悠然
白頭翁媼經辛苦
又撫兒孫送暮年

農家の図
郭外　参差《しんし》として　屋数椽《てん》
東風籬落《りらく》　碧桃姸《けん》なり
鳥声夢を喚ぶ　清晨の日
霞色情を怡《よろこ》ばす　晩霽《ばんせい》の天
稼穡《かしょく》の艱難　偶爾《ぐうじ》に非ず
庭闈《ていい》の悦楽　自ずから悠然
白頭の翁媼《おうおう》　辛苦を経て
又た児孫を撫して　暮年を送る

七言律詩。椽・姸・天・然・年（先韻）

【訳】町はずれの村に数軒の農家がある／春風がまがきの美しい桃に吹き寄せる／鳥の声で目が覚める清々しい朝／夕焼けが心を楽しませる夕晴れの空／農作業の辛さは並大抵ではないが／一家団欒の楽しさは限りない／白髪の翁媼は苦労を乗り越えて／今は子や孫を愛撫して老後を送っている

○郭外　街や村を囲む城の外。街の外。○參差　長短ひとしくないさま。不揃いなさま。双声語。○籬落　まがき。かきね。双声語。○碧桃　桃を美しくいった。○喚夢　眠りをよび醒ます。○清晨　清らかに晴れた明け方。○霞色　朝焼けや夕焼けの美しい彩り。○怡情　心情をよろこばす。○晩霽　夕方の雨上がり。○稼穡　農業。○艱難　苦しみ。なやみ。何晏「景福殿賦」観農人之耘耔、亮稼穡之艱難（農人の耘耔《うんし》（耕作）を観《み》、稼穡の艱難を亮《あきら》かにす）。○偶爾　偶然に。たまたま。○庭闈　親のいる部屋。転じて、家庭をいう。○悦樂　よろこびたのしむ。○悠然　ゆったりしたさま。のどかなさま。○翁媼　おきなとおうな。○兒孫　子や孫。○暮年　晩年。

題画詩の唯一の七言律詩。

「碧桃」は、桃の種類としては、「千葉桃」という八重の桃を指すが、仙界の桃（三千年に一度実《み》がなるという）の意味もあるので、桃源郷の雰囲気をかもし出す。

対句は二聯とも用語が緊密に配置され、題画詩として上乗の御作である。〔『漢詩人』一八九ページ〕

明治三十六年

三島驛観富士見瀑　　三島駅に富士見の瀑《たき》を観る

雲霧蓋天催雨雪　　雲霧天を蓋《おお》って　雨雪を催す

蕭條孤驛行人絶
停車一路訪林園
寒瀑灑衣冰欲結

蕭条《しょうじょう》たる孤駅　行人絶ゆ
車を停めて一路林園を訪う
寒瀑衣に灑《そそ》いで　氷結ばんと欲す

七言絶句。雪・絶・結（屑韻）

【訳】　雲と霧が空を蓋い、みぞれが降っている／もの寂しい駅が一つ、行き交う人もない／車を停めて園林を訪れると／冷たい滝のしぶきが衣に降り注いで、そのまま氷結しそうである

○三島驛　「三島驛」参照。○富士見瀑　現在の静岡県沼津市と駿東郡長泉町の境界上にある黄瀬川の鮎壺の滝。滝壺から富士山が見えるので「富士見の滝」と呼ばれた。○蕭條　もの寂しいさま。畳韻語。○孤驛　寂しい駅。○林園　樹木の茂った庭園。

『謹解』によると、明治三十六年一月十五日より沼津御用邸に滞在中の東宮は、十九日午後、妃と共に馬車で三島停車場近くの富士見の滝へお出でになり、暫時ご休憩の後、還御された。

韻に仄字（雪・絶・結）を用いた「仄絶」。

「雨雪」は、『詩経』の用例では「雨」を動詞とし、「雪が降る」の意味だが、ここでは「雨」と「雪」の意味。『謹解』に、「記録によると当日は朝から雪まじりの雨だった」とあり、いわゆるみぞれが降ったのであろう。杜審言の詩に「雨雪関山暗、風霜草木稀」（雨雪　関山暗く、風霜　草木稀なり）とあるのは、「風」と「霜」に対する「雨」と「雪」の例である。

みぞれに加えて、滝のしぶきまで灑いで凍《こお》ろうとする、と酷寒のさまをたくみに詠じられている。

聞鼠疫流行有感
如今鼠疫起東京
我正聞之暗愴情
一掃祲氛須及早
恐他刻刻奪民生

鼠疫《そえき》の流行を聞いて感有り
如今《じょこん》　鼠疫　東京に起こる
我正に之を聞いて　暗に情を愴《いた》ましむ
祲氛《しんふん》を一掃する　須らく早きに及ぶべし
恐る　他の刻々民生を奪うを

七言絶句。京・情・生（陽韻）

【訳】今、東京にペストが流行し始めたとのこと／それを聞いて心を痛めているのだ／ぜひとも速やかにこの悪気を一掃したいものである／刻々と人民の生命を奪っていくのが恐ろしい

○鼠疫　黒死病。ペスト。ねずみに寄生する菌から伝染するので名づける。○如今　いま。ただいま。○祲氛「祲」は災いを引き起こす氣。邪氣。妖氣。「氛」は災い。凶禍。○民生　人民の生活。ここでは、人民の生命、の意。

『謹解』によると、明治三十六年五月、インドを発して横浜に入港した鹿児島丸にペスト患者が出て、爾来横浜に伝染流行し、ついで東京に蔓延し、一時すこぶる猖獗《しょうけつ》を極め、多くの死者を出すに至ったが、当局は全力を尽くして防止に努めた。

ペストは、大陸では往年しばしば大流行したが、わが国では外国との船の往来が活発になってから入りこんだもの。

高松栗林公園
小春來過栗林園
魚躍禽遊水不渾
與衆同觀耐偕樂
千秋想得孟軻言

高松の栗林《りつりん》公園
小春来り過ぐ　栗林園
魚躍り禽《とり》遊び　水渾《にご》らず
衆と同《とも》に観て　偕《とも》に楽しむに耐えたり
千秋想い得たり　孟軻《もうか》の言

七言絶句。園・渾・言（元韻）

【訳】小春日和に乗じて高松の栗林公園を訪れると／池では魚が躍り、水鳥が遊んでいても、水は濁ることなく清澄である／昔、藩主が民衆とともにこの眺めをみて楽しんだという／はるか昔、孟子が「民と偕《とも》に楽しむ。故に能《よ》く楽しむなり」といった言葉が思い出される

○栗林公園　現在の香川県高松市にある公園、日本庭園。江戸時代の初め、讃岐領主生駒高俊《いこまたかとし》によって造営され、その後入封した松平頼重《よりしげ》に引き継がれ、以後松平氏五代約百年をかけて完成した。現在は国の特別名勝に指定されている。○小春　陰暦十月。この時期は春に似て気候が温和で、花の咲くことがあるのでいう。○渾　にごる。○千秋　千年。長い年月。○孟軻言　「孟軻」は孟子、軻は名。「孟軻言」は『孟子』「梁恵王」古之人與民偕樂、故能樂也（古の人、民と偕に楽しむ、故に能く楽しむなり）の語を指す。

『謹解』によると、明治三十六年十月、和歌山・香川・愛媛・岡山四県に行啓あり。十日午前九時、和歌浦より軍艦高砂にご搭乗、午後四時に高松港に入り、四時四十分栗林公園内の星斗館にお着きになり、その棟続きで園内で最も眺望のよい掬月亭《きくげつてい》をご休憩所に充てられた。

栗林公園を詠じた漢詩は、後藤芝山（一七二二—一七八二）の「栗林二十景」が有名である。

岡山後樂園

經營想見古人功

黃樹清泉亭榭風

步到池邊聞鶴唳

恍然身在畫圖中

岡山の後楽園

経営 想い見る 古人の工《たくみ》

黄樹清泉 亭榭《ていしゃ》の風

歩して池辺に到り 鶴唳《かくれい》を聞く

恍然《こうぜん》として 身は画図の中に在り

七言絶句。工・風・中（東韻）

【訳】 この名園をみていると昔の人の技巧のほどがしのばれる／葉が黄色く色づいた樹木、水が清らかに澄む池、秋風に吹かれるあずまや／池のほとりをそぞろ歩きしていると鶴の鳴き声が聞こえてきた／うっとりとして身は俗世を離れて画中にあるかのような心地がする

○後樂園　現在の岡山県岡山市にある日本庭園で、金沢の兼六園、水戸の偕楽園と並んで、日本三名園の一つ。江戸時代の初め、岡山藩主、池田綱政によって造営され、現在は国の特別名勝に指定されている。○經營　土地を測量して建物や町を造る計画をたてる。畳韻語。○功　たくみ。技巧。○亭榭　あずまや。○鶴唳　鶴が鳴く。また、鶴の鳴き声。○恍然　うっとりするさま。

『謹解』によると、十月十七日、三津ヶ浜より軍艦高砂にご搭乗、糸崎に入港、汽車で岡山にお着きになり、

後楽園内の延養亭《えんようてい》に入られた。二十日までご滞在、その間各地を行啓。

清水寺

滿目東山秋色酣
晩登古寺對晴嵐
歸鴉點點鐘聲緩
一道飛流落碧潭

清水寺

満目《まんもく》の東山　秋色　酣《たけなわ》なり
晩に古寺に登って　晴嵐に対す
帰鴉《きあ》点々　鐘声緩かなり
一道の飛流　碧潭《へきたん》に落つ

七言絶句。酣・嵐・潭（覃韻）

【訳】　東山は秋真っ盛りの景色が広がっている／夕暮れに古刹清水寺に登ると山の気がたなびいている／ねぐらに帰る鴉が点々と飛び、寺の鐘の音がゴーンと鳴る／一筋の滝があおく深い淵へと吸い込まれるように落ちてゆく

○清水寺　現在の京都府京都市東山区清水にある寺院。国宝の本堂は、徳川家光の寄進により寛永十年に再建されたもの。「清水の舞台」として知られる。○満目　目の届く限り。見渡す限り。○東山　京都盆地の東側にある山の総称。山麓には多くの神社・寺院があり、足利義政の東山山荘（通称銀閣寺）などがある。○晴嵐　晴れた日に立ち上る山の気をいう。○帰鴉　ねぐらにかえるからす。○飛流　速い流れ。また、滝をいう。ここでは、音羽の滝を指す。清水寺の南崖にある小滝。○碧潭　水が深くみどり色に見える淵。

『謹解』によると、十月二十日岡山より京都にお着きになり、二条離宮に入られ、二十三日京都を発して還京

の途に就かれるまで各所に行啓。二十一日午後は市立のご成婚記念動物園と清水寺にお出でになられた。

賀土方久元七十
夙昔誠忠奏偉勳
古稀退隱謝塵氛
期卿長作白衣相
身在青山心在君

土方久元《ひさもと》の七十を賀す
夙昔《しゅくせき》誠忠　偉勲を奏す
古稀退隠　塵氛《じんぷん》を謝す
期す　卿が長く白衣の相と作《な》り
身は青山に在りて　心は君に在るを

七言絶句。勳・氛・君（文韻）

【訳】　昔からまごころの忠義を尽くし、すぐれた功績を立て／齢七十歳の古稀で官職を退いて隠居することになった／しかし、卿が今後いつまでも白衣の宰相となって／身は青山にあっても、心は常に帝のそばにあってくれるよう

○土方久元　「過土方久元環翠莊」参照。○夙昔　ふるくから。むかし。○誠忠　心から尽くす忠義。○偉勳　すぐれた功績。○古稀　七十歳をいう。杜甫「曲江」人生七十古徠稀（人生　七十　古来稀なり）。○退隱　官途または世務から退いて隠居する。○謝　しりぞける。また、去る。立ち退く。○塵氛　けがれた気。○白衣相　白衣の宰相の略。無位無官で宰相の待遇を受けることをいう。斉の陶弘景《とうこうけい》が致仕《ちし》の後も、帝の礼遇が厚かったので、人々が白衣の宰相といったことによる。

『謹解』によると、明治三十六年十一月二十三日、長く宮廷に仕えた伯爵土方久元の七十歳になったのを祝っ

て、祝いの品を賜い、別にこの詩を贈った。

菅原道眞詠梅花圖
丱童才穎出名家
春夜題詩月影斜
畫裏風姿眞秀絶
想他心事似梅花

菅原道真の梅花を詠ずるの図
丱童才穎《かんどうさいえい》　名家に出づ
春夜　詩を題して　月影斜めなり
画裏の風姿　真に秀絶
想う　他の心事　梅花に似たるを

七言絶句。家・斜・花（麻韻）

【訳】幼いころから衆に抜きん出た才能があった名家の貴公子菅原道真が／春夜、庭の梅に月影の転ずるのを眺めて詩を詠じたという／絵の中の道真のすぐれた風姿を見れば／その心も梅花のように純潔であったろうと想像する

○菅原道眞　平安時代の貴族、学者、漢詩人、政治家。右大臣にまで昇ったが、左大臣藤原時平に讒訴《ざんそ》されて太宰府へ左遷され、そこで没した。死後、天変地異が多発したことから、朝廷に祟りをなしたとおそれられ、祀られて天満・天神として信仰の対象となる。現在は学問の神として親しまれる。○詠梅花　道真が十一歳のときに詠じた詩を指す。「月耀如晴雪、梅花似照星、可憐金鏡轉、庭上玉房馨」（月耀《げつよう》晴雪の如し、梅花照星に似たり、憐れむべし金鏡の転ずるを、庭上玉房馨《かお》る）。○丱童　髪をあげまきにしたわらべ。○才穎　才智が非常にすぐれていること。○月影　月の光。○風姿　すがたかたち。風采。○秀絶　最もすぐれている。○心事　心に思うことがら。

前半は、描かれている絵の内容。月光の射す中、少年道真が右手に筆、左手に短冊を持ち、梅に対している。後半は、その絵を見ての思い。梅の花の清らかさより心ばえの清らかさを想いやって結ぶ。

明治三十七年

巖上松

霜心雪幹秀孤松
巖上蟠根似臥龍
欝欝葱葱長不變
宛然君子肅威容

巖上《がんじょう》の松

霜心雪幹 孤松秀《ひい》づ
巖上蟠根《ばんこん》して 臥龍に似たり
欝々葱々《そうそう》 長《とこしえ》に変ぜず
宛然《えんぜん》君子 威容粛たり

七言絶句。松・龍・容（冬韻）

【訳】霜雪の酷しさに耐えた松が一本、すっくと聳える／岩の上に根を張り、臥龍のようだ／こんもりと青々と茂りいつまでも変わらない／さながら立派な君子の威厳ある姿だ

○巖上松　明治三十七年新年の勅題。○霜心雪幹　「霜雪心幹」（霜や雪に耐える心と幹）を互い違いにいうもの。これ

を互文という。○秀孤松　一本の松の木がぬきんでる。次掲「四時詩」参照。○蟠根　とぐろを捲くようにくねっている根。畳韻語。○臥龍　ふした龍。庾信「暗石疑藏虎、盤根似臥龍」（暗石虎を藏するかと疑い、盤根龍の臥するに似たり）。○鬱鬱葱葱　こんもりと茂るさま。○宛然　さながら。ちょうど。○粛　おごそか。

この詩題の基づくものと思われる詩を紹介しておこう。

四時詩　　伝陶淵明

春水満四澤　春水　四沢に満ち
夏雲多奇峰　夏雲　奇峰多し
秋月揚明輝　秋月　明輝を揚げ
冬嶺秀孤松　冬嶺　孤松秀《ひい》づ

この冬の句の基づくところは、『論語』の「歳寒知松柏後凋」（歳寒くして松柏の凋《しぼ》むに後《おく》るるを知る）であり、この詩の後半はその意を帯して詠ぜられている。

賀本居豊穎古稀　　本居豊穎《もとおりとよかい》の古稀を賀す

七十遐齢意氣豪　七十の遐齢《かれい》　意気豪なり
著書矻矻不辭勞　著書矻々《こつこつ》　労を辞せず

百年繼述先世學
能使家聲山斗高

百年継述す 先世の学
能く家声をして 山斗高からしむ

七言絶句。豪・労・高（豪韻）

【訳】 七十歳の長命でますます意気軒昂／矻々として著述に励む労を厭わない／宣長以来百年続いて世に著《あらわ》れた家学を継ぎ／家の名声を衆人が仰ぎ見るほどに高からしめた

○本居豊穎　明治期の国学者。本居宣長の曽孫にあたり、その学問を継承している。東宮侍講を勤めた。○遐齢　ながいき。長寿。○矻矻　苦労を厭わず励むさま。○繼述　「恭謁神宮途上用伊藤博文韻」参照。○先世　先祖。○家聲　一家の名誉。家のほまれ。○山斗　泰山・北斗（北斗星）の略。人に仰ぎ見られるもののたとえ。その道の権威者。

『謹解』によると、明治三十七年四月二十八日、東宮侍講の本居豊穎の古稀の祝いで、祝いの品を賜い、あわせてこの詩を贈った。

本居豊穎は、三島中洲と同時期に皇太子侍講となり、三島の「漢文」に対し、「国文」を担当した。大正二年、八十歳で没した。

初夏歩日比谷公園
園中曠豁徑西東
心字池頭楊柳風

初夏日比谷公園を歩む
園中曠豁《こうかつ》 径《みち》西東
心字池頭《ちとう》 楊柳の風

我愛夏初光景好
杜鵑花發淺深紅

我は愛す　夏初光景の好きを
杜鵑花《とけんか》発《ひら》いて　浅深紅なり

七言絶句。東・風・紅（東韻）

【訳】　広い公園のなか、小道が東西に通じている／心という字の形をした池のほとりの柳は風にそよいでいる／私はこの公園の初夏の景色が大変気に入っている／つつじの花は色の深いものや浅いものさまざまに咲き乱れている

○日比谷公園　現在の東京都千代田区にある公園。○曠豁　ひらけて広いこと。○池頭　池のほとり。○杜鵑花　つつじ。ほととぎすの鳴く時節に花を咲かせることから名づく。

『謹解』によると、明治三十七年五月八日、浜離宮に行啓の途中、日比谷公園を通って、園内の風物をみて詠じられたもの。

スケッチの詩。公園の中の緑の柳と、紅のつつじに目を留めての作。『謹解』では、詩題を「日比谷公園」とするが、同題の詩が別にあるので御集の題に拠った。

明治三十八年

大中寺觀梅
快晴三日覺春回
乘暖逍遙流水隈
野寺老梅映殘雪
愛他玉蕾半將開

大中寺に梅を観る
快晴三日 春の回《かえ》るを覚ゆ
暖に乗じて逍遥す 流水の隈《くま》
野寺の老梅 残雪に映ず
愛す 他《か》の玉蕾《ぎょくらい》の半ば将に開かんとするを　七言絶句。回・隈《わい》・開（灰韻）

【訳】快晴が三日続き、既に春になったことに気づく／暖かさに誘われて水の流れるほとりをぶらぶらと歩く／いなかの寺の年古《ふ》りた梅の木は、消え残った雪に映じ／玉のような蕾が開きかけている

○大中寺　現在の静岡県沼津市にある臨済宗妙心寺派の寺院。梅の名所として知られる。○逍遙　のんびりと気ままにぶらつくさま。畳韻語。○隈　水が岸に入り込んだところ。○野寺　野中にある寺。いなかの寺。○玉蕾　玉のような花のつぼみ。

『謹解』によると、明治三十七年十二月四日から沼津御用邸にご滞留中であったが、翌年一月二十日に一旦ご帰京、二十二日にはまた御用邸に還られ、ご滞留は五十日余りに及んだ。この詩は、一月十五日、二十八日の二

度、大中寺にお出でになったときの作。

この詩は、措辞の運用に妙味がある。第一句に、「快晴」「春回」とのんびり明るいイメージの語、第二句は、それを展開して「暖」「逍遥」「流水」と滑らかな調子が添えられる。

転換の第三句では、「野」「老」「残」と、マイナスイメージの形容語をたたみかけ、第四句には「愛」「玉蕾」「開」とプラスイメージの語を連用し、第一句の明るさと照応して首尾相い応じている。天性のセンスの良さ、と申し上ぐべきか。

秋日田家
農村連日好晴天
秋事怱忙稻滿田
戰後今年値豐熟
家家歡樂起炊烟

秋日の田家
農村連日　好晴天
秋事怱忙《そうぼう》　稲　田に満つ
戦後　今年　豊熟に値《あ》い
家々歓楽　炊烟起こる

七言絶句。天・田・烟（先韻）

【訳】　農村では連日晴天が続いて／実った稲が田んぼに満ち農家は農作業に忙しい／戦争が終わった今年は豊年満作／農家は喜び楽しみ、家々からは炊事の煙が立ち上る

○秋事　秋の取り入れのこと。秋の農事。○怱忙　いそがしい。せわしい。○豊熟　穀物がゆたかにみのる。○炊烟

炊事のけむり。

『謹解』によると、日露戦争が終わった明治三十八年は、大変な豊作であった。その事実を喜び詠じられた作。明治三十七・八年は、作品数が少ない。日露戦争の最中、ということも作用したのかもしれない。その年の秋は豊作に恵まれ、気分一新という趣が、後半の二句に窺われるようだ。

明治三十九年

嚴島

古祠臨海曲廊浮
煙水茫茫山色幽
昔日征韓籌策處
英雄遺跡足千秋

厳島

古祠海に臨んで 曲廊浮かぶ
煙水茫々 山色幽なり
昔日 征韓 籌策《ちゅうさく》の処
英雄の遺跡 千秋に足る

七言絶句。浮・幽・秋（尤韻）

【訳】 厳島神社の古い社は海にのぞみ、回廊が海に浮かぶ／もやにけぶる水はぼうとかすみ、山の景色が奥深い／こ

こで昔、太閤豊臣秀吉が征韓のはかりごとをめぐらしたという／英雄の遺跡は千年後の今日まで伝えられている

○嚴島　広島湾の西部に位置する島。安芸の宮島ともいう。日本三景の一つとして知られる。○古祠　ふるいほこら。厳島神社を指す。○曲廊　曲折した廊下。○煙水　もやにけぶる水。○茫茫　ぼうっと広がるさま。○山色　「三島驛」参照。○征韓　豊臣秀吉の朝鮮出兵を指す。○籌策　はかりごとをたてる。○千秋　「高松栗林公園」参照。

『謹解』によると、軍艦生駒進水式臨場のため、明治三十九年四月一日、新橋から汽車で出発し、途中、舞子の有栖川宮別邸に立ち寄り、七日、軍艦磐手に搭乗して舞子を出発、八日、呉軍港着。九日、進水式にご臨場され、終わって後、また磐手に搭乗されて呉を出港、厳島にご上陸なされた。

前半の景の描き方に妙処が現れている。水（海）と山とを、「煙」「茫茫」「幽」と、ぼんやりかすませた中に、厳島神社の象徴である「曲廊」が浮かぶ。逆にいえば、「曲廊」を印象づけるために、周囲をぼかしている。水が茫々とかすんで広がり、山が奥深く聳えて、立体感をかもし出しているのも見逃せない。たくまざる技巧の表れた作。

初秋偶成

新涼氣方動
初秋意較寛
遠山雲漠漠

初秋偶成

新涼　気方《まさ》に動き
初秋　意較《や》や寛なり
遠山　雲漠々

池碧水漫漫
閑談徐移榻
微吟静凭欄
古人好詩在
轉覺次韻難

池碧にして 水漫々
閑談 徐《おもむ》ろに榻《とう》を移し
微吟 静かに欄に凭《よ》る
古人 好詩在り
転《うた》た覚ゆ 次韻の難きを

五言律詩。寛・漫・欄・難（寒韻）

【訳】 涼気が新たに動き／初秋となって心はのどか／遠くの山に雲がたなびき／池の水は碧に広がる／ゆっくり椅子を庭へ出してのんびりと話をし／欄にもたれながら詩を口ずさむ／昔の詩人の好い詩があるが／なかなか和すことはむずかしい

○初秋　秋のはじめ。陰暦七月をいう。曹植「贈丁儀」初秋涼氣發、庭樹微銷落（初秋涼気発し、庭樹微《いささ》か銷落《しょうらく》す）。○新涼　秋に入って初めて感じるすずしさ。新秋の涼味。○漠漠　一面に続いているさま。○漫漫　遠く広がるさま。○榻　腰掛け。長椅子。○微吟　小声で詩歌をうたう。○凭欄　欄干に寄りかかる。○次韻　和韻の一体。他人の作詩の韻字と同じ韻字を同じ順序で用いて詩を作ること。また、その詩。

『謹解』によると、明治三十九年八月塩原へ避暑。次いで日光にお移りになり、この作は初秋の気配漂う日光での作。

景と情とが調和した、格調高い作である。平仄の規則に合わないところ（四ヶ所）があるので、御集では古詩に分類するが、律詩と見るのを善しとする。〔『漢詩人』一〇〇ページ〕

墨田川

二州分境墨田川
遠近風帆上下船
秋月添光何皎皎
春花涵影亦姸姸

墨田川

二州境を分かつ　墨田川
遠近の風帆《ふうはん》　上下する船
秋月光を添う　何ぞ皎々《こうこう》たる
春花影を涵《ひた》す　亦た姸々《けんけん》

七言絶句。川・船・姸（先韻）

【訳】　武蔵と下総の境を流れる墨田川／遠く近くの帆影　上り下りの舟／秋には月が白々と／春には花影が水に映って美しい

○墨田川　隅田川。東京都東部を流れる川。現在は荒川下流の支流となっている。○二州　武蔵（現在の埼玉県、東京都の大部分、および神奈川県川崎市と横浜市の大部分を含む）と下総（現在の千葉県北部、埼玉県の東辺、東京都の東辺、茨城県南西部にまたがる）を指す。○風帆　風をはらんでいる帆。○皎皎　白くあかるいさま。○姸姸　美しい。なまめかしい。

隅田川（墨江）を詠じた詩は、江戸時代より多く作られている。いわゆる「墨江三絶」（服部南郭・平野金華・高野蘭亭）と称される作は、多かれ少なかれ中国の〝唐風〟を襲うが、このお作は肩肘張らず、風雅な趣を詠じておられる。

また、これより少し前、明治三十三年に発表された、武島羽衣の「花」は、滝廉太郎の名曲に乗って大いに流行したので、その趣、措辞を踏まえて作られた可能性がある。〔『漢詩人』一四九ジペー〕

明治四十年

春暖

頓覺今朝春暖生
林園處處見遷鶯
山茶花赤梅花白
淡日和風適我情

春暖

頓《とみ》に覚ゆ 今朝 春暖の生ずるを
林園 処々 遷鶯《せんおう》を見る
山茶花赤く 梅花白し
淡日和風 我が情に適《かな》う

七言絶句。生・鶯・情（庚韻）

【訳】今朝になってにわかに春の暖かさに気がついた／庭園の木々の茂ったあちこちに鶯が飛んできている／さざんかの花が赤く、梅の花が白く咲いている／淡い陽射しの中、のどかな風に吹かれていると、心がたのしくなる

○頓　とみに。にわかに。○處處　そこかしこ。あちらこちら。○遷鶯　うぐいすが低い谷間から高い木に移ること。○山茶花　さざんか。ツバキ科の常緑小高木。晩秋から冬に白または紅色の花を咲かせる。○淡日　うすくかすんだ日の光。○和風　のどかな風。春風。○適我情　こころにかなう。

『謹解』によると、明治四十年一月二十七日、妃とともに葉山に行啓、ご滞留八十日に及んだ。この詩と次の詩はその間の作。

穏やかな早春の情景が、自然に詩になって詠い出された趣がある。転句の赤と白の花の彩りがアクセントとなって、平淡な中に風雅な味わいを添えている。

吾妃采松露於南邸
供之晩餐因有此作

新晴催暖寒已輕
吾妃歩向南邸行
宮女如花共随伴
手采松露笑語傾
還供晩餐風味好
一案聚首啜美羹

吾が妃　松露《しょうろ》を南邸に采《と》り
之を晩餐に供す 因りて此の作有り

新晴　暖を催して　寒已《すで》に軽し
吾が妃　歩して南邸に向いて行く
宮女花の如く共に随伴し
手ずから松露を采り笑語傾く
還《かえ》りて晩餐に供すれば風味好し
一案首を聚《あつ》めて　美羹《びこう》を啜《すす》る

七言古詩。輕・行・傾・羹（庚韻）

【訳】　晴れて暖かく、もう寒くはない／吾が妃は南邸へと歩いて行った／宮女もはなやかにお伴をして／手で松露を採取し、歓声が挙がる／帰って晩餐に添えれば風味豊かに／テーブルに首を並べて美味しいスープを啜った

○松露　きのこの一種。トリュフ。○美羹　おいしいスープ。

二月十九日、葉山での作。

早春の林の中で、妃や女官が採ったトリュフを晩餐でスープにして味わったことを詠う。皇子たちも加わったのかどうか。家族団欒の心暖まる場面である。

「宮女如花」は、李白の「越中覧古」（『唐詩選』所収）の「宮女如花満春殿」（宮女花の如く春殿に満つ）からの用語。中の二句は、その場の華やかな様子が生き生きと描かれている。

なお、「聚首」は、三島中洲の「兄妹を迎う」（明治十四年作）詩に「聚首酌濁醸」（首を聚めて濁醸を酌む）と団欒の状を詠うのに見える。詩語としてはあまり見かけないものなので、影響が考えられるだろう。

吾妃摘草郊外因有此作　　吾が妃 草を郊外に摘む 因りて此の作有り

北風吹斷起東風　　北風吹き断えて 東風起こる
暖日輕烟春色融　　暖日軽烟《けいえん》 春色融《やわ》らぐ
妃出晴郊摘香草　　妃は晴郊に出でて香草を摘む
褰裳歩歩踏青叢　　裳《もすそ》を褰《かか》げ 歩々 青叢《せいそう》を踏む

七言絶句。風・融・叢（東韻）

【訳】北風は吹き止み春風が吹いて／日は暖かく霞立ち春うらうら／妃は晴れた郊外へ出て若葉を摘む／裳をからげ一歩一歩青草を踏んで行く

○吹断　本来は「強く吹く」意だが、ここでは「吹き止む」意に用いられた。○褰裳　『詩経』に出る語。○青叢　青草。

このころ、三人の皇子は、それぞれ数え年七つ、六つ、三つで、母君について草摘みに出かけられたか、どうか。

以上、二首はいずれも離宮での〝草摘み〟を主題にした、ほほえましい情景が詠われている。

春浦

春風海上暖方生
曲浦晴沙任歩行
仰見芙蓉聳天半
夕陽殘雪兩分明

春浦

春風海上　暖方《まさ》に生ず
曲浦晴沙　歩に任せて行く
仰ぎ見る　芙蓉の天半《てんぱん》に聳《そび》ゆるを
夕陽　残雪　両《ふた》つながら分明

七言絶句。生・行・明（庚韻）

【訳】　春風が海辺に暖かさを運んできた／曲がった入り江の晴れた砂浜を気ままに散歩する／ふと仰ぎ見れば、富士山が天空に聳えている／夕日の紅に残月の白がはっきりと眺められる

○海上　海のほとり。海辺。○曲浦　まがりくねっている入り江。○晴沙　晴れた日の砂浜。○天半　空の中央。中天。○分明　「階前所見」参照。

これも、肩肘張らない自然に流れ出た趣の詩。お好きな葉山の自然を心ゆくまで楽しまれた、その所産というべきもの。

天橋

風光明媚説天橋
一帯青松映碧潮
海上雨過帆影淡
夕陽堆裏望迢迢

天橋

風光明媚　天橋を説く
一帯の青松　碧潮に映ず
海上雨過ぎて　帆影淡し
夕陽堆裏　望み迢々

七言絶句。橋・潮・迢（蕭韻）

【訳】風光明媚の地といえば誰もが天橋立《あまのはしだて》をあげる／一筋に連なった青い松がみどり色の海のうしおに映じている／海上は雨が通り過ぎた後で、遠くの船の帆影がぼんやりとかすんでいる／夕日のなかの眺望はこの上もなくすばらしい

○天橋　天橋立。現在の京都府宮津市の宮津湾と内海の阿蘇海を南北に隔てる砂嘴《さし》。松島、安芸の宮島とともに日本三景の一つに数えられる。○明媚　自然のけしきの清らかで明るく美しいこと。双声語。○一帯　ひとすじ。ひとつづき。○帆影　ほかげ。遠く見える舟をいう。○堆裏　うず高くつもった中。ここでは、夕日が赤々とゆっくり沈んでゆくさまをいう。○迢迢　遠く遥かなさま。

『謹解』によると、明治四十年五月、山陰道行啓のときの作。十三日、駆逐艦追風にご搭乗されて舞鶴軍港を発し宮津湾にお着きになり、それより成相山にご登臨、山腹の傘松にてご休憩、そこから天橋立をご覧になった。前半は、天橋立の定番。後半に独自の詩趣が表れる。雨上がりの海に浮かぶ帆舟、その姿も次第に淡く、遠くには夕日が緩《ゆっく》り沈みゆく。「夕陽堆裏」が面白い表現。

舞鶴軍港

青葉山高霄漢間

自然形勝別成寰

汪洋大海波濤穏

艦影參差灣又灣

舞鶴軍港

青葉山は高し　霄漢《しょうかん》の間

自然の形勝　別に寰《かん》を成す

汪洋《おうよう》たる大海　波濤穏やかに

艦影参差《しんし》　湾又た湾

七言絶句。間・寰・灣（刪韻）

【訳】青葉山は高々と天空に聳えている／この地の自然は別天地のようだ／広々とした大海原の波は静かに／軍艦の姿がいくつもの入り江に勢ぞろいしている

○舞鶴軍港　現在の京都府舞鶴市にある港湾。明治時代に、日本海側唯一の海軍鎮守府が置かれ、軍港として発展した。○青葉山　現在の京都府舞鶴市と福井県大飯郡高浜町にまたがる山。○霄漢　大空。天のはて。杜甫「秋興八首　其五」承露金茎霄漢間（露を承く金茎は霄漢の間）。○寰　天下。世界。○汪洋　水の深くて広く、際限のないさま。○波濤　なみ。大波。絶海中津「応制賦三山」只今海上波濤穏（只今海上波濤穏やかなり）。○參差「農家圖」参照。○灣又灣大きな舞鶴湾の中にさらにいくつも小さな湾があるのをいう。吉村迂斎「葭原雑詠」三十六湾湾又湾（三十六湾湾又た湾）。

語釈に指摘したように、和漢の古人の名作の語をたくみに取りこんで、面白い作になっている。〔『漢詩人』八一ページ〕

鹽溪偶成

鹽溪何奇絶
層巒壓南軒
溪流魚可釣
清涼響潺湲
山筍味還美
盤上供晩餐
散步何所望
雲低林下門
消夏幾旬過
偏喜事不煩
讀書閑坐好

塩渓《えんけい》偶成

塩渓　何ぞ奇絶なる
層巒《そうらん》　南軒を圧す
渓流　魚釣るべく
清涼　響き潺湲《せんかん》たり
山筍　味還《ま》た美
盤上　晩餐に供さる
散歩　何の望む所ぞ
雲は低《た》る　林下の門
消夏　幾旬か過ぐ
偏えに喜ぶ　事煩《はん》ならざるを
読書　閑坐に好し

千載道自存
萬峯長凝翠
同誰探水源

千載　道自《おの》ずから存す
万峰　長えに翠を凝らす
誰か同じく水源を探らん

五言古詩。軒・湲・餐・門・煩・存・源（寒韻・元韻通韻）

【訳】塩原の渓谷はすばらしい景色で／重なり連なった山々は南の軒に迫ってくる／渓流で魚を釣るもよし／爽やかなせせらぎはさらさらと音を立てている／山の筍は味もよく／大皿に盛られて夕食に供される／散歩をしていて望見するのは／雲が森のはずれの門のあたりに垂れ込めているさま／夏の暑さを凌ぐためにここで何十日か過ごしているが／何よりも雑事に煩わされないのが喜ばしい／のんびりと座って書を読んで／永遠に通じる道《おしえ》に思いをいたす／常に緑色を凝らした数多くの峰々のなか（その峰々の緑のようにとこしえに変わらない道を）／誰と一緒にこの流れの源を訪ねようか（その道の蘊奥《うんのう》を究めたいものである）

○鹽溪　現在の栃木県の塩原温泉郷。○奇絶　すぐれてめずらしい。○層巒　重なり合ってそばだつ峰。○南軒　南ののき。○潺湲　水の流れるさま。畳韻語。○山筍　山中のたけのこ。○林下　森のあたり。○消夏　夏の暑さをはらいさる。暑さしのぎ。○水源　河川のみなもと。陶潜「桃花源記」林盡水源、便得一山（林　水源に尽き、便《すなわ》ち一山を得たり）。

『謹解』によると、明治四十年八月六日、避暑のため、妃と共に塩原御用邸に行啓、ご滞在は一月に及んだ。全十四句。二―四―二―四―二と、五段に句が構成されている。
(1)塩原の自然、谷川と山、(2)塩原の魚と筍の味覚、(3)散歩に出る、(4)夏を過ごす楽しみ、(5)道を究める心。何気ない塩原での日々の様子を写しながら、深いものを求める思いが詠われる。

觀華嚴瀑

仰望山中大瀑懸
隨風雲氣自冷然
恍疑天上銀河水
瀉作飛流在眼前

華厳の瀑《たき》を観る
仰望《ぎょうぼう》す 山中に大瀑の懸かるを
風に随って雲気 自ら冷然《れいぜん》たり
恍《こう》として疑う 天上銀河の水の
瀉《そそ》いで飛流と作《な》って 眼前に在るかと

七言絶句。懸・然・前（先韻）

【訳】 仰ぎ見れば、山中に大きな滝が懸かっている／風に乗ってひんやりとした雲気が滝のほうからやってくる／うっとりとして、天上の天の川の水が／地上に注いで流れ下って眼前にあるのかしら、と思われた

○華嚴瀑　現在の栃木県日光市にある滝。発見者は勝道上人と伝えられ、仏教経典の一つである華厳経から名づけられたといわれる。落差九七メートルの滝を一気に流れ落ちる様は壮観で、日本三名瀑の一つにも数えられている。○仰望　仰ぎ見る。見上げる。○雲氣　くものように空中に現れる氣。○冷然　清らかなさま。ひややかなさま。○恍　うっとりする。○銀河　天の川。李白「望廬山瀑布」飛流直下三千尺、疑是銀河落九天（飛流直下三千尺、疑うらくは是れ銀河の九天より落つるかと）。○飛流　「清水寺」参照。

『謹解』によると、塩原での避暑中、八月十七日、日光田母澤御用邸に行啓、三泊され、十九日には中宮祠及び中禅寺湖に行啓、途次華厳の滝をご覧になり、この詩をお作りになった。

李白の原作を念頭に、眼前の華厳の滝を、それにふさわしい形容で写した。上乗の習作。

明治四十一年

葉山南園與韓國皇太子同觀梅　　葉山南園にて韓国皇太子と同《とも》に梅を観る

不管春寒飛雪斜　　管せず 春寒 飛雪《ひせつ》の斜めなるに
喜君來訪暫停車　　喜ぶ 君が来訪して暫く車を停むるを
葉山歡會興何盡　　葉山の歓会 興何ぞ尽きん
共賞園梅幾樹花　　共に賞す 園梅幾樹の花

七言絶句。斜・車・花（麻韻）

【訳】 春の寒さに雪が飛ぶのもかまわず／嬉しいことに英親王がわざわざ来訪された／葉山での良き会は、楽しみ極まりない／共に庭の梅の花を賞でることだ

○葉山南園　葉山御用邸南邸の庭園。○韓國皇太子　英親王李垠《りぎん》を指す。○不管　拘束されない。○歡會　打ち解けて楽しむ会合。

『謹解』によると、明治四十一年二月二十四日、韓国皇太子英親王垠は鳥居坂《とりいざか》御用邸を出て、新橋より汽車で逗子駅着、葉山御用邸に東宮を訪ねられた。昼食後、共に南御用邸で梅の花を観賞し、さらに表謁見所にかえって暫時ご歓談ののち、退出された。

この前年、皇太子は有栖川宮、伊藤博文等と韓国を訪問している。その折の、当時は数え十一歳の可愛らしい軍服姿の英親王を中心にした記念写真が伝わっている。以後、数回面会して親しみを増していったようだ。韓国語を稽古したい、と侍従に注文したとの話も伝わる。

この詩は儀礼的なものではあるが、暖かみがこもっていて、年齢こそ違うが、皇太子同士の親近感が溢れている。〔『漢詩人』一五二ページ〕

明治戊申將巡視山口德島二縣、四月四日發東京、
韓國皇太子送至新橋喜而賦

大韓皇儲日東來
交誼日厚共和諧
今朝我上西遊路
自此相思渺雲涯
昨訪統監今送我
皇儲奔馳亦勞哉

明治戊申《ぼしん》 将《まさ》に山口・徳島二県を巡視せんとし 四月四日 東京を発す 韓国皇太子送りて新橋に至る 喜びて賦す

大韓の皇儲《こうちょ》 日東に来り
交誼《こうぎ》日に厚く共に和諧《わかい》す
今朝 我 西遊の路に上る
此れより相思 雲涯《うんがい》に渺《びょう》たり
昨は統監を訪い 今は我を送る
皇儲奔馳《ほんち》する 亦《また》 労せる哉《かな》

車上握手匆匆別　　車上　握手して匆々《そうそう》として別る
一聲汽笛萬感催　　一声の汽笛　万感催す

七言古詩。來・諧・涯・哉・催（灰韻・佳韻）

【訳】大韓の皇太子が日本に来られて／交わりは日に日に厚くなごやかになる／今朝私は西遊に出かけるので／これからはしばらく雲間に思いを馳せよう／皇太子には昨日統監（伊藤博文）を訪問、今日は私を送りに来られた／奔走ぶりはまことにご苦労なこと／車上で慌ただしく握手して別れると／汽笛が一声、万感が心に迫る

○皇儲　皇太子。英親王李垠《りぎん》。○統監　韓国統監の任にあった伊藤博文。○匆匆　あわただしく。

前作に引き続き、この年の四月四日、両皇太子は顔を合わせている。この詩にも、わざわざ見送りに来てくれた韓国皇太子に、儀礼を越えた親近感を以て接している様子が窺われる。〔『漢詩人』一五五ページ〕

觀螢　　螢を観る

薄暮水邊涼氣催　　薄暮水辺　涼気催す
出叢穿柳近池臺　　叢《くさむら》を出で柳を穿って　池台《ちだい》に近づく
輕羅小扇且休撲　　軽羅の小扇　且《しばら》く撲《う》つを休《や》めよ
愛見熒熒去又來　　愛し見る　熒々《けいけい》　去って又た来るを

七言絶句。催・臺・來（灰韻）

【訳】 日暮れの水辺、涼しさが生じてくると／くさむらの中から出たり、柳の枝の間を飛びまわったりしながら、蛍が池のほとりのあずまやのそばに飛んでくる／手にした薄絹の小さな団扇で撲つのはしばらくやめよ／ぴかぴかと光りながら行ったり来たりする蛍を愛でるのだ

○薄暮　日暮れ。夕暮れ。○池臺　池のほとりのあずまや。○輕羅小扇　薄絹で張った小さな団扇。杜牧「秋夕」銀燭秋光冷畫屏、輕羅小扇撲流螢（銀燭秋光 画屏に冷ややかなり、軽羅の小扇 流蛍を撲《う》つ）。○熒熒　光り輝くさま。

これも習作というべきもの。第二句。蛍は腐草より生ずるという言い伝えがあるので、「出叢」（草むらより出ずる）という表現はふさわしい。

「軽羅小扇」は、杜牧の詩より引いた語で、この場合適切である。なお、この詩は『唐詩選』には無いので、『唐詩三百首』など、別の集を学ばれた可能性がある。

紫苑

紫苑新秋發
幽姿似菊花
湛湛風露氣
佳色十分加

紫苑《しおん》

紫苑新秋に発《ひら》く
幽姿 菊花に似たり
湛々《たんたん》 風露の気
佳色 十分に加わる

五言絶句。花・加（麻韻）

【訳】 しおんの花は初秋に花を咲かせる／奥ゆかしい姿は菊の花に似ている／風と露の気をうけると／よい趣がなお一層増すのである

○紫苑 しおん。キク科の多年草。秋に薄紫色の花をつける。○新秋 初秋。○幽姿 たおやかなすがた。○湛湛 露のさかんなさま。○風露 風と露。○佳色 美しい色。陶淵明「飲酒 其七」秋菊有佳色、浥露摘其華（秋菊佳色有り、露に浥《うるお》う其の華を摘む）。

紫苑は返魂草《はんごん》ともいう。小さな可憐な花であるが、あまり詩に詠じられない。その花に目を留め、菊花と対比し、陶詩の菊花の形容語を用いたところが妙味である。その名の「紫苑」が「幽姿」にふさわしいのもよく、五言絶句の佳作となった。

訪泰宮於鎌倉離宮

晴天風度雲無陰
數里遙指松樹林
去訪阿妹離宮裏
一杯啜茗爽胸襟

泰宮《やすのみや》を鎌倉離宮に訪う

晴天 風度《わた》りて 雲に陰無し
数里遥かに指さす 松樹の林
去《ゆ》きて阿妹《あまい》を訪う 離宮の裏《うち》
一杯茗《めい》を啜《すす》れば 胸襟爽《さわ》やかなり

青山綠樹催春色
此地自今屢來尋

青山緑樹　春色を催す
此の地　今より屢《しば》しば来たり尋ねん

七言古詩。陰・林・襟・尋（侵韻）

【訳】　空は晴れ、風が吹いて、雲も陰りがない／数里の間、松林が続いている／今日は妹を離宮に訪ねて来た／茶を一杯ご馳走になると胸が爽やかになる／青い山、緑の木々、すっかり春の色だ／ここにはこれからちょいちょい来よう

○泰宮　内親王（一八九六―一九七八）は明治天皇第九皇女。当時十三歳。後に東久邇宮《ひがしくに》稔彦王《なるひこ》（戦後すぐの首相）に嫁がれた。○阿妹　いもうと。「阿」は親しみをこめた接頭辞。

明治四十一年三月ごろか。鎌倉の離宮に妹宮の泰宮を訪問された折の作。

遊松島

松洲不辭遠
遊覽泛輕艘
晴日照松樹
春風吹鷺濤

松島に遊ぶ

松洲《まつしま》遠きを辞せず
遊覧　軽艘《けいそう》を泛《う》かぶ
晴日　松樹を照らし
春風　鷺濤《ろとう》を吹く

如今賞佳景
何處弔英豪
海内称三勝
由來名自高

如今《じょこん》　佳景を賞す
何処《いずこ》にか英豪を弔わん
海内　三勝を称す
由来　名　自《おの》ずから高し

五言律詩。艘・濤・豪・高（豪韻）

【訳】　松島に遠くからやって来て／小舟を浮かべて遊覧する／晴れた日は松の木を照らし／春風は白波を吹く／今日、よい景色を賞でながら／どこに偉人松尾芭蕉を弔おう／日本三景の一つに数えられ／昔から名高い松島だ

○輕艘　小舟。○鷺濤　白い波。鷺は白いのでいう。○如今　今日。○英豪　すぐれた人。偉人。ここでは松尾芭蕉をいう。○三勝　三つのすぐれた景色。ここでは日本三景（他は天の橋立と安芸の宮島）をいう。

明治四十一年九月、東北巡啓の折、松島に遊ばれての作。

全体によくまとまっており、対句も上乗。ことに頷聯（第三・四句）の「松（木の名）樹—鷺（鳥の名）濤」の組み合わせは面白い。

先の「大谷川観捕魚」の作（八ページ）と比べれば、律詩の進歩の跡が窺えるであろう。〔『漢詩人』一〇三ページ〕

登臨江閣
天晴氣暖似春和
高閣倚欄吟興多
白雪皚皚淺間嶽
碧流滾滾利根河

臨江閣《りんこうかく》に登る
天晴れ気暖かくして　春和《しゅんわ》に似たり
高閣欄に倚《よ》って　吟興多し
白雪皚々《がいがい》　浅間の岳《たけ》
碧流滾々《こんこん》　利根の河《かわ》

七言絶句。和・多・河（歌韻）

【訳】空は晴れ、暖かい小春日和の一日／臨江閣の欄干にもたれかかっていると、詩興が湧いてくる／白雪が白々《しらじら》と輝く浅間山と／緑色の水が滾々と流れる利根川の雄大な景色を眼下に見下ろしている

○臨江閣　現在の群馬県前橋市の前橋公園内にあり、明治二十六年、明治天皇機動演習天覧のための行幸の際の行在所に充《あ》てられた。○天晴　「三島驛」参照。○春和　春のなごやかなこと。○高閣　たかどの。○倚欄　欄干にもたれる。○吟興　詩歌を作ろうとする思い。○皚皚　雪の白いさま。○淺間嶽　現在の群馬県吾妻郡嬬恋村と長野県北佐久郡軽井沢町及び御代田町との境にある火山。標高二、五六八メートル。○滾滾　水の流れるさま。杜甫「登高」無邊落木蕭蕭下、不盡長江滾滾來（無辺の落木蕭々として下り、不尽の長江滾々として来る）。○利根河　群馬県の最北に源を発し、関東平野を北西から南東へ流れる川。全長三二二キロメートル。「坂東太郎」の別名を持つ。

『謹解』によると、明治四十一年十一月十三日、正午、上野駅をご出発、午後三時三十五分、前橋駅にご到着され、宿泊所となった臨江閣に入られ、ご滞在六日、近衛師団機動演習をご見学された。

後半の二句は、対句仕立てで、山と川の固有名詞がうまく収まっている。雄大な景観が詠みこまれた。

明治四十二年

恭謁皇后宮沼津離宮

晴天吹暖暮春風
富岳巍巍聳半空
無限恩光霑草木
海波静蘸夕陽紅

恭んで皇后宮に沼津離宮に謁す

晴天暖を吹く　暮春の風
富岳巍々《ぎぎ》として　半空に聳《そび》ゆ
無限の恩光　草木を霑《うるお》す
海波静かに蘸《ひた》す　夕陽の紅

七言絶句。風・空・紅（東韻）

【訳】　空は晴れ、暮春の風は暖かさを運んでくる／富士山が天空に高く聳えている／皇后の恩光にこの沼津の草木までもがうるおっているかのよう／海では波が静かに夕日の紅をひたしている

○皇后宮　明治天皇の皇后。昭憲皇太后。実子はなかったので、側室が生んだ大正天皇を養子とした。○沼津離宮　沼津御用邸。明治二十六年七月、大正天皇（当時は皇太子）の静養のため、静岡県駿東郡静浦村（現沼津市）の島郷御料林内に造営され、明治期から昭和中期まで利用されていた。○巍巍　高く大きなさま。○半空　天の中央。○恩光　めぐみの光。天子の徳沢。

『謹解』によると、明治四十二年二月一日より妃とともに葉山にご避寒中であったが、二十六日午前、妃とと

もに御用邸を出発、逗子から汽車で沼津に行啓、御用邸に入られ、皇后のご機嫌を伺い、皇后の午餐に裕仁・雍仁・宣仁の三皇孫とともに陪し、午後六時四十五分葉山に還啓された。

「暮春」は「早春」の誤りかと思われる。晴れた日の春風に吹かれながら、富士山と沼津の海の大きな眺めと、それを包む日の光を詠い、皇后の恩愛をそれとなくなぞらえた。

この詩と同時に作られた七言古詩があるので、次に見ることにしよう。

沼津離宮謁皇后陛下
早朝出發葉山邊
春光漸暖二月天
直上汽車發逗子
大船山北暫休焉
再又發車徐徐進
沿道風色屢變遷
富士山巓白雪積
高原渺渺草如煙
行到山趾景更美

沼津離宮にて皇后陛下に謁す
早朝出発す　葉山の辺
春光漸く暖かし　二月の天
直ちに汽車に上りて逗子《ずし》を発す
大船・山北にて暫く焉《ここ》に休む
再び又発車し　徐々に進む
沿道の風色　屢《しば》しば変遷す
富士山巓《てん》に白雪積み
高原渺　々《びょうびょう》として　草は煙の如し
行きて山趾《さんし》に到れば　景《けい》更に美なり

昨夜微雪餘山田
純白恰如鵞毛散
轉眼早已達沼津
伴妃離宮謁皇后
三兒陪筵共團欒
贈賜有物及臣下
尋與三兒鬪棋還
再乘汽車就歸路
路召知縣問治民
函嶺鎌倉瞬間過
還至葉山月如弦

昨夜 微雪 山田を余す
純白 恰《あたか》も鵞毛《がもう》の散ずるが如し
眼を転ずれば早く已《すで》に沼津に達す
妃を伴いて離宮に皇后に謁し
三児 筵《えん》に陪《ばい》して共に団欒《だんらん》す
贈賜《ぞうし》 物有りて臣下に及ぶ
尋《つ》いで三児と棋を闘わせて還る
再び汽車に乗りて帰路に就く
路に知県を召して治民を問う
函嶺・鎌倉瞬間に過ぎ
還りて葉山に至れば月は弦の如し

七言古詩。邊・天・焉・遷・煙・田・津・欒・還・民・弦（先韻・寒韻・刪韻・眞韻通韻）

【訳】　早朝、葉山の辺を出発すれば／春光は二月の空に暖かく照らす／直ちに汽車に乗り、逗子を出る／大船と山北で小休止／再び発車し、緩《ゆっく》りと進む／沿道の景色はいろいろに変わりゆく／富士山頂には白雪が積もり／高原ははろばろ、草が萌え出る／山の麓に着くと景色はいよいよ美しく／昨夜の雪で山田はすっかり白い／純白なさまは鵞鳥の毛を散らしたよう／気が付くともう沼津へ着いていた／妃を伴って皇后にご挨拶し／三児も一緒に団欒した／お土産を臣下の者にまで下さり／それから三児と将棋を楽しんでお暇《いとま》した／再び汽車に乗り帰路に就いたが／途中、県知事を呼んで県政を尋ねた／箱根、鎌倉とまたたく間に過ぎ／葉山に帰り着くころ三日月が掛かっていた

○渺渺　はるかに広がるさま。○山趾　山のふもと。○餘　本来は、たっぷり、の意。ここでは、上の「微雪」の語と次の句との関連から、微雪が山田を余している（山田には積もっていない）の意に用いたものかもしれない。○函嶺　箱根。

二月十六日、迪宮《みち》（昭和天皇）、淳宮《あつ》（秩父宮）、光宮《てる》（高松宮）の三皇子を伴って妃（貞明皇后）とともに母君に当たる皇后（昭憲皇太后）にご挨拶に行った折の作。

葉山から沼津まで、汽車での日帰り旅行である。当時は丹那《たんな》トンネルがないので、大船から乗り換えて東海道線は山北・小山廻りであった。日記を綴るように詠ずる。四句ずつ一段に構成される。

第一段　葉山出発。逗子より大船へ。

第二段　大船から富士山などを眺めつつ行く。

第三段　昨夜の雪で白く蔽《おお》われた山田の景。沼津へ到着。

第四段　妃と三児と皇后に挨拶。

第五段　帰路、県知事に下問しつつ、夕暮れに葉山へ。

当時、迪宮は数え八歳、淳宮は七歳、光宮は四歳であった。三児と将棋を楽しむ第四段の描写は、ことに異彩を放っている。

大正帝の〝家族愛〟の一面を窺う作品である。

訪富美宮泰宮兩妹鎌倉離宮　富美宮《ふみのみや》泰宮両妹を鎌倉離宮に訪う

晴天日暖不生風　晴天 日暖かにして風を生ぜず
遠道自有車馬通　遠道 自《おの》ずから車馬の通《かよ》う有り
鎌倉離宮訪兩妹　鎌倉離宮に両妹を訪い
久闊相逢笑語融　久闊《きゅうかつ》相い逢うて笑語 融《なご》やかなり
歸途雲生天氣惡　帰途 雲生じて天気悪し
欲近葉山雨濛濛　葉山に近づかんと欲して雨濛々《もうもう》

七言古詩。風・通・融・濛（東韻）

【訳】 晴れて暖かく風もない日／遠くまで馬車でやって来た／鎌倉の離宮に二人の妹を訪ねて来／久しぶりに会って和やかに歓談した／帰途雲が湧いて天気がくずれ／葉山に近づくころに雨がザァザァ降った

○富美宮内親王　明治天皇の第八皇女（一八九一―一九三三）。当時十九歳。後に朝香宮《あさか》鳩彦《やすひこ》王に嫁がれた。○久闊　久しぶり。○濛濛　あたりが暗くなるように降りしきるさま。

この年の三月ごろか。

「訪泰宮於鎌倉離宮」の一年後、鎌倉の離宮に妹宮を訪ねた折の作。形式も詠いぶりも同じ作品。日記ふうの古詩である。この日は帰途雨に遭った、とある。

三月二十日遊大崩遇雨歸

東風嫋嫋草色青
天氣不定陰又晴
散歩且誘中洲去
途中遇雨歩空停
中洲怱卒不言別
飛降峻坂足自輕

三月二十日、大崩《おおくずれ》に遊び雨に遇《あ》いて帰る
東風嫋々《じょうじょう》 草色青し
天気定まらず 陰《くもり》又晴《はれ》
散歩且《しばら》く中洲を誘い去《ゆ》く
途中雨に遇いて 歩 空しく停《とど》まる
中洲 怱卒《そうそつ》に別れを言わず
峻坂《しゅんぱん》を飛び降りて 足 自《おの》ずから軽し

七言古詩。青・晴・停・軽（青韻・庚韻通韻）

【訳】 春風が柔らかく吹いて草の色は青い／天気は定まらず、曇ったり晴れたり／三島中洲を散歩に誘ったが／途中で雨に遇い、歩みを停めた／すると中洲は慌てふためいて別れも言わず／急な坂を足取りも軽く飛び降りて行った

○大崩　現在の静岡市から焼津市にまたがる海岸。○怱卒　あわただしい。○峻坂　急な坂。

この年の作か。

当時、三島中洲八十歳。後半、急な雨に、年も忘れてあわてふためく老臣の様子を活写した。大正帝の茶目ッ気のよく表れた作。〔『漢詩人』一二三ページ〕

採春蔬
昨雨霏微路絶塵
春晴催暖適人身
攜妃手自摘香菜
充膳方知勝八珍

春蔬《しゅんそ》を採る
昨雨霏微《ひび》として　路に塵絶え
春晴暖を催して　人身に適《かな》う
妃を携え　手　自《みずか》ら香菜を摘む
膳に充《あ》つれば方《まさ》に知る　八珍に勝るを

七言絶句。塵・身・珍（眞韻）

【訳】昨日の雨がしっとり路の塵を洗い／今日は晴天、春の暖かさが気持ちよい／妃とともに手ずから春菜を摘んだ／食膳に上《のぼ》せばどんなご馳走より美味《おいし》かろう

○霏微　しとしと降るさま。畳韻語。○八珍　八種の珍味。ご馳走。

この詩は、ご自分が先頭に立って草摘みを楽しまれたことを詠う。〔『漢詩人』一五八ジー〕

過元帥山縣有朋椿山荘
輕風嫩日夏初天
綠野堂開樹色鮮

元帥山県有朋の椿山荘《ちんざんそう》に過《よ》ぎる
軽風嫩日《どんじつ》　夏初の天
緑野堂開いて　樹色鮮やかなり

園圃時聞採茶曲
坐中筆墨見雲煙

園圃《えんぽ》時に聞く 採茶の曲
坐中の筆墨 雲煙を見る

七言絶句。天・鮮・煙（先韻）

【訳】そよ風が吹き朝日がさす初夏の一日／椿山荘の門を開けば、園内の木々は緑が鮮やかである／茶畑からは茶摘みの歌が聞こえてくる／座にあっては見事な墨蹟を見て大いに興を覚えた

○山縣有朋（一八三八—一九二二）元帥陸軍大将。公爵。内務大臣、内閣総理大臣、陸軍参謀総長などを歴任。陸軍のみならず政官界に隠然たる影響力を保ち、「日本軍閥の祖」といわれた。○椿山荘　山県有朋が明治十一年に購入した邸宅。現在の東京都文京区関口二丁目に位置する。現在は敷地内にホテル椿山荘東京が建つ。○嫩日　あさひ。○緑野堂「壽伊藤博文周甲」参照。○樹色　木の茂ったいろ。○園圃　はたけ。○採茶曲　茶摘み唄。○筆墨　ふでとすみ。転じて、文章をいう。○雲煙　書画の筆勢の躍動する形容。杜甫「飲中八仙歌」揮毫落紙如雲煙（毫《ふで》を揮いて紙に落とせば雲煙の如し）。

『謹解』によると、明治四十二年五月二十四日、はじめて元帥公爵山縣有朋の邸椿山荘に行啓。有朋・侯爵桂太郎・陸軍大将寺内正毅《まさたけ》・同乃木希典《まれすけ》ら諸人午餐に陪し、おわって表座敷で画人下條桂谷《しもじょうけいこく》・益頭峻南《ましずしゅんなん》・望月金鳳《もちづききんぽう》・奥村晴翠《おくむらせいすい》・高島北海《たかしまほっかい》らの御前揮毫を、ついで活動写真の映写をご覧になった。（奥村晴翠は、奥原晴翠のことであると思われる。）

また、山県有朋の秘書を勤めた入江貫一《いりえかんいち》氏の談話として、「当時椿山荘には茶圃《ばたけ》があり、皇太子行啓の時、茶摘みを行い、茶摘み歌を歌わせ、お聞かせしたかも知れない」と記している。

なお、『謹解』では、当日、椿山荘で行われた風雅な文事についても詳述している。

賀三島毅八十
白髪朱顔志益堅
朝朝説道侍經筵
後凋松柏堪相比
冒雪凌霜八十年

三島毅《き》の八十を賀す
白髪朱顔　志益ます堅し
朝々道を説いて　経筵《けいえん》に侍す
後凋《ごちょう》の松柏　相比するに堪えたり
雪を冒《おか》し霜を凌ぐ　八十年

七言絶句。堅・筵・年（先韻）

【訳】白髪に血色のよい赤い顔、意気ますます軒昂／毎朝経書の講義で人の道を説く／そのさまはさながら松や柏が、万木が凋《しぼ》んでもなお／雪にも霜にも屈せずに八十年の歳月を青々と生きているかのよう

○三島毅　漢学者、新治裁判所長、大審院判事、東京帝国大学教授を経て、東宮侍講。二松學舍大学の前身となる漢学塾二松學舍の創立者。重野成斎《しげのせいさい》、川田甕江《かわだおうこう》とともに明治の三大文宗の一人に数えられる。○經筵　天子が経書の講義を聞く席。経書の講義をする席。○後凋松柏　後凋は、ほかのものの凋んだ後まで凋まずに残ること。松柏は厳寒に万木が凋むのにおくれてひとり青々としていることから、人の節操の堅いのを喩える。『論語』歳寒知松柏之後凋（歳寒くして松柏の凋むに後《おく》るるを知る）。

『謹解』によると、明治四十二年五月二十六日、東宮侍講三島毅が八十歳になったのを祝い、銀製御紋付巻煙草函および金一万円を賜い、別にこの詩を賜うた。

皇太子と三島の君臣、また師弟の間の濃密な交情は、歴史上稀に見るところ。しかも、こうして漢詩によってそれが為されているのは絶無といってよいのではないか。

この詩は、むしろごく平易な措辞ではあるが、かえって飾らない真情が滲み出ているように感じられる。

玉川観漁

晴天炎熱恰如烘
時喜新樹送涼風
前夜雨過溪水漲
香魚潑剌濁浪中
使役烏鬼尤多獲
登盤偏愛魚味濃

玉川にて漁《りょう》を観る

晴天の炎熱　恰《あたか》も烘《や》くが如し
時に喜ぶ　新樹の涼風を送るを
前夜　雨過ぎて　溪水漲《みなぎ》る
香魚潑剌《はつらつ》たり　濁浪《だくろう》の中《うち》
烏鬼《うき》を使役して　尤《もっと》も獲《う》るもの多し
盤に登《のぼ》せ偏《ひと》えに愛す　魚味の濃《こま》やかなるを

七言古詩。烘・風・中・濃（東韻・冬韻通韻）

【訳】晴れた日の暑さは焼けつくよう／時に木々の緑が涼風を送ってくれるのが嬉しい／ゆうべ雨が降って川が増水し／波の中に香魚《あゆ》がピチピチ跳《は》ねている／鵜《う》を使うとたくさん捕れる／大皿に載せた香魚はまことに美味《うま》い

○香魚　あゆ。○潑剌　魚のはねるさま。ピチピチ。杜甫の詩（「漫成」）に見える。○烏鬼　鵜。

七月、多摩川での鵜飼いを詠ったもの。

前の二句は、季節・天候・場所。中の二句は、主役の香魚が登場。後の二句は、漁の成果を詠って結ぶ。〔『漢詩人』二二四ページ〕

望金華山
九月秋風曉霧開
大垣城裏望悠哉
何人彩筆描佳景
突兀金華翠作堆

金華山を望む
九月 秋風 曉霧《ぎょうむ》開く
大垣城裏 望み悠なる哉
何人《なんぴと》の彩筆か佳景を描かん
突兀《とっこつ》たる金華 翠 堆《たい》を作《な》す

七言絶句。開・哉・堆（灰韻）

【訳】九月の秋風が朝霧を吹き開くと／大垣城の雄大な眺めが眼前に広がる／いったい誰がこの絶景を絵筆で写し取ることができるだろうか／みどり色をうず高く積んだように聳えるこの金華山を

○金華山　現在の岐阜県岐阜市にある標高三二九メートルの山。旧名稲葉山。斎藤道三、織田信長の居城となった。○大垣城　現在の岐阜県大垣市郭町にあった平城。慶長五年の関ヶ原の戦いの際には、石田三成らが入城して西軍の根拠地となった。○彩筆　絵筆。○佳景　よい景色。絶景。○突兀　高くぬきんでて立つ。

『謹解』によると、明治四十二年九月十五日、岐阜県下並びに北陸三県下に行啓。岐阜に三泊され、十七日には大垣に行啓。その間金華山上城址の歴史についてお聞きになり、また大垣城天守閣に登り、付近の山川を展望された。

大垣城、金華山という固有名詞がうまく詩趣を助け、効果を上げている。

なお、岐阜の自然を詠じた名詩として、森春濤（一八一九―八九）に「岐阜竹枝」があり、人口に膾炙した。

参考までに掲げておこう。

岐阜竹枝　　森春濤

環郭皆山紫翠堆　郭を環《めぐ》りて皆《みな》山　紫翠　堆《うずたか》し
夕陽人倚好樓臺　夕陽　人は倚る好楼台
香魚欲上桃花落　香魚上らんと欲して桃花落ち
三十六灣春水來　三十六湾春水来たる

金崎城址

登臨城址弔英雄
日落風寒樹鬱葱
身死詔書在衣帶
千秋正氣見孤忠

金ケ崎城址

城址に登臨して　英雄を弔う
日落ち風寒くして　樹鬱葱《うっそう》たり
身死して　詔書　衣帯《いたい》に在り
千秋　正気《せいき》　孤忠を見る

七言絶句。雄・葱・忠（東韻）

【訳】　英雄新田義貞の霊を弔おうと金ヶ崎城址に登ってくると／すでに日は沈み風は冷たく、樹木がこんもりと茂っ

ている／死ぬまで後醍醐天皇の詔書を肌身離さず持っていたという／その孤高の忠義は千年の後までも正気を放っている

○金崎城　現在の福井県敦賀市金ヶ崎町にあった城。別名敦賀城。○登臨　高いところに登って見渡すこと。○欝葱　こんもりと茂るさま。○詔書　天子のみことのりを記した文書。義貞が戦死したとき、敵がその首級とともにその肌に懸けていた金襴の守を得、それを開くと中から後醍醐天皇の手詔が出てきたという。○在衣帯　肌身離さず持っている。○千秋「高松栗林公園」参照。○正氣　人の正しい気性。○孤忠　他人の助けなく、自分一人で尽くす忠義。

『謹解』によると、明治四十二年九月二十一日、敦賀に行啓され、官幣中社金ヶ崎宮に参拝され、鷗ヶ崎《かもめがさき》から敦賀湾の風光を眺められ、さらに金ヶ崎城址にご登臨、月見御殿址で知事より史実の説明をお聞きになった。延元元（一三三六）年、足利尊氏の入京により恒良《つねよし》親王、尊良《たかよし》親王を奉じて北陸落ちした新田義貞が入城するが、足利方の軍勢に包囲される。翌年、義貞らは闇夜に密かに脱出して体勢を立て直し、金ヶ崎城を救援しようとするが足利方に阻まれる。その後、足利方が城内に攻め込み、尊良親王、新田義顕（義貞嫡男）らは城に火を放ち自害、恒良親王は捕縛され、落城したのであった。

登呉羽山

雨後無風秋氣溫
呉羽峻阪留履痕

呉羽山《くれはやま》に登る

雨後風無く　秋気温かなり
呉羽の峻阪《しゅんぱん》に履痕《りこん》を留む

維昔秀吉進征旆
敵將力窮降軍門
吾來此地見形勢
中越全景眼中存
立岳衝空向東聳
神通水漲指北奔
旅團兵營接城市
海灣直連羆秠原
眺望如此難多得
眞是北國好公園

維《こ》れ昔 秀吉征旆《せいはい》を進め
敵将力窮まりて 軍門に降る
吾れ此の地に来たりて 形勢を見るに
中越の全景 眼中に存す
立岳空を衝いて 東に向かって聳え
神通水漲《みなぎ》りて 北を指して奔《はし》る
旅団の兵営 城市に接し
海湾直ちに羆秠《はあ》の原に連なる
眺望此の如きは多く得難し
真に是れ北国の好公園

七言古詩。温・痕・門・存・奔・原・園（元韻）

【訳】 雨が上がり、風もやみ、秋の日は暖か／呉羽山の険しい路を登っていく／ここはその昔、豊臣秀吉が軍を進めた所／敵将佐々成政は力尽き、降服した／私がここへ来て山河の姿を眺めると／中越地方の景色は全部眼中に収められる／立山は天を衝き、東へ向かって聳え／神通川は水を湛えて北へと奔流している／陸軍の旅団が駐屯している営舎は町の方へと接しており／海はそのまま稲田へと続く／このような眺めは、なかなか他にはない／まことに北国のよき公園といえよう

○呉羽山　富山県の富山平野にある呉羽丘陵のなかの山。標高八〇メートル。○峻阪　険しい坂。○履痕　げたの歯の

あと。足あとをいう。○秀吉　豊臣秀吉。○征旆　戦いに用いる旗印。軍旗。○軍門　軍営の門。○中越　富山県（越中国）の別名。○眼中存　見て取れる。○立岳　立山。富山県東南部にある標高三、〇一五メートルの山。○衝空　天をつく。勢いの盛んなさま。○神通　神通川。富山県中央部を北流して富山湾に注ぐ。○旅團　旧陸軍編成上の名称。師団の下。○海灣　入り江。いりうみ。○穲稏　稲をいう。

『謹解』によると、明治四十二年十月一日、呉羽山公園にご登臨、富山平野を眺望され、知事および旅団長は御前で山河の形勢、町村の布置、史蹟等を指点して説明申し上げた。

この詩は現在、呉羽山中に詩碑が立てられている。〔『漢詩人』八三ページ〕

明治四十三年

養老泉
飛流百尺下高岑
古木蒼蒼雲氣深

養老泉
飛流百尺　高岑《こうしん》を下る
古木蒼々として　雲気深し

聞昔樵夫能養老
至今純孝感人心

聞く昔樵夫《しょうふ》能く老を養うと
今に至って純孝 人心を感ぜしむ

七言絶句。岑・深・心（侵韻）

【訳】高い峰から飛んで流れ落ちるように滝がかかり／まわりには古木が生い茂り、雲のようなもやが深く覆っている／むかしこの滝で樵夫《きこり》が老親に孝行を尽くしたというが／その伝説は今に至るまで人の心を感動させている

○養老泉　現在の岐阜県養老郡養老町養老公園にある滝。親孝行な子の話を聞き、当地へ行幸した元正天皇（在位七一五―七二四）が若返りの滝の水を知り、元号を「養老」とした。○高岑　高い峰。○蒼蒼　繁茂しているさま。○養老　老人をいたわって安楽に過ごさせること。○純孝　まごころ篤い孝行。

『謹解』によると、明治四十三年四月、参謀本部演習ご視察のため、岐阜県大垣に行啓、ご滞在八日におよび、二十一日午前九時、ご宿泊先の戸田氏別邸を出発、十一時、養老公園千歳楼にお着きになり、徒歩で養老の滝に至りご観瀑、午後二時、千歳楼を出て還啓の途に就かれた。

第二句「雲気深し」は、第一句を受け、滝の様子をよく描いて秀抜。伝説をそつなく詠じている。

琵琶湖

西風斜日水冷冷
縹渺煙波接遠汀

琵琶湖

西風斜日 水冷々《れいれい》
縹渺《ひょうびょう》たる煙波 遠汀《えんてい》に接す

舟向竹生洲畔去
瑠璃盤上點螺青

舟は竹生《ちくぶ》洲畔《しゅうはん》に向かって去る
瑠璃《るり》盤上 螺青《らせい》を点ず

七言絶句。泠・汀・青（青韻）

【訳】秋風が吹き夕日が照らす湖水は清らか／遥か波と靄《もや》が広がり、遠くの浜へと続く／舟が竹生島のほうへ去ってゆく／瑠璃の大皿の上に青い螺《たにし》がポツンと見えるかのよう

○西風　秋風。○斜日　夕日。○泠泠　水や風の音の清らかなさま。また、清らかに涼しいさま。○縹渺　遠くかすかなさま。また、はるかに広いさま。畳韻語。○煙波　「海上釣鼇圖」参照。○遠汀　遠く続く水際。○竹生洲　竹生島。琵琶湖のなかにある小島。○瑠璃　青色の宝玉。双声語。○螺青　青色のたにし。はるか青く見える竹生島を喩える。韻を踏む都合で「青螺」を「螺青」とした。劉禹錫「望洞庭」遙望洞庭山色翠、白銀盤裏一青螺（遥かに望む洞庭山色の翠、白銀盤裏の一青螺）。

『謹解』によると、明治四十三年九月、京都府および滋賀県に行啓、京都二条城にご滞在中であったが、十月六日、大津市円満院に行啓、五泊された。その間唐崎で琵琶湖をご覧になった。

前半は、琵琶湖の広い眺め。「泠泠」「縹渺」で、湖の広く清らかなさまが描かれる。

後半は、湖中の竹生島を詠う。舟の動きとともに〝青螺〟の如き島が目に入ってくる。

劉禹錫は月光の照らす洞庭湖を〝白銀盤〟（白銀の大皿）に見立てたのを、この詩では琵琶湖を〝瑠璃盤〟に見立てた。〔『漢詩人』八六ページ〕

望湖

青山登高處
天晴俯太湖
煙波何縹緲
帆影白糢糊
清風來吹袂
且喜塵埃無
徘徊不忍去
此地眞名區

湖を望む

青山　高きに登る処
天晴れて　太湖《たいこ》に俯す
煙波　何ぞ縹《ひょうびょう》緲たる
帆影　白糢糊たり
清風　来たって袂を吹き
且つ喜ぶ　塵埃無きを
徘徊して　去るに忍びず
此の地　真に名区なり

五言古詩。湖・糊・無・區（虞韻）

【訳】　青々と樹木の茂った山に登ると／晴れた空の下、琵琶湖を見下ろすことができる／もやにけむる水面は遠く遥かに／船の帆影がぼんやり白くかすんでいる／清らかな風が袖を過ぎて心地よく／塵や埃を払い去るのも嬉しい／いつまでもそぞろ歩きしたまま、なかなか立ち去りがたい／ここはまことにすばらしいところである

○青山　青々と見える山。樹木の青く茂っている山。○登高　高所に登ること。○天晴　「三島驛」参照。○太湖　中国江蘇・浙江両省にまたがる湖。古来日本の漢詩人が琵琶湖を詩に詠じる際には太湖になぞらえる。○煙波　「海上釣鼇圖」参照。○縹緲　「琵琶湖」参照。○帆影　ほかげ。または舟をいう。○糢糊　はっきりしないさま。畳韻語。○塵埃　ちりほこり。○徘徊　ぶらぶら歩く。畳韻語。○名區　すぐれた土地。

『謹解』によると、前作と同時の作。

前半の四句は、山水の景。青山に登って湖を見下ろすと、湖面にもやが広がり、舟の帆がかすんで見える。

後半の四句は、景によって引き出された快い情感。世俗を離れた清らかさの中に、たゆたって離れ難い気持ちを詠う。

臨進水式

嶺雲送雨氣爽涼
迂回如蛇鐵路長
下車丹州舞鶴驛
直臨軍港進水場
新製大艦橫半空
當面喜見容姿雄
萬人整肅陪觀處
大臣命名曰海風
廠長擧槌斷索條
船體滑走破波濤

進水式に臨む

嶺雲《れいうん》雨を送って　気爽涼《そうりょう》
迂回蛇の如く　鉄路長し
下車す　丹州舞鶴駅
直ちに臨む　軍港の進水場
新製の大艦　半空に横たわり
面に当たりて喜び見る　容姿の雄なるを
万人整粛　陪観《ばいかん》の処
大臣命名して　海風と曰う
廠長《しょうちょう》槌《つち》を挙げて　索条《さくじょう》を断ち
船体滑走して　波濤を破る

待見他年海戦日
赫赫聲譽内外高

待ちて見ん 他年海戦の日
赫々《かくかく》たる声誉《せいよ》 内外に高きを

七言古詩。涼・長・場（陽韻）。空・雄・風（東韻）。條・濤・高（豪韻）

【訳】 峰にかかる雲が雨を去らせ、爽やかな気が満ちている／長い鉄路が蛇のように曲がりくねっている／丹後の舞鶴駅で汽車を降り／すぐに軍港の進水式会場へと向かう／新造された巨大な戦艦が天空に横たわり／その堂々たる雄姿を目の当たりにしてうれしく思う／多くの人々が厳かに観覧に付き従うなか／大臣はこの戦艦に「海風《うみかぜ》」と命名した／工場長が槌を振り上げてとも綱を切断すると／船体は大波を破って滑るように進む／後年の来たるべき海戦の日／盛んな誉れが国の内外に高まることを待ち望む

○嶺雲　峰にかかる雲。○丹州　丹後国と丹波国。現在の京都府北・中部と兵庫県の東部。○舞鶴驛　現在の西舞鶴駅。○半空「恭謁皇后宮沼津離宮」参照。○當面　向き合う。また、目の当たり。眼前。○容姿　みめかたち。すがた。○整粛　ととのっておごそかなさま。○陪觀　貴人のお供をして共に見物する。○廠長　工場長。○索條　綱。○波濤「舞鶴軍港」参照。○他年　後年。○赫赫　あきらかなさま。盛んなさま。○聲譽　ほまれ。よい評判。

『謹解』によると、明治四十三年十月十日午前六時、宿泊先の円満院を出て汽車に乗られ、十一時、舞鶴にお着きになり、駆逐艦海風の進水式に臨まれた。そのときの作。

四句ずつ一解。三解より成る。一解ごとに換韻する。第一解は、進水式へ来るまで、第二解は、式の様子、第三解は、将来の活躍を期待して結ぶ。

中村公園
一路西風日色晴
中村景物最牽情
當年舊宅今何在
蓋世英雄此地生

中村公園
一路西風　日色晴る
中村の景物　最も情を牽《ひ》く
当年の旧宅　今何《いづ》くにか在る
蓋世《がいせい》の英雄　此の地に生まる

七言絶句。晴・情・生（庚韻）

【訳】　秋晴れの一日、秋風に吹かれながら中村公園を訪れると／あたりの風景に懐古の情をひかれた／太閤豊臣秀吉の旧宅は今どこにあるのか／覇気が一世を蓋うほどの英雄はこの地に生まれたのだ

○中村公園　現在の愛知県名古屋市中村区にある公園。豊臣秀吉および加藤清正の生まれた地といわれており、園内には豊臣秀吉を祀る豊国神社がある。○景物　景色。風景。○當年　その年。その当時。○蓋世英雄　その時代をおおい包むほど、気概や才能の大きな英雄。『史記』「項羽本紀」力抜山兮氣蓋世（力は山を抜き　気は世を蓋う）。ここでは、豊臣秀吉を指す。

『謹解』によると、明治四十三年十月愛知・三重両県下に行啓。十一月六日名古屋偕行社に入られ、十八日午後熱田神宮にご参拝、帰途中村公園に至り逍遥された。

山中

山中一静閒
老樹皆千古
白雲時下垂
忽作瀟瀟雨

山中

山中　一《いつ》に静閒
老樹　皆な千古
白雲　時に下垂し
忽《たちま》ち瀟《しょうしょう》々の雨と作《な》る

五言絶句。古・雨（麌韻）

【訳】　山中はしんと静まりかえっている／老木はみな千年の昔からそこに生えているかのようである／折しも、白雲が垂れ込め／にわかに雨となって激しく降り出した

○一　語勢を強める助字。ひとえに。○静閒　静閑に同じ。ものしずかなこと。○千古　おおむかし。○瀟瀟　風雨のはげしいさま。

王維の山水詩、「輞川集《もうせんしゅう》」の五言絶句の趣がある作。

明治四十四年

擬人暮春作
百花歴亂趁東風
寂寞園林夕日空
回首天涯人已遠
暗愁寄在暮雲中

人の暮春の作に擬す
百花歴乱　東風を趁《お》う
寂寞《せきばく》たる園林　夕日空し
首《こうべ》を回《めぐ》らせば　天涯　人已に遠し
暗愁　寄せて暮雲の中《うち》に在り

七言絶句。風・空・中（東韻）

【訳】　多くの花が東風に吹かれて散り乱れ／物寂しい園林は日が暮れかけて人気《ひとけ》もなくひっそりとしている／振り返ると友人は遠く地の果てに去り／夕暮れの雲を見ていると暗く切ない愁いが湧いてくる

○擬　なぞらえる。まねる。○歴亂　花の咲き乱れるさま。双声語。○東風　「新春偶成」参照。○寂寞　ひっそりとしてさびしいさま。畳韻語。○園林　庭園内の林。○回首　振り返って見る。○天涯　天の果て。極めて遠いところ。

『謹解』によると、これより明治四十四年の作。

「擬作」は、人の作にのっとって作る、ということ。

「暗愁」（人知れぬうれい）が、この詩の眼目。前半は、晩春の夕暮れの園林、という情景。その中で、遠く去る人を思えば、何がなし寂しさが胸を浸す。思いは雲の彼方へと馳せてゆく。

擬送別詩
河梁分手柳如絲
目送歸鴻天一涯
男子常懷四方志
不辭前路幾艱危

送別の詩に擬す
河梁《かりょう》分手 柳糸《りゅうし》の如し
目送す 帰鴻《きこう》 天の一涯
男子常に懐《いだ》く 四方の志
辞せず 前路の幾艱危《かんき》

七言絶句。絲・涯・危（支韻）

【訳】川岸の柳の枝が糸のように垂れている橋の上で君と別れるこのとき／北の果てへと帰る渡り鳥をじっと目で見送る／男子は常に天下諸国を遠遊する志を懐くもの／前途に幾多の危難が待ち受けていようとも、決して思いとどまることはないのだ

○擬　「擬人暮春作」参照。○河梁　川に架けた橋。人を送って川の橋の上まで行って別れることから離別の場所を表す。漢の李陵が蘇武と匈奴《きょうど》の地で別れる際に作った詩に「攜手上河梁」（手を携えては河梁に上る）とあるのに基づく。○分手　手を分かつ。人と別れる。○目送　目を離さずに見送ること。嵇康「贈秀才入軍」目送歸鴻、手揮五絃（帰鴻を目送し、手に五絃を揮《ふる》う）。○歸鴻　春、北に帰るかり。「鴻」は渡り鳥の大きいものをいう。○天一涯　天の一方のはて。相去ることの遠いこと。「古詩」相去萬餘里、各在天一涯（相い去ること万余里、各《おの》おの天の一涯に在り）。○四方志　天下諸国を遊歴し、天下を経営しようとする志。○艱危　危険。

第二句の「目送帰鴻」は、天の涯へ帰りゆく雁を目で見送る、そのように遠くへゆく君を送る、ということ。「目送帰鴻」の語を用い、別離の深い思いを表現したところが見どころ。

新冠牧場
良駒駿馬逐風行
氣爽秋來毛骨成
喜見雄姿適軍用
馳驅山野四蹄輕

新冠《にいかっぷ》牧場
良駒駿馬　風を逐《お》うて行く
気爽やかに　秋来　毛骨成る
喜び見る　雄姿　軍用に適するを
山野を馳駆《ちく》して　四蹄《してい》軽し

七言絶句。行・成・輕（庚韻）

【訳】　良い馬、速い馬が風を切って走る／気爽やかな秋、すっかり体つきもたくましくなった／嬉しいことに、勇ましいその姿は軍隊の任務に適している／足取りも軽く山野を駆け回ることだろう

○新冠牧場　北海道、日高山脈の西側山麓に位置する牧場。明治五年、北海道産馬の改良を目的として創設され、十八年には御料牧場となった。○良駒駿馬　すぐれてよい馬。○毛骨　毛と骨。姿かたちをいう。○馳驅　かける。走り回る。○四蹄　四つのひづめ。杜甫「房兵曹胡馬」竹批雙耳峻、風入四蹄輕（竹批《そ》いで双耳峻《するど》く、風入って四蹄軽し）の影響が見られる。

『謹解』によると、明治四十四年八月十八日、視察のため北海道に行啓。二十日、函館にご上陸後、九月十二日まで道内各地をご巡歴された。九月八日、新冠御料牧場にお着きになり、三泊された。

語釈にも示したように、『唐詩選』に載せる杜甫の馬の詩を、よく勉強された跡が窺える作である。〔『漢詩人』八八ジペー〕

晩秋山居
寒溪聲遠草堂幽
寂寞山中又晩秋
風掃簷端霜葉亂
月臨窓外夜猿愁

晩秋山居
寒渓声遠くして草堂幽《ゆう》なり
寂寞《せきばく》たる山中　又た晩秋
風は簷端《のきば》を掃《はら》って霜葉《そうよう》乱れ
月は窓外に臨んで夜猿《やえん》愁う

七言絶句。幽・秋・愁（尤韻）

【訳】谷川の音も遠くかすかに山荘は静か／ひっそりとした山はすでに晩秋のたたずまい／風が軒端を吹いて紅葉が乱れ散り／月光が窓から射しこみ、夜猿が悲しく鳴く

○山居　山中に住む。また、山中の住居。○寒溪　寒い谷川。○草堂　かやぶきの家。○寂寞　「擬人暮春作」参照。○簷端　のきば。○霜葉　霜のために黄または紅く色づいた葉。紅葉。○夜猿　夜に鳴くさる。

題詠の作であろう。後半の二句は、対句仕立てになっている。「後対格」の詩。技巧的に優れた作である。

〔『漢詩人』五五ジペー〕

歳晩
北風凜冽透人肌

歳晩
北風凜冽《りんれつ》　人肌に透る

正是今年欲暮時
愛日已臨南殿外
寒梅早有著花枝

正に是れ今年暮れんと欲するの時
愛日已に臨む　南殿の外
寒梅早《つと》に花を著《つ》くるの枝有り

七言絶句。肌・時・枝（支韻）

【訳】　北風が人の肌を刺すように感じられるほど冷たい／今年もいよいよ暮れようとしている／冬の暖かい日が射す南殿の外には／早くも寒中の梅が枝先に花をつけている

○歳晩　年が暮れる。また、年の暮れ。○凛冽　寒さの激しいさま。双声語。○愛日　愛すべき日光。冬の日をいう。『春秋左氏伝』「文公七年注」冬日可愛、夏日可畏（冬日は愛すべく、夏日は畏るべし）。○寒梅　寒中の梅。冬の梅。

題詠の作と思われる。前半は、年の暮れの寒さを詠い、後半は、春の到来の兆しを詠う。「南殿」が、何気なく春の気分をそそるうまい用語。

明治四十五年

葉山卽事

數聲漁笛入風聞
海氣淸凉絶俗氛
檻外遠山如染黛
林間斜日又微曛
望來曲浦參差樹
吟送長天縹緲雲
白髮儒臣依舊健
侍筵時講古人文

葉山即事

数声の漁笛 風に入って聞こえ
海気清涼 俗氛《ぞくふん》を絶つ
檻外の遠山 黛《まゆずみ》を染むるが如く
林間の斜日 又た微曛《びくん》
望み来たる 曲浦《きょくほ》 参差《しんし》の樹
吟じて送る 長天 縹緲《ひょうびょう》の雲
白髪の儒臣 旧に依りて健やかに
筵《えん》に侍して時に講ず 古人の文

七言律詩。聞・氛・曛・雲・文（文韻）

【訳】漁師の吹く笛の音が、風に乗って聞こえてくる／海の気は清らかで、俗世間の汚れを除き払う／欄干の向こう、遠山がうす黒く連なり／林の中に、夕日のかすかな赤い色が入りこむ／入り江に生い茂る木々を望み見／詩を口ずさみつつ、空に漂う雲を見送る／白髪の老師は今もすこやかに／折々に古人の文章を講じてくれる

○葉山　三浦半島の中部西側に位置する。保養地として知られていたが、明治二十七年に一色海岸に葉山御用邸がつくられると一躍その名が高まった。なお、この御用邸は大正天皇終焉の地となった。○漁笛　漁師の吹く笛。○海氣　海辺の気。○俗氛　俗気。世塵。○檻外　手すりの外。○黛　まゆずみのような青黒色。あおあおとした山や樹木の形容。○斜日　「琵琶湖」参照。○曲浦　「春浦」参照。○參差　「農家圖」（明治三十五年）参照。○長天　広い空。○縹緲　「琵琶湖」参照。○曛　赤黄色。○儒臣　儒学をもって仕える臣。ここでは、東宮侍講の三島中洲を指す。○依舊　昔のまま。昔と変わらず。○侍筵　天子または東宮の御前で書物を講義すること。○時講　「時々講ずる」の意ではなく、「いつも、きまって講ずる」の意。

『謹解』によると、明治四十五年一月十三日より葉山へ行啓、ご淹留《えんりゅう》は六十日に及んだ。その間の作。格調正しく、御集中の最高傑作。世俗を離れた葉山の地の幽静な雰囲気に、老臣三島中洲と若き皇太子のほのぼのとした師弟の情が包まれ、何とも心暖まる気高い作である。〔『漢詩人』一〇五ページ〕

春日偶成

暖氣隨風漸可人
桃花楊柳望中新
方知天地生生意
現出艷陽三月春

春日偶成

暖気風に随《したが》って　漸く人に可なり
桃花楊柳　望中に新たなり
方《まさ》に知る　天地生々の意
現出す　艶陽《えんよう》三月の春

七言絶句。人・新・春（眞韻）

【訳】風に乗って流れ込む暖かい気がだんだんと心地よく感じられるようになった春の日／桃の花の紅、柳の新芽の緑が目にも鮮やか／天地のいきいきとした生気が／はなやかな晩春三月の季節を現していることを知るのだ

○生生　万物がつねに生ずるさま。いきいきとしているさま。○現出　あらわし出す。あらわれでる。○艷陽　晩春の季節。

題詠と思われる。「三月」は、陽暦の表現（陰暦では二月、というべきところ）だが、平仄の都合もあり、敢えてこの語を用いられた。

女官獻土筆
土筆上盤風味新
三杯催醉快心神
春風想見陽坡畔
纖手摘來嬉笑頻

女官　土筆《つくし》を献ず
土筆　盤に上せば風味新たなり
三杯　酔を催して心神　快《こころよ》し
春風想い見る　陽坡《ようは》の畔《ほとり》
纖手《せんしゅ》摘み来たりて　嬉笑頻《しき》りなるを

七言絶句。新・神・頻（眞韻）

【訳】つくしが皿に盛られ風味新鮮だ／これで三杯飲むと快《こころよ》い酔い心地になる／春風の吹く土堤《どて》の日溜まりで／女官たちの細い腕で摘むときの笑い声が想像される

○土筆　つくし。和語。○陽坡　用例のない語であるが、日の当たる堤、の意。○纖手　女性の細い手。美しい手。『詩経』の詩に基づく語。

この年の春ごろの作か。皇太子時代の〝家庭的和楽〟を詠われる最後の詩、というべき詩。つくしのおひたしで酒三杯、快い酔い心地。春風の吹く、日当たりのよい土堤《どて》の上、美しい女官たちの賑やかな笑い声。皇太子の良き時代の掉尾《とうび》を飾る作。お人柄がよく表れている。〔『漢詩人』一五九ページ〕

晴軒讀書

園林日暖鳥呼晴
脈脈透簾花氣清
貪睡北窗予豈敢
讀書偏想古人情

晴軒読書

園林日暖かにして　鳥　晴れを呼ぶ
脈々　簾を透《とお》して　花気清し
睡《ねむ》りを北窓に貪る　予《われ》　豈に敢えてせんや
読書偏《ひと》えに想う　古人の情

七言絶句。晴・清・情（庚韻）

【訳】　園林に日暖かく、晴れた空に鳥が鳴き合う／簾を通してスーッと花の香が漂う／北の窓辺で眠りを貪るようなことはしない／読書に励みひたすら古人の心を汲むのだ

○園林　「擬人暮春作」参照。○脈脈　連続して絶えないさま。○花氣　花のにおい。○北窗　北のまど。第三句は、『晋書』「陶潜伝」嘗言夏月虚閑、高臥北窗之下（嘗て言う　夏月の虚閑に、北窓の下に高臥す）。

題詠であろう。第一句で「晴れを呼ぶ」と、まず「晴」を詠い、第二句の「簾を透す」と第三句の「北窓」で、「軒」を詠い、第四句に「読書」の語を用いて、表題のすべてを詠みこんだ。

第三句の「北窓」には、陶淵明の伝記の「夏月、北窓の下に高臥す」（夏には北向きの窓べでのんびり横になる）とあるのを踏まえ、それを「予豈に敢えてせんや」とひっくり返し、もっぱら読書に励むことを詠う。出された題にそいながら、工夫を凝らす様子の窺われる作である。〔『漢詩人』五六ページ〕

梅雨

梅雨瀟瀟灑四檐
園中竹樹次第沾
有時稍覺氣凉冷
一爐焚來香可添
城上陰雲猶漠漠
林端何時挂素蟾
想見田家正多事
村村挿遍秧針尖

梅雨

梅雨瀟々《しょうしょう》として　四檐《しえん》に灑《そそ》ぐ
園中の竹樹　次第に沾《うるお》う
時有ってか稍《や》や覚ゆ　気の涼冷なるを
一炉焚き来たって　香添うべし
城上の陰雲　猶お漠々たり
林端《りんたん》　何れの時にか素蟾《そせんか》挂かる
想い見る　田家《でんか》　正に多事
村々挿《さ》し遍し　秧針《おうしん》の尖なるを

七言古詩。檐・沾・添・蟾・尖（塩韻）

【訳】 梅雨時の雨がしとしとと軒端に降り注ぎ／庭の竹を次々に濡らしてゆく／折しもだんだんと薄ら寒くなってきたので／香りを添えて火鉢に火を入れよう／街の上に懸かる雨雲は薄暗く連なり／いつになったら林のきわに月が懸かることやら／農家はちょうど仕事が多くなってきて／村々では尖った稲の苗を隅々まで挿して、田植えをしていることであろう

○瀟瀟　「山中」参照。○四檐　家の四方のひさし。頼山陽「本能寺」四簷梅雨天如墨（四檐の梅雨　天　墨の如し）。○涼冷　涼しくひややかなこと。○一爐　一つのいろり。○城上　街の上空。○陰雲　くらい雲。雨雲。○漠漠　「初秋偶成」（明治三十九年）参照。○林端　林のきわ。○素蟾　月の異名。○想見　推し量って目に浮かべる。○田家　農家。○秧針　はじめて生じた稲の苗。苗が針のように細く尖っていることからいう。

梅雨の情景から、農作業へと思いが広がってゆく。

初めの四句は、梅雨のさまを外から内へと写す。軒端に垂れた雨は、庭をも湿《うるお》し、時に冷気がしのび寄って炉に火を熾こし、それに香を焚く、と風流な味わいも添える。

後半、じめじめした空に、月の懸かるのを待ち望み、最後の二句は農作業を思いやって結ぶ。

韻には、あまり用いない「塩韻」、いわゆる険韻を試みられた。

宇治橋撲螢圖
宇治橋頭雨後清
螢光映水水紋明
扁舟容與載兒女
團扇掲時起笑聲

宇治橋に蛍を撲《う》つの図
宇治橋頭　雨後清し
蛍光水に映じ　水紋明らかなり
扁舟《へんしゅう》容与《ようよ》として児女を載せ
団扇掲《あ》ぐる時　笑声起こる

七言絶句。清・明・聲（庚韻）

【訳】宇治橋のあたり雨上がり清々《すがすが》しく／月明かりの中、ほたるが水に彩《あや》を映して美しい／小舟はゆらゆら子どもを載せて／うちわでほたるを撲つとき笑い声が上がる

○容与　ゆったりしたさま。双声語。小舟がゆらゆら揺れる形容に用いた。○団扇　丸いうちわ。

題画詩。前作と同じころの作。雨上がりの夕べ。小舟に乗って蛍狩りをする児女を描いた画を見ての作。漢の班婕妤《しょうよ》の「団扇歌」に、団扇を満月に見立てて詠うことから、ここでも雨上がりに月が出ている夕べが背景に描かれているのであろう。画中から和やかな笑い声が聞こえてくる心地である。〔『漢詩人』一九四ページ〕

大正時代

大正元年

示徳大寺實則
夙贊中興諧聖衷
星霜四十寵恩隆
喜卿謹恪無儔匹
奬美拾遺全始終

徳大寺実則《さねつね》に示す
夙《つと》に中興を賛して　聖衷に諧《かな》う
星霜四十　寵恩隆《さか》んなり
喜ぶ　卿が謹恪《きんかく》　儔匹《ちゅうひつ》無く
奨美拾遺　始終を全うするを

七言絶句。衷・隆・終（東韻）

【訳】早くから維新中興の業に力を尽くして、先帝の御意にかない／並々ならぬ恩寵を受けること四十年／卿が類まれな一途《いちず》の励みで／先帝の美点を奨め、過失を諫め、よく終わりを全うしたことは誠によろこばしい

○徳大寺實則（一八三九―一九一九）幕末・明治期の公卿・官僚。明治天皇の侍従長。公爵。○贊　助ける。力を添える。○中興　いったん衰えていたのが再びさかんになること。○諧　かなう。合う。○聖衷　天子のみこころ。○星霜　移り変わる年月をいう。星は一年で天を一周し、霜は毎年降るのでいう。○寵恩　寵愛の恩。○謹恪　精励恪勤。つつしみはげむ。○儔匹　仲間。ともがら。○奬美拾遺　君主の美点をすすめ、過失をひろって諫める。○始終　はじめから終わりまで。

『謹解』によると、徳大寺は明治帝に仕えて四十余年、よく有終の美を飾ったという。

後半、「謹恪」といい、「儔匹無し」といい、「始終を全うす」といい、言葉を極めてその勤めぶりを称えている。

川越閲大演習
風度幕營生峭寒
曉來霜氣撲征鞍
兩軍方習攻防術
好自入間河上看

川越に大演習を閲す
風は幕営《ばくえい》を度《わた》って　峭寒《しょうかん》を生ず
暁来の霜気　征鞍《せいあん》を撲《う》つ
両軍方《まさ》に習う　攻防の術
好し　入間《いるま》河上より看ん

七言絶句。寒・鞍・看（寒韻）

【訳】風が陣営を吹き、厳しい寒さを感じる／明け方の霜の気が馬の鞍を冷たくたたく／両軍が攻防の戦術を試す演習が今まさに始まろうとしている／さあ、入間川のほとりにたって、その様子を閲《み》るとしよう

○川越　現在の埼玉県川越市。○幕營　将軍の陣営。○峭寒　厳しい寒さ。○曉來　明け方から。○征鞍　征途にある鞍を置いた馬。○入間河　入間川。秩父山中に源を発し東流して荒川に入る。

『謹解』によると、大正元年十一月十四日から二十日まで、川越大本営で陸軍特別大演習を統裁されたときの作。

風が厳しい寒さを生ず、霜気が馬の鞍を撲つ、と気候の厳しさを詠うことにより、演習の場の緊張感をよく表

現している。

醫
珍重醫家術本仁
况逢藥物逐年新
好參天地生生理
億兆盡爲無病人

医
珍重す　医家　術本《もと》仁
況んや薬物の年を逐《お》うて新たなるに逢うをや
好し　天地生々の理に参し
億兆尽く無病の人と為らん

七言絶句。仁・新・人（眞韻）

【訳】　医術が仁をその根本においていることは実にすばらしい／加えて医薬は年々進歩している／万物を生々する天地の理にあずかり／天下万民ことごとく無病にしたいものである

○珍重　賛美の意を表すことば。すばらしいの意。○仁　いつくしみ。儒教における最高の徳。人道の根本。○參　あずかる。くわわる。かかわりあう。○生生　「春日偶成」（明治四十五年）参照。○億兆　万民。国民の数が多いことからいう。

俗に、「医は仁術」という。その医学が年々進歩して、ゆくゆく天下の万民に及ぼし、すべて無痛にしたいと。ご自分が病弱であられた大正帝の本心を詠う、とは『謹解』の評である。

養蠶
采桑兒女集籬邊
終日養蠶宵未眠
辛苦憐他尙年少
鏡中不管減嬋姸

養蚕
采桑《さいそう》の児女　籬辺《りへん》に集まる
終日蚕を養って　宵未だ眠らず
辛苦　憐む　他の尚お年少なるに
鏡中　嬋姸《せんけん》を減ずるに管せざるを

七言絶句。邊・眠・姸（先韻）

【訳】 桑を摘む乙女たちは籬《まがき》のほとりに集まって／一日中蚕の世話で夜になってもまだ眠らない／まだ年若いのに、苦労が多く／鏡に映る艶やかな容貌が減じるのも意に介さないのは気の毒なことである

○采桑　くわの葉をつむこと。○籬邊　まがきのほとり。○不管　かまわぬ。拘《こだわ》らない。○嬋姸　姿のあでやかに美しいさま。畳韻語。

一種の「題詠」であるが、天皇としてのお立場からの歌、といえよう。

來燕
傍花掠水帶霏煙
飛入毿毿楊柳邊

来燕
花に傍《そ》い水を掠《かす》めて　霏煙《ひえん》を帯ぶ
飛んで入る　毿々《さんさん》たる楊柳の辺

畫閣雕梁夢應穩
春風依舊又今年

画閣雕梁《がかくちょうりょう》　夢応に穏《おだや》かなるべし
春風旧に依って　又た今年

七言絶句。煙・邊・年（先韻）

【訳】　たなびく靄《もや》の中、花に寄り添うかと思えば、水を掠めるように飛び／枝垂《しだ》れた柳の枝の間を縫って燕が飛んで来る／彩色や彫刻が施された美しい高殿の梁《はり》に巣を作れば、見る夢もきっと穏やかであろう／春風に乗って、毎年変わることなく今年もまたやって来た

○來燕　春に飛来するつばめ。つばめは我が国では、春に海を越えて南方から飛来し、秋に南方に去って行く。○掠水　水の上をかすめて過ぎる。○霏煙　けむりのたなびくさま。○毿毿　細長く垂れるさま。孟浩然「高陽池」綠岸毿毿楊柳垂（緑岸毿々として楊柳垂る）。○畫閣　彩色を施した美しいたかどの。○雕梁　彫刻を施したはり。○依舊　「葉山卽時」参照。

題詠詩。次の「歸燕」との組み作品。

唐の劉禹錫の「烏衣巷《うぃこう》」詩に「飛入尋常百姓家」（飛んで尋常百姓の家に入る）という句がある。燕が庶民の家へとやって来ることを詠う。ここでは、「画閣彫梁」と、身分の高い人の家に仕立て替えをしているところは、機知が光る。

帰燕

翩翩何事向南歸
海上煙波夕照微
期汝明春花發日
高樓重掠畫簾飛

帰燕
翩々《へんぺん》 何事ぞ 南に向かって帰る
海上の煙波 夕照微かなり
期す 汝が明春花発《ひら》くの日
高楼重ねて画簾《がれん》を掠めて飛ばんことを

七言絶句。帰・微・飛（微韻）

【訳】 燕よ、なぜそんなに急いで南に帰ろうとするのか／海にはもやが立ちこめて夕日もかすんでいる／汝が来年の春の花開くころ／また高殿の色彩を施した美しい簾を掠めて飛ぶのを待つとしよう

○帰燕　秋に南方に帰るつばめ。○翩翩　鳥が身軽に飛ぶさま。○煙波　「海上釣鼇圖」参照。○夕照　夕焼け。○高楼　たかどの。高くて立派な家。○畫簾　彩色を施した美しいすだれ。

舞台は前詩と同様、身分の高い家の軒という趣向。第一句には、唐の銭起《せんき》の「帰雁」の「瀟湘何事等閑回」（瀟湘《しょうしょう》より何事ぞ等閑《とうかん》に回《かえ》る）〔美しい瀟湘地方を等閑《なおざり》にして、雁はどうして帰って行くのか〕が影を落としているだろう。この二首、「辞清く意婉に、声調宛転」〔表現が清らかで趣が美しく、言葉遣《づか》いが滑《なめ》らか〕と『謹解』は絶賛し、〝御集中の秀逸〟と評する。

大正二年

人日

新年七日喜新晴
內苑風暄春鳥鳴
一笑廚人諳節物
寒梅花下菜羹成

人日

新年七日　新晴を喜ぶ
内苑風暄《あたた》かくして　春鳥鳴く
一笑す　厨人《ちゅうじん》　節物《せつぶつ》を諳《そら》んじ
寒梅花下　菜羹《さいこう》成る

七言絶句。晴・鳴・成（庚韻）

【訳】　正月七日、空が晴れたのは誠に嬉しい／御苑は風暖かく、春の鳥が鳴いている／料理人はちゃんと季節の物を心得ていて／梅の花のもと、若菜のあつものを出してくれたことに思わず顔がほころんだ

○人日　『荊楚《けいそ》歳時記』（中国六朝時代の書）によると、陰暦の正月七日。元日を鶏、二日を狗（犬）、三日を羊、四日を猪（豚）、五日を牛、六日を馬、七日を人の日として、その日の天候でそれぞれに当たるものの豊凶を占った。また、人日には七種の菜をあつものにして食べた。これが我が国に伝わり、正月七日に七草粥を食べる風習となった。○新晴　雨がやんで晴れ上がる。○内苑　宮中の庭。禁苑。○廚人　料理人。板前。○節物　四季折々の花鳥・風景・品物など。○菜羹　野菜のあつもの。ここでは七草のあつものをいう。

人日の行事については、わが国でも王朝時代より、年中行事の一つとして行われてきた。『謹解』により、江

戸初期の後光明天皇（在位一六四三―五四）の御製を紹介しよう。

人日　　後光明天皇

人日多陰愜素聞　　人日多陰　素聞に愜《かな》う（人日にはいつものように曇りの天気だ）
凍雲寒雨総紛紛　　凍雲寒雨　総《すべ》て紛々（氷った雲、寒い雨がしきりにやってくる）
一椀生菜一樽酒　　一椀の生菜　一樽の酒（一椀の七草粥と一樽の酒で）
强祝千祥到夕曛　　強《し》いて千祥を祝《いの》りて夕曛《せきくん》に到る（幸多かれと切に祈って夕暮れまで）

駐春閣　　駐春閣《ちゅうしゅんかく》

東風料峭帶餘寒　　東風料峭《りょうしょう》　余寒を帯ぶ
禁苑斑斑雪尚残　　禁苑　斑々　雪尚お残《ざん》す
今日來登駐春閣　　今日来たり登る　駐春閣
早梅花白映欄干　　早梅花白くして　欄干に映ず　　七言絶句。寒・残・干（寒韻）

【訳】立春が過ぎたというのに春風はなお肌寒く／御苑はまだ雪がまばらに消え残っている／今日、駐春閣に登ってみれば／早咲きの白梅がもう手すりに映じている

○駐春閣　吹上御苑内にあり、明治二十二年、赤坂離宮の遷錦閣に模して造られた和風二階建ての建物。○料峭　春風

の肌触りのつめたい形容。畳韻語。蘇軾「送范徳孺」漸覚東風料峭寒（漸く覚ゆ　東風の料峭として寒きを）。○餘寒　立春後の寒さ。寒があけてからの寒さ。○禁苑　宮中の庭園。御苑。○斑斑　まだらなさま。

「駐春閣」の名が、よく詩に溶けこんで春を待つ心が素直に詠ぜられた佳作。

禁園所見
禁園何所見
樹濕雨有痕
林間横幽石
苔生風漸溫
長松何磊落
徑邊認盤根
竹林帶晴日
幾處長龍孫
逍遙自適意
一笑解勞煩

禁園所見
禁園　何の見る所ぞ
樹湿《うるお》って　雨に　痕《あと》有り
林間　幽石横たわり
苔生じて　風漸く温かなり
長松　何ぞ磊落《らいらく》たる
径辺　盤根《ばんこん》を認む
竹林　晴日を帯び
幾処《いくしょ》か　龍孫を長ず
逍遥　自《おのず》から意に適う
一笑して　労煩《ろうはん》を解く

黄鶯時宛轉　黄鶯《こうおう》 時に宛転《えんてん》し
行看草花繁　行くゆく看ん 草花の繁きを

五言古詩。痕・温・根・孫・煩・繁（元韻）

【訳】 禁園には何が見えるか／木々は雨が降ってしっとりと潤っている／林の間の奥深いところには石が横たわり／風もだんだんと暖かくなってきて、石には苔が生えている／高い松が何本も生えていて／小径にまで曲がりくねった根を張り出している／竹林は晴れた日の光を受け／あちらこちらでたけのこが伸びている／気ままにぶらぶらしていると、心たのしくなり／顔がほころび、心のなかの煩い事はみな晴れる／うぐいすが飛びめぐるなか／草花が茂るのを見に行く

○禁園 「駐春閣」参照。○幽石 奥深く静かな場所にある石。謝霊運「過始寧墅」白雲抱幽石、綠篠媚清漣（白雲幽石を抱き、緑篠《りょくしょう》清漣に媚《こ》ぶ）。○長松 丈の高い松。○磊落 数が多い。双声語。○盤根 わだかまった根。畳韻語。○龍孫 たけのこの異名。陸游「癸亥正月十日夜夢三山竹林中筍出甚盛欣然大作」一夜四山雷雨起、滿林無數長龍孫（一夜四山に雷雨起こり、満林無数龍孫長《の》ぶ）。○逍遙 気ままにぶらつく。『莊子』「讓王」逍遙於天地之間、而心意自得（天地の間に逍遥して、心意自得す）。○自適 自分の心にかなう。○労煩 わずらわしさ。○黄鶯 （こうらい）うぐいす。○宛轉 ゆるくめぐるさま。畳韻語。

第一句に「何の見る所ぞ」と詠い、以下第八句までが、御苑の中の、目に見える早春の情景。森の中には、松と竹が代表だ。終わりの四句で、庭を散策する動きが詠われる。そうして、来るべき春の盛りを期待して結ぶ。陶淵明の風を思わしめる。

暇日

萬機有餘暇
從容坐南堂
雨餘流水響
梧桐晩風涼
前林催暝色
唯有歸鳥忙

暇日

万機 余暇有り
従容《しょうよう》として 南堂に坐す
雨余《うよ》 流水響き
梧桐《ごとう》 晩風涼し
前林 暝色《めいしょく》を催し
唯だ帰鳥の忙しき有るのみ

五言古詩。堂・涼・忙（陽韻）

【訳】 天皇の政務の余暇に／くつろぎながら南堂に座ると／雨上がりに水の流れる音が響き／あおぎりに暮れ方の風が涼やかに吹いてくる／南堂の前の林がだんだん暗くなると／ねぐらへと帰る鳥が忙し気に飛んでくる

○萬機 「至尊」参照。 ○從容 くつろぐさま。畳韻語。 ○南堂 「夢遊歐洲」参照。 ○梧桐 あおぎり。 ○暝色 夕暮れの景色。謝霊運「石壁精舍還湖中」林壑斂暝色（林壑暝色を斂《おさ》む）。 ○歸鳥 ねぐらに帰る鳥。

昼間の政務の終わった後の、ホッとした一時、静かに座って部屋の外の暮れなずむ景色を楽しむ。六句の古詩に仕立てたところが味わい深い。

解籜　　籜《たく》を解く

花飛已委泥　　花飛んで 已に泥に委《い》し
無復怡人目　　復た人目を怡《よろこ》ばす無し
解籜散薫風　　籜を解いて 薫風に散ず
一林脩竹緑　　一林 修竹《しゅうちく》緑なり

五言絶句。目・緑（屋韻・沃韻通韻）

【訳】花はすでに散って泥にまみれ／もはや人の目を楽しませるものはない／今度はたけのこが脱いだ皮を初夏の風に散らして／竹林の中では高く伸び出した竹が青々としてくる

○解籜　たけのこが生長して皮を落とす。○委泥　地面に落ちる。地上に散らばる。○薫風　「夏日遊嵐山」参照。○一林　林中残らず。満林と同じ。司空図「率題」一林高竹長遮日（一林の高竹 長《つね》に日を遮る）。○脩竹　長い竹。

たけのこが皮を脱《ぬ》いでスーッと伸びる、風に吹かれてそよぐその姿は、春の花に代わる初夏の主役だ。

讀乃木希典惜花詞有感　　乃木希典《まれすけ》の花を惜しむ詞を読みて感有り

草長鶯啼日欲沈　　草長《の》び鶯啼いて 日沈まんと欲す
芳櫻花下惜花深　　芳桜花下 花を惜しむこと深し

櫻花再發將軍死　桜花再び発《ひら》いて　将軍死す
詞裏長留千古心　詞裏長く留む　千古の心

七言絶句。沈・深・心（侵韻）

【訳】　草が伸び鶯が鳴き、日が沈もうとするころ／桜の美しい花の下で、花を惜しむ歌を詠った／桜は今年もまた開いたが、将軍は死んでしまった／歌の中には将軍の心がいつまでも残り伝わる

○乃木希典　陸軍大将。伯爵。日露戦争の国民的英雄。明治天皇の大葬の日、夫婦揃って殉死し、国民に衝撃を与えた。○惜花詞　乃木の和歌「花を惜しむ」を指す。「色あせて梢にのこるそれならで散りし花こそ恋しかりけれ」○詞裏　歌詞のなか。○千古　遠い後世。永遠。

『謹解』によると、これはじめ三島中洲がこの意味の題で詩を作り、天皇がその韻に拠ってお作りになったものである。当時皇后陛下（貞明《ていめい》皇后）も次に掲げるように、この題この韻でお作りになっている。〔『漢詩人』一三五ページ〕

墜紫殘紅夕日沈　墜紫《ついし》残紅　夕日沈む（紫や紅の花も凋《しぼ》み夕日が沈む）
寂寥春晚感尤深　寂寥《せきりょう》の春晩　感尤《もっと》も深し（さびしい晩春のころ感慨は最も深い）
惜花名將如花散　花を惜しむ名将　花の如く散る（花を惜しんだ将軍は花のように散った）
追慕難忘殉主心　追慕忘れ難し　殉主の心（主君に殉じた心は忘れがたくいつまでも追慕する）

示高松宮
欽堂英邁竭誠忠
天潢疏派徳望崇
幾歳沈痾増憔悴
杜門松青沙碧中
眉目清秀儀容好
況復雅度而冲融
一旦遊仙雲縹緲
護國寺邊夕陽空
早有瓊樹孤孽折
錦幃哀淚思不窮
薤露歌悲何忍聽
遺恨父子命又同
朕第三子出爲嗣
特旨賜稱高松宮
學問不倦受慈訓

高松宮に示す
欽堂英邁《えいまい》にして　誠忠を竭《つ》くし
天潢《てんこう》の疏派《そは》　徳望崇し
幾歳　痾《やまい》に沈み　増ます憔悴し
門を杜《とざ》す　松青沙碧《しょうせいさへき》の中《うち》
眉目清秀　儀容《ぎよう》好く
況んや復た雅度《がど》にして冲融《ちゅうゆう》なるをや
一旦遊仙して　雲縹緲
護国寺辺　夕陽空し
早《つと》に瓊樹《けいじゅ》有りて　孤孽《こげつ》折れ
錦幃《きんい》の哀涙　思い窮まらず
薤露《かいろ》の歌悲し　何ぞ聴くに忍びんや
遺恨なり　父子命又た同じ
朕が第三子　出でて嗣《し》と為し
特旨もて称を高松宮と賜う
学問倦まず　慈訓を受け

自今長期福偏隆

今より長《とこし》えに期す 福の偏《ひと》えに隆《さか》んならんことを

七言古詩。忠・崇・中・融・空・窮・同・宮・隆（東韻）

【訳】 欽堂親王は優れた資質で忠義を尽くし／皇室の一族として人徳を仰がれた／多年、病床にあったがだんだん重くなり／白沙青松の地に静養していた／眉目秀麗で立派な姿形／さらには風雅で穏やかな態度／その人はある日仙界に上ってしまい、雲は遥か／護国寺の廟所に夕日が空しく照らすばかり／早く玉のような木があったがひこばえが折れ／錦のとばりの中は悲しみの涙にくれた／挽歌の調べ痛ましく聴くに耐えられない／父子ともども同じ運命を残念に思う／わが三男を跡継ぎに出し／特別に高松宮を称させることにする／学問に励み教えを受け／今よりとこしえに幸福であることを祈る

○高松宮　有栖川宮の始祖の旧称。有栖川宮威仁《たけひと》親王が薨去され、後嗣がいなかったため、大正帝は第三皇子宣仁《のぶひと》親王（光宮《てるのみや》）に後を継がせ、高松宮を名乗らせた。○欽堂　「訪欽堂親王別業」参照。○英邁　才知が衆にぬきんでてすぐれている。○誠忠　「賀土方久元七十」参照。○天潢疏派　皇室。皇族。天潢は天の河で、王子王孫を天河の分派に比していう。○徳望　有徳の名声。人望。○沈痾　長患い。○憔悴　痩せ衰える。双声語。○杜門　門をふさぎ閉じる。○眉目清秀　容貌の清く秀でていること。○儀容　礼にかなったかたち。○雅度　上品な態度。○冲融　やわらぐ。○遊仙　仙界に登り去る。人の死を美化していう。○縹緲　「琵琶湖」参照。○護國寺　現在の東京都文京区にある寺。威仁親王はその寺域内に葬られた。○瓊樹孤蘖　玉のように美しい木の一本のひこばえ。栽仁王《たねひとおう》をなぞらえる。○錦幃　美しいとばり。○薤露歌　楽府相和曲の名。古の挽歌。人命のはかないこと、薤《にら》の葉の上の露の如きを歌う。○遺恨　忘れられない悔しさ。○朕第三子　第三皇子宣仁親王（光宮）のこと。○嗣　跡継ぎ。世継ぎ。○特旨　特別のおぼしめし。○慈訓　いつくしみ深い教え。訓戒。

『謹解』によると、有栖川宮威仁親王は明治四十二年秋以来、舞子別邸で病気療養されていたが、大正二年三月にいたって病状が進み、七月五日、危篤に陥るにおよび、六日、東宮の第三皇子宣仁親王に高松宮の称号を賜った。十日、ついに威仁親王は薨去された。享年五十二。皇族中最も東宮と親近し、東宮のご信任が最も厚かった。

詩は四句ずつ四段に構成されている。

第一段　欽堂親王は優れたお方だったが、病に臥し、別邸で療養されていた。

第二段　ついに亡くなり、護国寺に葬られた。

第三段　欽堂親王の継嗣の栽仁王も若くして亡くなられ、後が絶えた。

第四段　第三子光宮に高松宮を名乗らせて、有栖川宮の後を継がせる。

全篇に哀痛の念があふれ、天皇の宮に対する特別な思いが滲み出ている。〔『漢詩人』一六〇ジペー〕

恭遇皇考忌辰書感
上誄敍哀宵已分
樹陰燈火雨紛紛
靈轜徐出葬場殿
悵望西天低黯雲

恭んで皇考の忌辰《きしん》に遇い感を書す
誄《るい》を上《たてまつ》り哀を叙して　宵已に分かる
樹陰の燈火　雨紛々
霊轜《れいじ》徐ろに出づ　葬場殿
西天を悵望《ちょうぼう》すれば　黯雲《あんうん》低《た》る

七言絶句。分・紛・雲（文韻）

【訳】　皇考の霊前に誄をたてまつり哀悼の意をのべるときには、すでに夜の十二時を過ぎ／樹の陰にある燈火に雨が降り注いでいた／柩《ひつぎ》を載せた車が静かに葬場殿を出るのを見送りながら／西の空を悲しく望みやれば、暗雲が低く垂れこめていた

○皇考　天皇の亡き父。明治天皇。○忌辰　命日。○誄　生前の功徳を列記してたたえ、その死をいたむことば・文章。○紛紛　多いさま。○靈轜　ひつぎぐるま。霊柩車。○葬場殿　天皇が崩御したときに葬儀場に設ける仮の殿舎。明治天皇の葬場殿は、青山の陸軍練兵場（現在の神宮外苑）に設けられた。○悵望　嘆き望む。悲しくながめやる。畳韻語。○黯雲　黒雲。暗い雲。

『謹解』によると、大正二年七月三十日の明治天皇崩御一周年に当たり、振り返って感慨を述べられたものという。

「西天を悵望」というのは、明治天皇の桃山御陵の方を望み見て、の意。

又

億兆今朝涕涙新
靈轜肅肅路無塵
翻思千里桃山上
杜宇聲聲啼血頻

又

億兆　今朝　涕涙新なり
靈轜《れいじ》粛々として　路に塵無し
翻《かえ》って思う　千里　桃山の上
杜宇《とう》声々　啼血《ていけつ》頻りなり

七言絶句。新・塵・頻（眞韻）

【訳】万民は一夜明けた今朝になって涙も新たに／御柩は静かに塵のない路を進んでゆく／遥か遠く、御柩を迎える桃山の上では／血を吐くように鳴くほととぎすの悲しげな声がしきりにしていることであろう

○億兆　「醫」参照。○靈輀　「恭遇皇考忌辰書感」参照。○肅肅　静かなさま。○桃山　現在の京都府京都市伏見区にある。明治天皇の御陵となった。○杜宇　ほととぎすの別名。蜀王の杜宇（望帝《ぼうてい》）は、死んでその魂がほととぎすとなった、という伝説による。また、血を吐くような悲痛な声で鳴き、その声は「不如帰去」（帰えり去るに如《し》かず）と聞こえるという。○聲聲　多くの声。○啼血　血を吐いて鳴く。ほととぎすなどの鳴き声の痛切なのをいう。

前の詩と同時の作。「啼いて血を吐く」ほととぎすを詠みこんだこころは、この詩の情趣に副《そ》うといえよう。

八月二日奉遷皇考神位於皇靈殿恭賦

八月二日　皇考の神位を皇霊殿《こうれいでん》に奉遷せんとして恭んで賦す

神位今朝茲奉遷
皇靈殿外奏朱絃
諒闇一歳眞如夢
從此心喪更幾年

神位　今朝　茲《ここ》に奉遷《ほうせん》す
皇霊殿外　朱絃《しゅげん》を奏す
諒闇《りょうあん》一歳　真に夢の如し
此より心喪　更に幾年

七言絶句。遷・絃・年（先韻）

【訳】今朝皇考の霊代《かたしろ》を遷《うつ》し／皇霊殿の外で朱絃で音楽を奏でて祀る／服喪の一年も夢のように過ぎてしまったが／

私の心の中での服喪はこれから何年も続くのである

○奉遷　うつしたてまつる。○皇考　「恭遇皇考忌辰書感」参照。○神位　死者の魂のしるしとしてまつるかたしろをいう。○皇靈殿　宮中三殿（賢所・皇霊殿・神殿）の一つで、吹上御苑の東南に位置する。歴代天皇および皇族の霊を祀る。○朱紘　朱色の弦。また、朱糸を練って弦にしたもの。『礼記』に、宗廟の大祭には『詩経』周頌「清廟」の詩を歌い朱紘の瑟を用いる、とある。○諒闇　天子が喪に服する室。また、その喪に服する間をいう。諒陰《りょうあん》に同じ。○心喪　服喪の期間が終わった後も、なお心中で喪に服するの意。

『謹解』によると、大正二年八月二日、明治天皇霊代奉遷の儀が行われた。午前六時、皇霊殿で奉告の儀があり、同三十分、権殿において祭典あり。ついで御霊代《みたましろ》が御羽車《おはぐるま》に遷され皇霊殿で渡御《とぎょ》の儀が終わるや、十時、皇霊殿で親祭が行われた。

前の二作と関連する作。

憶陸軍大將乃木希典

陸軍大将乃木希典を憶う

滿腹誠忠世所知
武勳赫赫遠征時
夫妻一旦殉明主
四海流傳絕命詞

満腹の誠忠　世の知る所
武勲赫々《かくかく》たり　遠征の時
夫妻　一旦　明主に殉じ
四海　流伝す　絶命の詞

七言絶句。知・時・詞（支韻）

【訳】 胸いっぱいの先帝への忠誠心は天下の知るところ／また遠征ではさかんな武勲をたてた／先帝が崩御されると、夫婦揃って先帝に殉じ／その辞世の歌は全国に流伝した

○乃木希典　「讀乃木希典惜花詞有感」参照。○満腹　満腔《こう》と同じ。胸いっぱい。○赫赫　「臨進水式」参照。○一旦ある朝。○明主　賢明な主君。○四海　四方の海の内。天下。○絶命詞　辞世の歌。

『謹解』によると、乃木希典は平生深く明治天皇の殊遇に感じ入り、天皇が崩御されるや、九月十三日の轜車《じしゃ》発引を期し、自刃して殉じ、静子夫人もこれに随って殉じた。

希典辞世の歌「神あがりあがりましぬる大君のみあとはるかにをろかみまつる」「現《うつ》し世を神去りましし大君のみあと慕ひて我はゆくなり」。静子夫人の歌「出でましてかへります日のなしときくけふの御幸に逢ふぞかなしき」。この「絶命詞」は、世に広く伝えられたのであった。

乘馬到裏見瀑
山中跨馬緩緩行
綠樹風涼聽蟬聲
石徑崎嶇時移步
忽看懸瀑白練明

馬に乗って裏見の瀑《たき》に到る
山中馬に跨り　緩々として行く
緑樹　風涼しく　蟬声を聴く
石径崎嶇《きく》　時に歩を移し
忽ち看る　懸瀑《けんばく》の白練《はくれん》明らかなるを

如雨如霧飛沫散
清冷之氣襲衣生
笑踞岩角擅吟賞
往復不必問里程

雨の如く霧の如く　飛沫散じ
清冷の気　衣を襲って生ず
笑って岩角に踞《うずくま》って　吟賞を擅《ほしいまま》にす
往復　必ずしも里程を問わず

七言古詩。行・聲・明・生・程（庚韻）

【訳】 山のなかを馬に跨ってゆるゆる行き／緑の木々を通る涼しい風のなかで蟬の鳴き声に耳を傾ける／石の多い小径は険しく、時々歩みを変えるうち／突然白い練り絹のような滝の流れが眼前に現れた／滝のしぶきが雨や霧のように飛び散り／清らかで透き通った気が着物に滲み通る／うれしくなって岩の角に座って心ゆくまで詩を詠じ、景色を眺めると／往復の道のりのことなど気にもならなくなった

○裏見瀑　現在の栃木県日光市にある滝。かつては滝の裏側に設けた道からも姿を見られたので、この名が付けられた。華厳の滝・霧降の滝とともに日光三名瀑の一つ。○緩緩　ゆるゆると。急がないさま。○崎嶇　「観梅花」参照。○懸瀑　滝。○白練　しろぎぬ。○飛沫　しぶき。○清冷　きよらかに透き通っているさま。○襲衣　衣服を重ねて着る。○岩角　いわのかど。○吟賞　詩歌を詠じて鑑賞すること。○里程　みちのり。道程。

『謹解』によると、大正二年八月十八日、避暑のため皇后と共に日光田母沢御用邸に行幸、二十日間ご滞在された。その間の日課として午後より運動をされ、主としてご乗馬のほか、侍従武官等を随え、ご料馬の近友号にお乗りになり、裏見・寂光・羽黒等の滝に遊幸された。

このころは、大正天皇もお元気で、お好きな乗馬で遠出を楽しまれたご様子が窺われる。

到鹽原訪東宮
巖下流水有清音
屋後青山好登臨
鹽原光景佳絶處
東宮相見情轉深
攜手細徑樂閒歩
亭午同餐共怡心
歸路入山又出野
暮色蒼茫滿雲林

塩原に到って東宮を訪う
巌下《がんか》の流水 清音有り
屋後《おくご》の青山 登臨に好し
塩原の光景 佳絶《かぜつ》の処
東宮 相い見て 情転《うた》た深し
手を携えて 細径に閒歩《かんぽ》を楽しみ
亭午《ていご》 餐《さん》を同じくして 共に心を怡《よろこ》ばす
帰路 山に入り 又た野に出づ
暮色蒼茫《そうぼう》として 雲林に満つ

七言古詩。音・臨・深・心・林（侵韻）

【訳】 岩の下を流れる水は清らかな音を立て／建物の後ろにある青い山は、登って景色を見下ろすのによい／塩原の景色はとりわけ絶景で／また、東宮にまみえて情がますます深くなった／二人で手をつなぎながら細い小路を散歩して楽しみ／正午になり昼食を一緒にして、ともに心を喜ばせた／帰り道、山に入ったり野に出たりしながら歩いていると／夕暮れの薄暗い気配が雲のかかる林に満ちてきた

○鹽原　現在の那須塩原市。温泉観光地として有名。○東宮　皇太子裕仁親王。後の昭和天皇。○屋後　家のうしろ。○佳絶處　すぐれて美しい場所。○轉　ますます。○細徑　ほそい小道。○閒歩　静かにあるく。○亭午　正午。○同餐　食事を共にする。○蒼茫　あおあおとして広いさま。畳韻語。○雲林　雲のかかる林。

『謹解』によると、八月十八日以来、皇后と共に日光に避暑中の天皇は、三十日、皇太子裕仁親王が塩原御用邸に避暑されていたのでご遊幸された。早朝、田母沢御用邸をご出発、汽車で西那須野にお着きになり、そこから馬車で塩原御用邸にお着きになり、皇太子に謁を賜い、内庭をご散歩され、ご入浴の後昼食をとられ、皇太子その他諸臣に陪食を賜う。しばらくして塩原御用邸をご出発、夕刻、田母沢御用邸に還御された。

当時、皇太子裕仁親王は十三歳（満十二歳）。小学校六年に当たられた。日光と塩原はごく近いので、気軽に息子の様子を見に来た、というところであろう。手を携えて散歩したり、昼食を共にしたりと、大正天皇の気さくなお人柄がしのばれる。

喜二位局獻蕣花
蕣花佳色弄曉晴
葉上團團露珠清
此物幽閒殊堪愛
風流進獻有餘情
喜卿平生重修養
資質貞靜且聰明
更娯詞藻能延壽

二位の局の蕣花《しゅんか》を献ずるを喜ぶ
蕣花の佳色　暁晴《ぎょうせい》を弄す
葉上団々　露珠清し
此の物幽閒《ゆうかん》にして　殊に愛するに堪えたり
風流　進んで献じて　余情有り
喜ぶ　卿が平生修養を重んずるを
資質　貞静にして且つ聡明
更に詞藻《しそう》を娯《たの》しんで能く寿を延ばす

不比世間一朝榮

比せず 世間 一朝の栄に

七言古詩。晴・清・情・明・榮（庚韻）

【訳】 朝顔の花の美しい色は、晴れた明け方のすがすがしさをほしいままにしており／葉の上には露が円く清らかにおりている／この花の静かで奥ゆかしい趣は、とりわけ愛すべきものがあり／これを献上しに来た二位局の風流を思い、尽きない情味を覚える／卿が日頃から修養を重んじていることをうれしく思う／その生まれつきの性質は、貞節で物静かであり、かつ聡明である／その上、詩文を楽しんで長寿を保っている／朝顔が朝に咲いて夕方に凋むのとは比べものにならない

○二位局　大正天皇の生母、権典侍柳原愛子。○蕣花　日本で朝顔の花をいう。○佳色　美しい色。陶潜「飲酒　其七」秋菊有佳色（秋菊佳色有り）。○弄　もてあそぶ。ほしいままにする。○曉晴　夜明けの空が晴れること。○團團　露のまるく凝るさま。謝恵連「七月七日夜詠牛女」團團滿葉露（団々として葉露満つ）。○露珠　露の美を珠に比していう。○幽閒　静かでおくゆかしい。○進獻　物をすすめたてまつる。○餘情　言外の情趣。余韻。○貞靜　操が正しくしとやかなこと。貞節。『後漢書』「曹世叔妻伝」清閑貞靜（清閑にして貞静）。○詞藻　詩文の才。○延壽　長生きする。○一朝　ひとあさ。また、わずかの間。

大正天皇は九歳のとき、明治天皇の皇后（昭憲皇太后）の実子と定められたので、生母とはいえ、二位の局は侍女の一人としての扱いになっていた。詩全体の表現も、従ってそのような言いまわしである。しかしながら、その間には自然に特別な感情がまつわっているように思われる。

夜雨

冷雨中宵到
瀟瀟響砌階
夢醒燈火底
秋意入閒懷

夜雨

冷雨　中宵《ちゅうしょう》に到り
瀟々《しょうしょう》　砌階《せいかい》に響く
夢は醒む　燈火の底
秋意　閒懐《かんかい》に入る

五言絶句。階・懐（佳韻）

【訳】真夜中に冷たい雨が降り出して／ザァーザァーと雨音が石畳や階段に響いている／燈火のもとで夢から覚めると／秋の気配が静かな心に入りこんできた

○中宵　真夜中。夜半。○瀟瀟　「山中」参照。○砌階　石畳やきざはし。○秋意　秋の気配。○閒懐　静かな思い。風雅なものに思いをはせること。

夜の雨を聞いて、しみじみした心境を詠う。後半の表現は妙。五言絶句の秀作。

秋雲

秋雲度天半
淡淡薄于羅

秋雲

秋雲　天半を度《わた》る
淡々として　羅よりも薄し

此夜南樓上　　此の夜 南楼の上
月明風露多　　月明 風露多し

五言絶句。羅・多（歌韻）

【訳】秋の雲が天空にたなびき／淡くうすぎぬよりも薄い／今夜、南の高殿の上では／月が明るく輝き、風が吹き、露が天に満ちてくるようだ

○天半　そらのなかば。中天。○淡淡　あっさりしたさま。淡いさま。○羅　うすぎぬ。○風露「紫苑」参照。

北宋の黄庭堅に次の詩がある。よく知られているものなので、後半の部分に影響があるかもしれない。

　鄂州南楼　　黄庭堅
四顧山光接水光　　四顧すれば 山光 水光に接す
凭欄十里芰荷香　　欄に凭《よ》れば 十里芰荷《きかかんば》香し
清風明月無人管　　清風明月 人の管《かん》する無し
併作南楼一味涼　　併せて南楼一味の涼を作《な》す

　南楼からあたりを見渡すと、山と水の輝きが接して、目に映える／欄干にもたれていると、菱《ひし》や荷《はす》の花が十里に亘《わた》って咲き、香《かぐ》わしい／この清らかな風、明るい月光は、だれのものでもない／風と月とがともにこの南楼の涼味を作り出している

なお、これには蘇東坡の「赤壁の賦」に、「惟《た》だ江上の清風と山間の明月とは、耳これを得て声を為し、目これに遇《あ》いて色を成す、……これ造物者の無尽蔵なり」とあるのが影を落としている。

皇太后將謁桃山陵内宴恭送

皇太后の将に桃山陵に謁せんとして内宴あり 恭んで送る

新秋移居入皇宮　　新秋居を移して 皇宮に入る
諒闇一歳意何窮　　諒闇《りょうあん》一歳 意何ぞ窮まらん
恭迎太后開内宴　　恭んで太后を迎えて 内宴を開く
座有懿親情相同　　座に懿親《いしん》有りて 情相い同じ
姻族近臣亦陪侍　　姻族近臣も 亦た陪侍《ばいじ》す
西風送涼滿簾櫳　　西風涼を送って 簾櫳《れんろう》に満つ
回首桃山陵寢遠　　首を回《めぐ》らせば 桃山陵寝《りょうしん》遠し
山河相隔西與東　　山河相い隔つ 西と東と

七言古詩。宮・窮・同・櫳・東（東韻）

【訳】 初秋に居を皇宮に移して入った／服喪から一年が経とうとしているが、先帝への思いは尽きない／ねんごろに皇太后をお招きして迎え、内宴を催し／一座には近親がそろって同じ思いに浸っている／姻戚の者や側近の臣も陪席し／秋風が吹いて涼しさがすだれのさがったれんじ窓に満ちていた／振り返れば桃山の御陵ははるか遠く／山や川がここと御陵とを東西に隔てている

○皇太后　昭憲皇太后。○桃山陵　現在の京都府京都市伏見区にある明治天皇の陵。京都に墓所が営まれたのは明治天皇の遺言によるものという。○内宴　宮中で催す内輪《うちわ》の宴。○移居　住居を移す。大正天皇は大正二年七月二十五日、

葉山より還って宮城にお入りになった。○皇宮　御所。天子の御殿。○諒闇　「八月二日奉遷皇考神位於皇靈殿恭賦」参照。○懿親　親しい親族の間柄。○姻族　婚姻または縁組の関係から成り立った間柄の一族。『謹解』によれば、貞愛親王、皇妹昌子内親王、並びに皇太后の姻戚公爵一条実輝、皇后の姻戚公爵九条道実らを指す。○近臣　主君の側近に仕える臣下。『謹解』によれば、同じく宴に召された宮内大臣渡辺千秋、皇太后宮大夫香川敬三、侍従武官長内山小二郎、侍従長鷹司熙通、宮内次官河村金五郎、皇后宮大夫事務取扱馬場三郎らを指す。○陪侍　陪席。○簾櫳　すだれの掛かったれんじ窓。双声語。○回首　「擬人暮春作」参照。○陵寝　天子のみささぎ。

『謹解』によると、大正二年九月二十六日、天皇皇后共に竹の間に出御され、正午より皇太后を迎えて内宴を催された。

中の二聯を対句仕立てにすれば、律詩となるような趣の作。

吹上苑習馬

秋風拂面氣新鮮
苑中習馬好加鞭
侍臣從後何颯爽
行樹少停汗漣漣
雨後馬埒塵不起

吹上苑に馬を習う

秋風面を払って　気新鮮
苑中習馬　好し　鞭を加えん
侍臣後に従う　何ぞ颯爽たる
行樹に少《しば》らく停《とど》まれば　汗漣々《れんれん》
雨後の馬埒《ばらち》　塵起こらず

緩驅疾走共整然
樓上歸來一回首
嘶聲搖曳林樹邊

緩駆疾走《かんくしっそう》　共に整然
楼上帰り来たって　一たび首を回らせば
嘶声搖曳《せいせいようえい》す　林樹の辺

七言古詩。鮮・鞭・漣・然・邊（先韻）

【訳】　秋風が顔を吹き、空気も爽やかな一日／吹上苑のなかで馬に鞭を入れて乗馬の練習をする／侍従も颯爽と私の後についてくる／並木の下で馬を駐めると、汗が流れ落ちる／雨上がりの馬場は土埃も立たず／走る馬も緩急自在で乱れがない／帰ってきて高殿の上から振り返ると／林のあたりから馬が長く嘶《いなな》く声が聞こえてきた

○吹上苑　皇居の吹上地区にある御苑で、その多くは森林となっていて、その中に御所等の建物が点在する。○習馬　馬術をならう。○拂面　顔をはらう。○行樹　並んでいる木。並木。○漣漣　ここでは、汗のながれるさま。○馬埒　垣をめぐらした乗馬を練習する場所。馬場。○嘶聲　馬などの鳴く声。○搖曳　ゆれて長くつづく。ゆれたなびく。○林樹　はやしの立木。

『謹解』によると、明治十九年、御年八歳にして初めて乗馬を試みられ、二十二年からは乗馬を学科の一つに加え、毎週三日練習され、その技量は専門の騎兵武官でさえ驚嘆するほどであったという。また、非常に馬を可愛がられ、馬に対するご見識も殊のほか高かったという。即位後も毎週二、三回、一回に二時間から長いときは四時間に及んで乗馬を楽しまれた。

初めの二句は、幕開《あ》き。秋風の吹く中、これから乗馬の練習を始める、と。

中の四句は、馬術の模様。侍従と共に汗を流しながら駆ける様子。「緩駆疾走」が一篇の眼目。緩急自在に馬

を走らせる。

結びの二句は、終わった後の余韻を詠う。

『謹解』に言うように、大正帝の乗馬好きは、並はずれたものがあり、この詩にもそれが窺える。残念なことに大正六年ごろからは、お身体の具合悪しく、乗馬を楽しむことが少なくなったという。

車中作
百里行程鐵路通
飇輪快走疾於風
眼前光景卜秋熟
萬頃秧田翠接空

車中の作
百里の行程　鉄路通ず
飇輪《ひょうりん》快走　風よりも疾《はや》し
眼前の光景　秋熟を卜す
万頃の秧田《おうでん》　翠　空に接す

七言絶句。通・風・空（東韻）

【訳】はるか百里のかなたまで線路が通っている／その上を列車は風よりもはやく走る／目の前の光景を見るに、今年の秋はきっと豊作であろう／見渡す限りの水田は稲が青々として空まで続くように見える

○鐵路　鉄道。線路。○飇輪　「飇」はつむじ風。車輪がつむじ風のようにはやく回転すること。○卜　占う。○秋熟　秋のみのり。○萬頃　「海上釣鼇圖」参照。○秧田　稲の苗を植えつけた田。

『謹解』によると、この年十月、桃山御陵に参拝のため、東海道を汽車で往復された。これは、その車中の景

であろう。

看菊有感
光陰冉冉已深秋
閒歩園中景色幽
菊帶露華如有涙
諒陰天地物皆愁

菊を看て感有り
光陰冉々《ぜんぜん》 已に深秋
園中を間歩《かんぽ》すれば景色幽なり
菊は露華《ろか》を帯びて涙有るが如し
諒陰《りょうあん》の天地 物皆な愁う

七言絶句。秋・幽・愁（尤韻）

【訳】 月日の移ろいは早く、すっかり秋も深まった／御苑のなかをしずかに歩くと、景色は奥深い趣である／菊の花は露を帯びて、まるで涙を含んでいるようだ／きっと先帝の喪を天地のあらゆる物が哀しんでいるのだろう

○光陰 時間。月日。光は昼、陰は夜、また、光は日、陰は月。○冉冉 年月の経過するさま。○露華 つゆの光。○諒陰 天子が喪に服するときの建物。また、その期間。諒闇に同じ。『論語』「憲問篇」高宗諒陰三年不言（高宗諒陰三年 言《ものい》わず）。

『謹解』によると、十一月十一日に、赤坂離宮の御苑で観菊会が催されたので、この詩はそのころのものであろう。韻字がうまく用いられ、効果を上げている。

癸丑秋統監陸軍大演習有此作　癸丑の秋　陸軍の大演習を統監して此の作有り

晴日跨馬出城行　晴日馬に跨り城を出でて行く
路傍民庶送又迎　路傍の民庶《みんしょ》　送り又た迎う
揚鞭直登八事山　鞭を揚げて直ちに登る　八事山《やごと》
山下幾處聞軍聲　山下幾処か　軍声を聞く
青紅樹色相掩映　青紅の樹色　相い掩映《えんえい》し
百里曠原一望平　百里の曠原　一望平らかなり
憶起二十年前事　憶い起こす　二十年前の事
先帝此地閲大兵　先帝　此の地に大兵を閲す
櫻樹猶護駐蹕處　桜樹猶お護る　駐蹕《ちゅうひつ》の処
秋風蕭颯不堪情　秋風蕭颯《しょうさつ》として情に堪えず

七言古詩。行・迎・聲・平・兵・情（庚韻）

【訳】　晴れた一日、馬に跨って街を出ると／道端の人たちが私を見送ったり迎えたりしてくれる／鞭をあげて馬を駆り、まっすぐに八事山に登ると／山の下からは軍隊の合図の音やら叫び声やらが聞こえる／青と紅の葉の樹木が互いに色鮮やかに映じて／広々とした野原が、見渡す限りに広がっている／それにつけても思い出されるのは二十年前のこと／先帝がこの地で大軍を視察された／桜の木が今なお先帝が滞在した場所を護っているかのようであり／秋風がもの寂しく吹き、悲しみをこらえることができない

○癸丑　大正二年。○統監　すべてを監督する。政治・軍事についていう。○民庶　人民。○揚鞭　むちをあげる。勢いよく馬を駆るのにいう。○八事山　現在の名古屋市瑞穂区、昭和区、天白区にまたがる丘陵地一帯の名。○軍聲　軍勢のこえ。○掩映　おおいうつす。○曠原　ひろびろとしたはら。○一望　見渡す限り。○大兵　多くの兵士。大軍。○駐蹕　天子が行幸の途中に御車をとめられること。一時その地に立ち止まられること。○蕭颯　ものさびしく風の吹くさま。

『謹解』によると、明治二十三年四月二日、明治天皇が八事山に御座所《ござしょ》を設けて陸軍大演習を統監された。大正二年十一月十三日、大正天皇は陸軍特別大演習統監のため、またここを御野立所とされた。大正四年、村民が相謀って「御統監之所」と刻された記念の碑を建てた。

詩は三段から成る。第一段、初めの二句。出発の情景。第二段、次の四句。山の上から下で催す演習のさま。第三段、終わりの四句。二十年前の先帝の閲兵の思い出。さびしい秋風に吹かれ、しんみりと結ぶ。

秋夜即事

上林霜落氣蕭森
樹帶秋聲夜已深
座有詞臣尙相侍
南樓燈火兩詩心

秋夜即事

上林霜落ち　気蕭森《しょうしん》
樹は秋声を帯びて夜已に深し
座に詞臣《ししん》有りて尚お相い侍す
南楼の燈火　両詩心

七言絶句。森・深・心（侵韻）

【訳】御所の庭園に霜が降りて、秋の気は物さびしく／風に吹かれた木々がはらはらと葉を散らせる中、夜が更けてきた／席には詩文にすぐれた臣がまだ残っていて／南楼の燈火の下で二人で詩想を凝らす

○上林　天子の庭園。漢の上林苑になぞらえる。○蕭森　物さびしいさま。双声語。杜甫「秋興八首　其一」玉露凋傷楓樹林、巫山巫峡氣蕭森（玉露凋傷す　楓樹の林、巫山巫峡気蕭森）。○秋聲　秋風の物寂しげな音。○詞臣　詩文にすぐれた学者で、天子に仕えている者。

詩中の「詞臣」は、三島中洲を指すのであろう。大正帝の皇太子時代は、東宮侍講、天皇に即位してからは宮中顧問官としてお傍に侍った。

詩は、老詞臣との床《ゆか》しい交情が窺がわれ、しんみりした味わいが漂う。〔『漢詩人』一七二ページ〕

新嘗祭有作
神嘉殿裏獻新穀
修祭半宵燈火鮮
偏願國中豊稔足
五風十雨一年年

新嘗祭　作有り
神嘉殿《しんかでん》裏　新穀を献ず
修祭《しゅうさい》半宵　燈火鮮やかなり
偏えに願う　国中豊稔《ほうねん》足り
五風十雨　一年々

七言絶句。鮮・年（先韻）

【訳】神嘉殿で今年実った穀物を献じ／夜半に祭儀を修めるとき、殿中は燈火があかあかとともっている／心から願

う、国中の穀物がよく実り／毎年気候が順調であることを

○新嘗祭　十一月二十三日に、天皇が五穀の新穀を天神地祇に勧め、また、自らもこれを食して、その年の収穫を感謝する祭儀。神嘉殿にて執り行われる。秋に新穀を供えて神を祭る稲作儀礼である。○神嘉殿　皇居内、皇霊殿の西にある建物。新嘗祭・神嘗祭が行われる。○新穀　その年に出来た穀物。○半宵　半夜。夜中。○豊稔　穀物が豊かに実る。○五風十雨　五日に一度風が吹き、十日に一度雨が降る。気候が順調なこと。『論衡』「是応」風不鳴條、雨不破塊、五日一風、十日一雨（風は條《えだ》を鳴らさず、雨は塊《つち》を破らず、五日に一たび風ふき、十日に一たび雨ふる）。

今は「勤労感謝の日」となっているが、もとは宮中の儀式に基づき、全国民が新穀を感謝する日であった。

歳晩書懐

歳晩天晴月似鎌
北風吹起動畫簾
此時獨坐中心痛
傳聞水旱苦蒼黔
牧民今日要救助
夜深燈前感更添

歳晩《さいばん》書懐

歳晩天晴れて　月　鎌に似たり
北風吹き起こって画簾《がれん》を動かす
此の時　独り坐して　中心痛む
伝聞す　水旱　蒼黔《そうけん》を苦しましむと
牧民《ぼくみん》　今日　救助を要す
夜深《ふ》けて　燈前　感更に添う

七言古詩。鎌・簾・黔・添（塩韻）

【訳】　年の暮れ、空は晴れて鎌のような月が出／北風が吹き始めて、彩色を施した簾を揺らしている／このようなときに独り座って心を痛めているのは／水害や旱害で大勢の人民が苦しんでいると聞いたからである／知事たちよ、今こそ民を救済せねばならぬ／夜が更けてきて灯火の前では感慨がとめどなく湧くのである

○畫簾　「歸燕」参照。○中心　こころのうち。心中。○蒼黔　蒼は草木のさかんに茂る意。黔は、黔首（黒い頭）。転じて、たみくさ。人民。○牧民　民を養い治める。「牧民官」は、地方長官。知事。○夜深　夜が更ける。

『謹解』によると、大正二年三月には沼津で大火、五月には函館で大火、八月には台湾で風水害、九月には東京、宮城など一府八県に風水害、十月には北海道に風水害があった。その都度救恤《きゅうじゅつ》金を下賜された。年の暮れに、一年の災害を振り返っての感慨を述べた作。第三句の「独坐中心痛」が一篇の眼目。

偶感

世上何事貪苟安
苟安畢竟成功難
廓清弊事要愼重
擧頭仰望碧落寛
有司唯能盡其職

偶感

世上何事ぞ　苟安《こうあん》を貪る
苟安　畢竟　功を成すこと難し
弊事を廓清《かくせい》するは　愼重を要す
頭を挙げて仰望す　碧落《へきらく》の寛なるを
有司唯だ能く其の職を尽くし

勿使黎民憂飢寒
磻溪老翁宜出仕
今日不須把釣竿

黎民をして飢寒を憂えしむる勿れ
磻渓《はんけい》の老翁 宜しく出仕すべし
今日須《もち》いず 釣竿を把《と》るを

七言古詩。安・難・寛・寒・竿（寒韻）

【訳】世の中はどうして一時の安楽をむさぼるのか／一時の安楽は結局は事を為し遂げることが難しいというのに／弊害ある事柄を治め清めるには慎重にならねばならぬ／頭を上げて見上げると、青空が広々と広がっている（その大空のようにゆったりと事に臨まなければならない）／役人たちよ、ただよくその職責を全うせよ／人民を飢えや寒さで悲しませてはならない／磻渓で釣りをしている太公望呂尚のような賢人たちよ、どうか出仕してほしい／今は釣りをしながら野に隠れているときではない

○世上　世の中。世間。○苟安　一時の安楽をむさぼる。○畢竟　結局。つまり。○廓清　世の乱れをさっぱりと祓いきよめる。○弊事　悪い事柄。○擧頭　頭をあげる。○仰望　「観華嚴瀑」参照。○碧落　東方の天。転じて、青空。○有司　役人。官吏。○黎民　もろもろのたみ。『孟子』「梁恵王上」黎民不飢不寒、然而不王者未之有也（黎民飢えず寒《こご》えず、然り而うして王者たらざるは未だ之《こ》れ有らざるなり）。○飢寒　餓えることと凍えること。「黎民」の項参照。○磻溪老翁　太公望呂尚をいう。「磻溪」は川の名。陝西省宝鶏県の南東を流れて渭水に注ぐ。呂尚年七十余にして磻渓で釣りをしているとき、周の文王がここを通り、呂尚と語り「わが太公（父のこと）が待ち望んでいた人物だ」と大いに悦んで師とした。呂尚は武王を助けて殷の紂王を滅ぼした。○釣竿　つりざお。

太公望呂尚と周の文王の故事をうまく用いて、詩の結びとした。

教育

大中小學育俊英
教育從來任不輕
切磋琢磨須勉勵
天下皆期大器成
國家隆盛因問學
于文于武要相幷

教育

大中小学　俊英を育《はぐく》む
教育　従来　任軽からず
切磋琢磨　須らく勉励すべし
天下皆な期す　大器の成るを
国家の隆盛は問学に因る
文に武に相い幷《あわ》すを要す

七言古詩。英・輕・成・幷（庚韻）

【訳】　大中小の学校で優れた人物を育成する／学校教育の責任は決して軽くない／切磋琢磨して学問に励まなければならない／天下の人々はみな大器の人物が養成されることを期待している／国家の興隆は学問によってなる／文武ともに盛んになるよう期待する

○俊英　才智がすぐれてひいでている。また、その人。　○切磋琢磨　『詩経』に出る語。「切」は獣骨や象牙を切ること。「磋」はそれをみがくこと。「琢」は玉や石をのみで形をつけること。「磨」はそれをみがくこと。一説に、それぞれ獣骨・象牙・玉・石を細工して仕上げること。転じて、自身または友人どうしで学問や人格の向上に努力すること。　○大器　すぐれた才能・度量。また、その人。　○幷　合わせる。一つにする。

学校教育の重要性を詠った。詩の題材としては新しいもの。

日本橋
絡繹舟車倍舊饒
高樓傑閣聳雲霄
神州道路從茲起
不負稱爲日本橋

日本橋
絡繹《らくえき》たる舟車 旧に倍して饒《おお》し
高楼傑閣《けっかく》 雲霄《うんしょう》に聳ゆ
神州の道路 茲《ここ》より起こる
負《そむ》かず 称して日本橋と為すに

七言絶句。饒・霄・橋（蕭韻）

【訳】舟も車も続々と行き交うこと、以前に倍するほど／橋の両側には高い建物が空に聳えている／日本の道路は此処から始まる／まことに日本橋の名にそむかない

○日本橋　現在の東京都中央区の日本橋川にかかる中央通りの橋。日本の道路元標があり、日本の道路網の始点となっている。○絡繹　人馬などの往来が続いて絶えないさま。畳韻語。○饒　多い。○傑閣　大きなたかどの。○雲霄　大空。天空。○神州　「聞陸軍中佐福島安正事」参照。

『謹解』によると、慶長年間の創設。明治のころ田舎から東京に出てきた人が一番失望したのはこの日本橋だったそうで、日本橋というからにはどんな大きな橋かと思って来て見ると、案外に小さい木橋であるのに驚いたという。明治四十四年（石橋に）架け替えられた。この詩は大正二年、橋が架け替えられて間もないころの作。江戸時代、広瀬林外の詩に、「百万人家碧海湾、風帆来往市廛間、東遊快事君知否、日本橋頭看富山」（百万の人家碧海の湾、風帆来往す市廛《してん》の間、東遊の快事君知るや否や、日本橋頭富山を看る）と詠っているが、今は高速道路の下になって、昔を偲ぶよすがもないとは、情けない。〔『漢詩人』一三八ジペー〕

比叡山

山中多老木
蓊欝翳斜陽
石徑行人少
鐘聲出上方

比叡山

山中　老木多し
蓊欝《おううつ》として　斜陽を翳《おお》う
石径《せきけい》　行人少《まれ》に
鐘声　上方より出づ

五言絶句。陽・方（陽韻）

【訳】比叡山には老木が多く／鬱蒼として、夕日も遮られるほど／石の多い山道は行き交う人影も少なく／鐘の音だけが山寺から聞こえてくる

○比叡山　現在の滋賀県大津市西部と京都府京都市北東部にまたがる山。高野山と並び古くより信仰対象の山とされ、延暦寺や日吉大社があり繁栄した。○蓊欝　草木の盛んに茂るさま。双声語。○翳　おおう。かくす。○上方　山寺。

比叡山の幽玄な境地を、唐詩風に詠じた作。

武内宿禰

老軀能護主
忠愛匹儔稀

武内宿禰《たけのうちのすくね》

老軀《ろうく》　能く主を護り
忠愛　匹儔《ひっちゅう》稀なり

絶海従征戦
風雲入指揮

絶海　征戦に従い
風雲　指揮に入る

五言絶句。稀・揮（微韻）

【訳】老いた身でよく歴朝に仕え／その忠君愛国の精神は、他にならぶ者がない／海を越えて神功皇后の新羅遠征に従軍し／戦の勝敗はひとえに変幻極まりない彼の指揮のうちにあったのである

○武内宿禰　『古事記』『日本書紀』に、大和朝廷の初期、景行・成務・仲哀・応神・仁徳の五朝に仕え、国政を補佐したとされる伝説上の人物。神功皇后の新羅出兵を助け、忍熊《おしくま》皇子らの反乱鎮圧にも功があったという。○老軀　老いたからだ。老体。○忠愛　忠君愛国。○匹儔　相手。ともがら。○絶海　海を渡る。○征戦　いくさに行く。出征して戦う。○風雲　変幻極まりない謀の喩え。李白「猛虎行」心藏風雲世莫知（心に風雲を藏するも世は知る莫し）。

歴史上の人物や出来事を詠う「詠史詩」に属する作。

小池

蘆梢生晩風
魚躍小池裏
樹上月方昇
玲瓏照秋水

小池

蘆梢《ろしょう》　晩風生ず
魚は躍る　小池の裏
樹上　月方《まさ》に昇り
玲瓏《れいろう》として　秋水を照らす

五言絶句。裏・水（紙韻）

【訳】 夕方の風が吹いて、蘆の葉を揺らし／魚は小さな池の中で遊んでいる／木の上にちょうど月が昇り／あざやかに輝いて秋の澄んだ池の水を照らしている

○蘆梢　あしの葉。梢は、葉先をいう。○晩風　夕方の風。賈島「送耿処士」蘆葦晩風鳴（蘆葦に晩風鳴る）。○玲瓏　玉のようにあざやかで美しいさま。双声語。○秋水　秋の澄み渡った水。

御所の庭のスケッチの小品。
句の構成が、上（蘆梢）下（小池）、上（樹上）下（秋水）となっている。

海上明月圖
蒼溟千里濶
明月照波瀾
半夜秋風動
魚龍不耐寒

海上明月図
蒼溟《そうめい》 千里濶《ひろ》く
明月 波瀾《はらん》を照らす
半夜 秋風動き
魚龍 寒に耐えず

五言絶句。瀾・寒（寒韻）

【訳】 千里のかなたまで広がる青海原《あおうなばら》に／明るい月が上って大波小波を照らしている／夜中に秋風が吹き出すと／魚や龍もその寒さに耐えられないのではと思われるほどの、冴えた月明かりの絵である

○蒼溟　青海原。○波瀾　なみ。大波小波。○半夜　夜半。夜中。○魚龍　魚や龍。うろこのある動物。杜甫「秋興其四」魚龍寂寞秋江冷（魚龍寂寞として秋江冷ややかなり）。

題画詩。前詩の「小池」に対し、「千里の蒼溟《あおうなばら》」と、大小の妙。

瘦馬

瘦馬看來感慨生
崎嶇山路仰天鳴
臨風戀舊尤憐爾
朔北當年從遠征

瘦馬《そうば》

瘦馬看来たれば　感慨生ず
崎嶇《きく》たる山路　天を仰いで鳴く
風に臨んで旧を恋う　尤《もっと》も爾《なんじ》を憐れむ
朔北《さくほく》　当年　遠征に従う

七言絶句。生・鳴・征（八庚韻）

【訳】瘦せ衰えた馬を見ていると感慨を催す／険しい山道で天を仰ぎながら鳴きあえいでいる／風に吹かれながら昔を懐かしんでいるのか、お前を憐れに思う／その昔は北方で遠征に従ったこともあったのであろう

○瘦馬　やせた馬。○朔北　北方塞外の地。北方。○當年　往年。その昔。

これも「題画詩」の類。今は瘦せ衰えた馬だが、曽《かつ》ては遠く塞外の地にまでも遠征したものを、と想像する。用語も適切で学習の跡《あと》が思われるお作。

大正三年

元旦
瑞氣氤氳上苑邊
鼕鼕神鼓隔林傳
願教黎庶得其所
四海昇平年又年

元旦
瑞気氤氳《いんうん》　上苑の辺
鼕《とう》々《とう》たる神鼓　林を隔てて伝う
願わくは黎庶《れいしょ》をして其の所を得しめ
四海昇平　年又た年

七言絶句。邊・傳・年（先韻）

【訳】　御苑にはめでたい気が盛んで／祭儀の太鼓の音が林の向こうから聞こえてくる／一心に願うのは、人民がみなその所を得て／毎年天下太平の世であることだ

○瑞氣　めでたい気。○氤氳　気の盛んなさま。畳韻語。○上苑　天子の庭園。上林苑。○鼕鼕　太鼓の音。○黎庶　もろもろの民。○得其所　願う通りになる。また、ふさわしい地位・場所を得る。『易経』「繫辞」日中為市、交易而退、各得其所（日中市を為し、交易して退き、各おの其の所を得）。○四海　「憶陸軍大將乃木希典」参照。○昇平　世の中がおだやかに治まっていること。太平。

『謹解』によると、大正三年元旦の祭儀にはご都合により出御されず、岩倉掌典長《しょうてんちょう》に代拝を仰せ付けられた。

御製に「蓼々たる神鼓　林を隔てて伝う」とあるのは、出御されなかった祭儀の奏楽の声を、隔たってお聴きになったという意味であろう。

元日に当たっての、天皇としてのお立場からの所感を詠われた、格調正しいお作。

歳朝示皇子

改暦方逢萬物新
戒兒宜作日新人
經來辛苦心如鐵
看取梅花雪後春

歳朝《さいちょう》皇子に示す

改暦方に逢う 万物の新たなるに
児を戒しむ 宜しく日新《にっしん》の人と作《な》るべし
辛苦を経《へ》来たって 心 鉄の如し
看取せよ 梅花雪後の春

七言絶句。新・人・春（眞韻）

【訳】　年が改まり、物みな新たになった／皇子たちよ、人は年とともに新たになるばかりではなく、日々新たに進むように努力しなければならない／人は苦労を経験してはじめて心が鉄のように堅固になるのだ／冬の雪を耐えた梅の花が春に先駆けて咲く様を、ぜひとも見習ってほしいものだ

○歳朝　元日の朝。元旦。○改暦　こよみが改まる。新年。○日新　日々その徳を増進する。『大学』湯之盤銘曰、苟日新、日日新、又日新（湯《とう》の盤銘に曰く、苟《いやしく》も日に新たに、日々に新たに、又た日に新たに）。

年が明けて大正三年は、三人の皇子は、数え年十四歳、十三歳、十歳になられた。小学校の六年・五年・三年

に在学中というお年で、父上のお諭しはよくご理解になられたことであろう。『大学』に見える「湯之盤銘」とは、殷の初代の湯王が毎日顔を洗う時、自らを戒めるため、沐浴盤《もくよくばん》（たらい）に書きつけたもの。

贈貞愛親王
萬里邊城曾督師
山河幾處足驅馳
如今在內資初政
欲使黎民樂盛時

貞愛《さだなる》親王に贈る
万里辺城　曽《かつ》て師を督《とく》す
山河幾処か　駆馳《くち》足《おお》し
如今《じょこん》内に在りて　初政を資《たす》け
黎民をして盛時を楽しましめんと欲す

七言絶句。師・馳・時（支韻）

【訳】　かつてははるか辺境の城で軍を統率し／馬で駆け回らなかったところはないほど／今は国内で私の政務を輔け／人民に太平の世を謳歌させられるよう努めてくれている

○貞愛親王　伏見宮。皇族、陸軍軍人。日露戦争の際は、第一師団長として金州南山の激戦で戦功をたてた。軍人として最高位の元帥陸軍大将に昇った。また、皇族として唯一内大臣を務め、大正天皇の信頼も厚かった。○邊城　辺境にある城。○督師　軍を率い統べる。○驅馳　馬を走らせる。○如今「聞鼠疫流行有感」参照。○初政　天皇としての初めての政務。○黎民「偶感」（大正二年）参照。○盛時　国運盛んな時世。

『謹解』によると、伏見宮は皇族の長老として、ことに大正天皇の信頼が深かったという。

櫻島噴火

櫻島噴火變忽聞
聞來不覺眉幾顰
居民狼狽爭避難
黑煙濛濛冲天頻
家屋畜産皆焦土
誰識天明跡已陳
直遣侍臣審視察
不日歸來定報眞
大艦救急自遠到
況復警護有陸軍
常願四海長靜謐
今日何事祝融瞋

桜島の噴火

桜島噴火　変忽《たちま》ち聞く
聞き来たって　覚えず眉幾たびか顰《ひそま》す
居民狼狽して　争って難を避け
黒煙濛々として　天を沖《つ》くこと頻りなり
家屋畜産　皆な焦土
誰か識らん　天明　跡已に陳《ふ》りたるを
直ちに侍臣を遣わして　審《つまびら》かに視察せしむ
日ならず帰り来たって　定めて真を報ぜん
大艦急を救って　遠きより到り
況んや復た警護するに陸軍有り
常に願う　四海の長く静謐《せいひつ》なるを
今日何事ぞ　祝融《しゅくゆう》瞋《いか》る

一視同仁是吾事
欲使治化被兆民
天災地變眞難測
要恤無衣無食人

一視同仁 是れ吾が事
治化をして兆民《ちょうみん》に被《こうむ》らしめんと欲す
天災地変 真に測り難し
恤《あわれ》むを要す 無衣無食の人

七言古詩。聞・鞶・頻・陳・眞・軍・瞋・民・人（文韻・眞韻通韻）

【訳】 桜島が噴火したという知らせを聞き／知らず知らずのうちに何度も眉をひそめた／住民はうろたえ慌てて先を争って避難し／あちこちで黒煙がもうもうと空に立ち上っているということだ／家屋も家畜もみな焼け野原となり／いったい誰が浅間山の天明噴火の跡など知っているであろうか／すぐに侍臣に詳細な視察をしてくるように命じたので／すぐに帰ってきて実情を報告するであろう／海軍の大きな軍艦が救急のために遠方から駆けつけ／さらには警護に陸軍がついている／日頃から、天下が常に静かで安らかなことを願っていたが／今日、火の神祝融が怒り出すとはどうしたことか／万民を平等に愛することが私の務めであり／教化によって万民を救いたいと考えている／天地の災変はまことにはかりがたいものであるが／着る物や食べる物のない人々への物資の救援が必要である

○櫻島噴火　現在の鹿児島県の鹿児島湾にある面積約七七平方キロメートルの半島。かつては島であったが大正三年の噴火により大隅半島と陸続きとなった。○顰　ひそめる。眉にしわをよせる。○居民　住民。○狼狽　うろたえあわてること。狽は、おおかみの一種で前の二足が極端に短く、いつもおおかみの後部に乗って歩くといわれ、おおかみから離れると動けない。このため、「狼狽」は、物事がうまくいかないこと、あわてることをいう。○濛濛　霧などがたちこめて暗いさま。○冲天　まっすぐに空高くあがる。○畜産　家畜。○焦土　焼け野原。○天明跡已陳　天明三年の浅間山の大噴火を指す。「陳」は「新」の反対。（跡が）古くなった。○不日　他日。○大艦　大きな戦艦。○救急　急場

をすくう。急難をすくう。○四海　「憶陸軍大将乃木希典」参照。○靜謐　しずかで安らかなこと。○祝融　太古の神話時代の神の名。火をつかさどる神。転じて、火事・火災の意に用いる。○一視同仁　差別なく、すべての者を平等に愛する。韓愈「原人」聖人一視而同仁、篤近而擧遠（聖人は一視して同仁に、近きに篤くして遠きを挙ぐるなり）。○治化　民を治めて善に導く。政治教化。○兆民　多くの民。○天災地變　天地の災い。自然の災い。○恤　あわれむ。すくう。物品を与えてすくう。○無衣無食　着る物や食べ物がない。

『謹解』によると、大正三年一月十二日午前十時、西桜島村の渓谷から黒煙が立ち上り、午後八時ついに大噴火が起こり、溶岩が流出し、翌十三日午前七時にはその幅二十町厚さ数丈に達し、多くの部落が焼失した。天皇は直ちに侍従日根野要吉郎《ひねのようきちろう》を同地に派遣して実情を視察させ、救恤《きゅうじゅつ》金一万五千円を鹿児島県に下賜された。

詩は四句ずつ四段に構成する。

第一段　桜島が噴火し、住民はあわてふためく。

第二段　家屋や家畜は焼け焦げ、天明の噴火のようで、ただちに被害のさまを視察させる。

第三段　海軍も陸軍も救護に当たらせ、無事を祈る。

第四段　天災は予測し難いが、救援を尽さねばならぬ。

詩は、たくみに構成するというより、緊急の情を、そのまま述べる趣で、修辞よりも実状を写すことに主眼がある。

示學習院學生

修身習學在文園
新固宜知故亦溫
勿忘古人螢雪苦
映窓燈火郭西村

学習院の学生に示す

身を修め学を習って　文園に在り
新　固より宜しく知るべし　故も亦た温《たず》ねよ
忘るる勿れ　古人蛍雪の苦
窓に映ずる燈火　郭西《かくせい》の村

七言絶句。園・溫・村（元韻）

【訳】学園の中で、身を修め学問に励み／新しいことは無論よく知らねばならぬが、古いこともじっくり身につけるように／昔の人の〝蛍雪の功〟の苦辛を忘れてはいけない／ここ西郊の目白で夜の窓に燈火が映るように

○學習院　旧宮内省の外局として設置された官立学校。昭和二十二年に官立学校としては廃止され、新たに私立学校として再出発した。○修身　心がけや行いを正しくする。○文園　ここでは、学園の意。○新固宜知故亦溫　『論語』「為政」温故知新（故きを温ねて新しきを知る）。○古人螢雪苦　苦心して学問にはげむこと。燈火の油が買えず、晋の車胤《しゃいん》は蛍の光で、孫康《そんこう》は雪明かりで書物を読んだ故事を踏まえる。○郭西村　城郭の西の村。学習院のある目白を指す。

大正三年、学習院の卒業式での作。

第二句は「句中対」という形式。

　新は固より宜しく知るべし
　旧も亦た（宜しく）温ぬべし

と、対の形になっている。字数の制約（上が四、下が三）の関係で「宜」を省略したもの。

後半は、語注に示したように「雪案螢窓」の四字熟語で知られる故事を引用した。〔『漢詩人』一七五ジ〕

春夜聞雨
春城瀟瀟雨
半夜獨自聞
料得花多發
明日晴色分
農夫應尤喜
夢入南畝雲
麥綠菜黄上
蝴蝶隨風紛

春夜雨を聞く
春城　瀟《しょうしょう》々の雨
半夜　独り自ら聞く
料り得たり　花多く発《ひら》き
明日　晴色分かるるを
農夫　応に尤《もっと》も喜ぶべし
夢は入る　南畝《なんぽ》の雲
麦緑菜黄《ばくりょくさいこう》の上
蝴蝶　風に随《したが》って紛たり

五言古詩。聞・分・雲・紛（文韻）

【訳】　春の街にしとしとと雨が降り／夜中に独りその雨音を聞いている／きっと多くの花が咲き／明日は晴れた景色が鮮やかなことであろう／この雨を農夫も喜び／雲のかかる南の田畑を夢に見ているにちがいない／夢のなかでは、緑の麦が葉を伸ばし、黄色い菜の花が咲く上を／蝶が風に吹かれて乱れ飛んでいることであろう

○春城　春の街。○瀟瀟　「山中」参照。○料得　おしはかる。想像する。○晴色　晴れた日の景色。○南畝　南の

田畑。南の方にある日当たりがよい田地。

『謹解』では、趣向が似ているとして、江戸初期の後水尾天皇の御製を紹介しているので、原文に書き下しをつけて再掲しよう。

春雨　　後水尾天皇

一夜樓頭春雨斜　一夜楼頭《ろうとう》　春雨斜めなり
輕雷起蟄暖猶加　軽雷蟄《ちつ》を起こして暖猶お加わる
空階餘滴如相語　空階《くうかい》の余滴　相い語るが如し
此地明朝必見花　此の地　明朝必ず花を見ん

清明

清明時節柳垂絲
爛漫紅桃花滿枝
好向駐春閣邊過
東風習習午晴時

清明

清明の時節　柳　糸を垂る
爛漫たる紅桃　花　枝に満つ
好し　駐春閣辺に向かって過ぎん
東風習々たり　午晴の時

七言絶句。絲・枝・時（支韻）

【訳】清明節の時節になって、柳は糸のような枝を垂らし／桃の花は盛んに咲き誇っている／よし、駐春閣のあたり

まで行ってみよう／春風がそよそよと吹いている昼時のうららかな陽気に誘われて

○清明　二十四気の一つ。春分から十五日目、陽暦の四月五、六日ごろ。この日は郊外に出て遊び、墓参りなどをする。
○爛漫　「墨堤」参照。○駐春閣　「駐春閣」参照。○習習　風のやわらぎ吹くさま。

大正帝は「駐春閣」を愛され、ここでよく桜を賞《め》でて詩をお作りになったという。「駐春（春を駐《とど》める）」の名がお好きだったようだ。

六月十二日卽事

幾時能見一天晴
節到黃梅雨滿城
池上已涵荷葉影
樓頭又過杜鵑聲
禁園漠漠千章樹
廣陌茫茫萬戶甍
明日桃山拜陵處
白雲黯淡定傷情

六月十二日即事

幾時か能く見ん　一天晴るるを
節は黄梅に到って　雨　城に満つ
池上已に涵《ひた》す　荷葉《かよう》の影
楼頭又た過ぐ　杜鵑《とけん》の声
禁園漠々たり　千章《せんしょう》の樹
広陌《こうはく》茫々たり　万戸の甍《いらか》
明日　桃山　陵を拝する処
白雲黯淡《あんたん》として　定めて情を傷《いた》ましめん

七言律詩。晴・城・聲・甍・情（庚韻）

【訳】 いつになったら快晴の空をみることができるであろうか／梅雨の時節になって雨が街に降り続いている／池ではすでに蓮の葉の影が水に映り／高殿の上ではほととぎすの鳴き声が聞こえる／御苑は多くの木々が生い茂っていて薄暗く／広い通りに沿って建つ多くの家々の屋根の瓦がぼうとかすんでいる／明日、桃山で先帝の御陵に参拝するときは／白雲が薄暗く垂れこめたこの陰鬱な気候が、一層心を悲しませることであろう

○一天　空一面。○黄梅　梅の熟する頃の時候の称。儲光羲《ちょこうぎ》「晩霽」五月黄梅時、陰氣蔽遠邇（五月黄梅の時、陰気遠《えん》邇《じ》〔近〕を蔽う）。○満城　街にみちる。「城」は街の意。○杜鵑　「遊小倉山」参照。○禁園　「駐春閣」参照。○漠漠　連なっているさま。薄暗いさま。○千章樹　多くの樹木。○茫茫　「巖島」参照。○萬戸　多くの家。李白「子夜呉歌」万戸擣衣声（万戸衣を擣つの声）。○桃山　「又」参照。○拝陵　御陵に参拝する。○黯淡　薄暗い。○傷情　心を痛める。悲しむ。

『謹解』によると、天皇は六月十三日、伏見桃山両陵ご参拝のため、皇后とともにご出発、十四日両陵を拝し、十五日宮城に還幸された。

頷《がん》聯（三・四句）は、近景。頸《けい》聯（五・六句）は遠景という組み合わせ、また頷聯では「荷葉の影」と「杜鵑の声」との、視覚と聴覚に訴える句作りなど、工夫を凝らされた格調高いお作。

六月十八日作
雲黯無由解我顏
雨聲淋瀝響林間
去年今日猶能記
一路薰風入葉山

六月十八日の作
雲黯《くら》くして 我が顔を解くに由無し
雨声淋瀝《りんれき》 林間に響く
去年の今日 猶お能く記す
一路薫風 葉山に入る

七言絶句。顔・間・山（刪韻）

【訳】 雲が薄暗くたれこめて、我が顔も曇りがち／雨音が林の間に響いている／去年の六月十八日のことは今もよく記憶している／おだやかな初夏の風に吹かれながら葉山を訪れたときのあの清々しさを

○解我顔　顔をほころばせる。喜び笑う。○淋瀝　したたるさま。双声語。○記　心に覚える。記憶する。○薫風「夏日遊嵐山」参照。○葉山「葉山即事」参照。

『謹解』によると、「去年今日」は大正二年五月二十日より二十日余り病床に就かれ、六月十八日ご保養のため葉山御用邸に行幸されたこと。

第二句は、今の陰鬱な景、第四句は、去年の爽快な景と、明暗の対比が鮮やかに詠われている。

園中卽事
知是梅雨斷
雲散禁園晴
千章夏木秀
已聞早蟬鳴
綠陰佇立處
黃梅摽有聲

園中即事
知る 是れ 梅雨の断ゆるを
雲散じて 禁園晴る
千章《せんしょう》 夏木秀《ひい》で
已に聞く 早蟬《そうせん》の鳴くを
緑陰 佇立《ちょりつ》する処
黄梅 摽《お》ちて声有り

五言古詩。晴・鳴・聲（庚韻）

【訳】 梅雨も明けたようだ／雲が切れ宮苑は晴れてきた／夏の木は多く茂り／はや蟬も鳴きだした／緑の木蔭にたたずむと／時に黄梅の落ちる音が聞こえる

○禁園　「駐春閣」参照。　○千章　「六月十二日卽事」参照。この一句、杜甫「何將軍山林」の「千章夏木淸し」を引く。○早蟬　初夏に鳴く蟬。　○黄梅　梅の実の熟して色づいたもの。　○摽　落ちる。『詩経』「召南」摽有梅、其實七兮（摽ちて梅有り、其の実七つ）。

語注に見るように、杜甫の句を柱にして、梅雨明け、初夏の園の情景を詠った。後の二句は、「緑」「黄」の色どり鮮やかに、古典の語をうまく取り入れて結ぶ。センスのよい詩と申し上ぐべき作。〔『漢詩人』一三五ページ〕

聽笛

夏夜涼風裏
誰弄玉笛音
數聲已溜亮
一曲感更深
支頤閒倚檻
露氣滿衣襟

笛を聴く

夏夜 涼風の裏
誰か弄《ろう》す 玉笛の音
数声 已に溜《りゅう》亮《りょう》
一曲 感更に深し
頤《あご》を支《ささ》えて 閒《しず》かに檻に倚れば
露気 衣襟に満つ

五言古詩。音・深・襟（侵韻）

【訳】 夏の夜、涼やかな風に吹かれていると／どこからともなく美しい笛の音が聞こえてくる／音色は冴えわたり／一曲聞き終えると何ともいえぬ深い感興を覚えた／うっとりとした気分でほおづえをつき、しずかに手摺りにもたれたまま／夜露が着物を濡らすのにも気づかずにいた

○玉笛　美しい笛。李白「春夜洛城聞笛」誰家玉笛暗飛聲（誰が家の玉笛か　暗に声を飛ばす）。○溜亮　音が響いてよく通ること。双声語。○支頤　ほおづえをつく。畳韻語。○倚檻　「池亭觀蓮花」参照。○露氣　つゆの気。○衣襟　衣服のえり。

『謹解』によると、吹上苑外の楽部あたりで楽人が夜のつれづれに吹いたであろう笛の音を、はるかにお聞きになって、ご感興のあまりお作りになったものであろうかと想像する。

この詩は、中の二句に「数声」「一曲」と対語を用い、調子をととのえている。終わりの二句は中の句の「感

更に深し」と応じ、笛の音を聞きほれて、思わず露に濡れた、と結ぶ。

西瓜

濯得清泉翠有光
剖來紅雪正吹香
甘漿滴滴如繁露
一嚼使人神骨涼

西瓜

清泉に濯《あら》い得て　翠《みどり》　光有り
剖《さ》き来たれば　紅雪　正に香を吹く
甘漿《かんしょう》滴々　繁露の如し
一嚼《いっしゃく》　人をして神骨涼しからしむ

七言絶句。光・香・涼（陽韻）

【訳】　清らかな泉に洗われてつやつや緑色に光る／割けば中は赤い雪のよう、芳香を放つ／甘い汁がポタポタ露のようにしたたる／嚙めば身も心もたちまち涼やか

○紅雪　紅色の雪。桃の花の形容に多く用いられるが、ここでは西瓜を喩える。○甘漿　甘い汁。○滴滴　水がしたたる音を言う。李商隠「祈禱得雨」甘膏滴滴是精誠（甘膏滴々是れ精誠）。○繁露　たくさんの露。○神骨　心身。

御製中、白眉の作。ごくありふれた日常の題材のスケッチながら、みずみずしい感性の輝きと、機知が光る。まず第一句は、西瓜を泉で洗って「翠」色が光る。第二句、それを割ると赤い果実が露われる。「香を放つ」と表現することによって、割った時の勢いが感じられ、パカッと中の赤が目に鮮やかに飛びこむ。また「紅雪」の語が奇抜。頼山陽の「筑後河を下りて菊池正観公《しょうがんこう》（武光《たけみつ》）の戦処を過ぎ、感じて作有り」の詩に、

歸來河水笑洗刀　帰り来たっては河水に笑って刀を洗えば
血迸奔湍噴紅雪　血は奔湍《ほんたん》に迸《ほとば》しって紅雪を噴《ふ》く

という句がある。幕末・明治のころ、もてはやされた詩なので、ここからヒントを得られたものではなかろうか。だとすると、この機知は素晴らしい。〔『漢詩人』一八一ページ〕

竹溪消暑
竹溪自清幽
小亭臨流碧
千竿帶凉風
綠陰多苔石
雨過暑氣銷
鳥鳴少人跡
巖下有深潭
知是蛟龍宅

竹渓消暑
竹渓　自《おの》ずから清幽
小亭　流碧に臨む
千竿《せんかん》　凉風を帯び
緑陰　苔石多し
雨過ぎて　暑気銷《き》え
鳥鳴いて　人跡少《まれ》なり
巌下　深潭有り
知る　是れ蛟龍《こうりゅう》の宅と

五言古詩。碧・石・跡・宅（陌韻）

【訳】　竹林のなかを流れる谷川は清らかで奥深く／小さなあずまやがみどりの流れに臨んで建っている／無数の竹が

涼やかな風に吹かれて揺れ／緑の日陰には苔むした石が至る所にある／雨が上がると暑さも消え／鳥の鳴き声が聞こえるばかりで、人はほとんど通らない／大岩の下には深いふちがあり／あたかも龍の棲所《すみか》のようである

○竹渓　岸に竹が生えた谷川。○清幽　俗を離れきよらかで静か。○小亭　小さいあずまや。○流碧　みどり色をした渓流。○緑陰　「夏日遊嵐山」参照。○苔石　こけのむした石。○深潭　深い淵。○蛟龍　みずち。龍の一種。

『謹解』によると、これは大正三年七月二十四日から八月十五日まで日光で避暑中の作で、その地のどこかの景色をご覧になってお詠みになったものであろう、と。

題詠詩と思われる。竹の茂る谷川の涼しみをどのように詠うか。前半に、「清幽」「流碧」「涼風」「緑陰」の語を各句にあしらって、「竹渓」の清涼味を描き出し、後半では、「少人跡」「深潭」「蛟龍」の語によって、超俗（世俗を離れた）の趣を表す。唐の王維の風を学ばれたもの、といえよう。

山樓偶成

爲愛山水有清音
百尺高樓一登臨
雷雨方收天色霽
涼風爽氣滿衣襟

山楼偶成

山水に清音有るを愛するが為に
百尺の高楼　一《ひとえ》に登臨す
雷雨方《まさ》に収まって　天色霽《は》れ
涼風　爽気　衣襟に満つ

昨日看瀑知何處
樓頭指點白雲深
綠樹欝葱殊堪喜
松柏已藏歲寒心

昨日瀑《たき》を看る　知んぬ何れの処ぞ
楼頭指点すれば　白雲深し
緑樹欝葱《うっそう》として　殊に喜ぶに堪えたり
松柏已に蔵す　歳寒《さいかん》の心

七言古詩。音・臨・襟・深・心（侵韻）

【訳】山や川に満ちる清らかな音を愛でたいがために／非常に高い高殿を一気に登って下を眺めやる／雷雨がちょうど収まって空は晴れ／涼やかな風、爽やかな気が着物の襟いっぱいに入ってくる／昨日滝を見たのはどのあたりであろうか／高殿の上の白雲が深々と覆うあたりを指さしてみる／緑の木々がこんもりと茂っているあたりがとりわけ好ましく感じられるのは／松や柏が困難に遭っても負けない心を持っているからであろうか

○山樓　山中にあるたかどの。○清音　きよらかな音声。左思「招隱」非必絲與竹、山水有清音（必ずしも糸と竹とに非ず、山水に清音有り）。○登臨　「金崎城址」参照。○天色　そらのいろ。また、空の様子。劉禹錫「和樂天秋涼閒臥」暑退人體輕、雨餘天色改（暑退いて人体軽く、雨余に天色改まる）。○指點　一々指さし示すこと。○欝葱　「金崎城址」参照。○松柏　松とコノテガシワ。四時色を変えないので、人の節操ある喩えに用いる。○已　強めの語。「藏」を強める。よくその内に持っている、という意。○歲寒心　艱難に遭遇してもめげないこころ。『論語』「子罕」歳寒然後知松柏之後凋也（歳寒くして然る後松柏の凋《しぼ》むに後《おく》るるを知る）。

『謹解』によると、これも前首と同じく日光に避暑中の作。

折から日光にご滞在中、ということで、楼上よりの景色を眺めつつ、感慨を述べたもの。

山行

雨餘山路暮雲生
欝欝喬杉影自清
茅屋炊煙映斜日
時聞童子讀書聲

山行

雨余の山路　暮雲生ず
鬱々たる喬杉《きょうさん》　影自ずから清し
茅屋《ぼうおく》の炊煙　斜日に映ず
時に聞く　童子読書の声

七言絶句。生・清・聲（庚韻）

【訳】　雨上がりの山道は夕暮れの雲が湧き／こんもりと茂る高い杉は清らかな影を落としている／民家の炊事の煙が夕日に映じて立ち上り／子どもが本を読む声が聞こえてきた

○山行　山歩き。山遊び。○欝欝　樹木がこんもりと茂っているさま。○喬杉　たけの高い杉の木。○茅屋　「木曾圖」参照。○炊煙　「秋日田家」参照。

『謹解』によると、前二首と同じ時の作。日光での散歩の途次の矚目《しょくもく》（目にふれたこと）の作。昔はよくこのように、家々で教科書（読本《とくほん》といった）を読む声が聞こえたもの。懐かしの情景の詩《うた》である。「山行」という詩題は、唐の杜牧にも名作があるが、同題で、敢えて新しい視点を提出した意欲作といえよう。

盆栽茉莉花盛開
凉趣可掬乃成詠
月明皎皎滿庭中
茉莉花開盆上風
馥郁使吾胸宇淨
清香來自畫欄東

盆栽の茉莉花《まつりか》盛んに開く
凉趣掬《きく》すべく　乃ち詠を成す
月明皎々《こうこう》として　庭中に満つ
茉莉花は開く　盆上の風
馥郁　吾が胸宇《きょうう》をして浄からしむ
清香　画欄《がらん》の東より来たる

七言絶句。中・風・東（東韻）

【訳】月の白い光が庭中に降り注いでいる／その光の中で盆栽の茉莉花が風に揺れながら咲いている／立ち込めた香りは私の胸の中までも浄化してくれるようだ／清からな香りが彩色された美しい欄干の東から漂ってくる

○茉莉花　ジャスミン。暖地性の常緑低木。花は白く、香りが高い。○凉趣　すずやかなおもむき。○掬　すくう。両手ですくいあげる。○皎皎　「墨田川」参照。○胸宇　胸中。○畫欄　美しく彩った欄干。

白々とした光と、清らかな香りのあふれる空間を活写した作。品格の高さが滲み出るようである。

聞青島兵事
炎風吹滿幕營間

青島の兵事を聞く
炎風吹き満つ　幕営の間

醫渇喫梨心自寛　渇きを医《いや》し梨を喫して 心自ずから寛なり
不比曹瞞征戦日　比せず 曹瞞《そうまん》征戦の日
思梅将卒口先酸　梅を思う将卒 口先づ酸なり

七言絶句。間・寛・酸（刪韻・寒韻通韻）

【訳】　青島の兵士たちは炎風吹きまくる陣営のなかで／梨を喫してのどの渇きを癒しているとのこと／その昔、魏の曹操が戦の折、のどの渇きに苦しむ兵士たちに／梅を思わせてその酸っぱさに口に唾が湧き、一時渇きを忘れたというが、それとは比べるべくもないことである

○青島兵事　大正三年八月、対独宣戦の詔勅が下り、陸軍が青島を攻囲したことを指す。青島は、山東半島の南海岸に小さく突き出た半島の先端に位置する。○炎風　炎熱の風。熱風。○幕営　「川越閲大演習」参照。○醫渇　「観布引瀑」参照。○曹瞞　三国時代、魏の曹操。小字は阿瞞《あまん》。後半二句は、かつて率いた兵がのどの渇きを訴えた際、曹操は全軍に「前方に大きな梅林があるぞ」と伝えさせ、兵は梅を想像して口に唾液が湧き、のどの渇きを癒すことができた、という故事を踏まえる。○将卒　将校と兵卒。

曹操の故事をたくみに取りこんで、面白い詩ができた。

時事有感
風雨南庭木葉疎
乾坤肅殺九秋初
況逢西陸干戈動
頻向燈前覽羽書

時事感有り
風雨　南庭　木葉疎《そ》なり
乾坤　粛殺《しゅくさつ》　九秋の初め
況んや西陸干戈《かんか》の動くに逢うをや
頻りに燈前に向かって羽書《うしょ》を覧る

七言絶句。疎・初・書（魚韻）

【訳】風雨に吹き散らされて南の庭は木の葉もまばら／まだ初秋だというのに、天地には粛殺の気が満ちてきた／まして西欧で戦争が始まったとあっては、なおさら殺伐とした空気があたりに漂う／燈火の前でしきりに伝わる戦報を読んでいる

○疎　まばら。○乾坤　天地。○肅殺　秋気が草木を損ない枯らすこと。『礼記』に見える語。○九秋　秋の三ヶ月、九十日間。○西陸　西の大陸。ヨーロッパを指す。○干戈　たてとほこ。転じて、戦争。○羽書　速達便。昔、鳥の羽を挿して目印とした。ここでは、戦況報告をいう。

『謹解』によると、ヨーロッパで第一次世界大戦が起こり、我が国もこれに加わることを余儀なくされるに至るや、陛下は大変心を痛められ、侍従武官長を召されて、「今後戦争中、戦報又は急を要する機務は、休日又深夜といえども直ちに奏上し機を失わないようにせよ」と仰せ付けられたという。

「西陸」は、ここではヨーロッパ大陸を指す語だが、「西」が秋を意味するので、「九秋初」とよく合うのが、たくまざる技巧になっている。

時事偶感

西陸風雲慘禍多
列强勝敗竟如何
山河到處血成海
神武憑誰能止戈

時事偶感

西陸の風雲　惨禍多し
列強の勝敗　竟《つい》に如何《いかん》
山河到る処　血　海を成し
神武　誰に憑《よ》ってか能く戈《ほこ》を止めん

七言絶句。多・何・戈（歌韻）

【訳】　西欧の戦争は惨禍が多くなっている／列強の勝敗は最終的にどうなるであろうか／山河では到る所で血が海を成すほど／誰の武徳によって戦争を止めさせることができるだろうか

○風雲　変事の起こる形勢。○神武　人間以上の武徳。神のような武徳。『易経』に見える語。○止戈　一説に、「武」の字が、「戈」と「止」の会意文字であるからいう。

前の詩と関連する。第一次世界大戦の行く末を心配されての作。

聽蟲聲

夜來明月照南樓
愛聽階前蟲語幽

虫声を聴く

夜来　明月　南楼を照らす
愛し聴く　階前　虫語の幽なるを

想得山中凉氣動　想い得たり 山中 凉気動くを
禁園風露又新秋　禁園の風露 又た新秋

七言絶句。樓・幽・秋（尤韻）

【訳】夜になって明るい月が照らす南の高殿から／階前で鳴く虫のかすかな声を聞くのも好いものだ／山中にはもう涼しい気が涌いているだろう／この禁園にも風露が満ち、初秋の気配が漂うている

○蟲聲　虫の鳴き声。蟲語に同じ。○夜來　夜になる。○禁園　「駐春閣」参照。○風露　「紫苑」参照。

都に虫の鳴くころとなって、日光の山中の秋を思いやった詩。第四句の「風露」の語が、第一句の「明月」と応じて、夜露がキラキラ光る情景を想像させる。

觀月

晚天風起白雲流　晚天《ばんてん》風起こって 白雲流る
明月方昇畫閣頭　明月方に昇る 画閣《がかく》の頭
遙想軍營霜露冷　遥かに想う 軍営霜露冷ややかなるを
勞山灣上雁聲秋　労山湾上《ろうざんわん》 雁声の秋

七言絶句。流・頭・秋（尤韻）

【訳】 晩になって吹き始めた風に白雲が流されてゆく／雲の切れ間から明月が美しい高殿の上へと昇ってゆく／今ごろ、遠征中の我が軍の陣営には冷たい霜露が降り／労山湾の上を雁が鳴きながら飛び、あたりはすっかり秋めいていることであろう

○晩天　夕方の空。○畫閣　「來燕」参照。○勞山灣　山東省青島市にある湾。○雁聲　かりの鳴き声。

第四句の「労山」は、青島の町の傍にたたなわる山だが、その「労」の字が軍営の労苦と応じているのも妙。

擬出征將士作

平生雄志劍相知
萬里從軍正及時
好爲邦家盡心力
誓消氛祲護皇基

出征将士の作に擬す

平生の雄志　剣相い知る
万里の従軍　正に時に及ぶ
好し　邦家の為に心力を尽くし
誓って氛祲《ふんしん》を消して　皇基《こうき》を護らん

七言絶句。知・時・基（支韻）

【訳】 日ごろの雄々しい志をこの剣は知っている／この万里の遠征こそまさにそれを示すときだ／国家のために心を尽くし／誓って災いを掃って帝の統治の礎を護るのだ

○擬　「擬人暮春作」参照。○將士　将軍・将校と兵士。○雄志　おおしい志。男らしい意志。○邦家　国家。○心

力　心と力。また、精神のちから。○氛祲　悪い気。○皇基　国家のもとい。藤田東湖「和文天祥正氣歌」死爲忠義鬼、極天護皇基（死して忠義の鬼と為り、極天皇基を護らん）。

「擬」とあるように、出征兵士になり代わっての心情を詠じた作。

慰問袋

作成千萬袋
盡寄遠征人
慰問情何厚
勝他金玉珍

慰問袋

作成す　千万の袋
尽《ことごと》く遠征の人に寄す
慰問　情何ぞ厚き
他《か》の金玉の珍に勝る

五言絶句。人・珍（眞韻）

【訳】千万の慰問袋を作って／それをすべて遠く出征している人に届ける／慰問の心は何と厚いことか／あの金玉の珍宝にも勝るのだ

○慰問袋　出征兵士への慰問のため、日用品や娯楽品を詰めて送った袋。○金玉珍　黄金や珠玉の珍宝。

この年七月、第一次世界大戦勃発、八月二十三日、日本はドイツに対して宣戦布告、九月には膠州湾《こうしゅうわん》に上陸して山東省に進駐、ドイツの山東省に於ける権益を得、一方、ドイツ領南洋諸島を占領する。

従来の詩には登場しない物を詩に詠われた。恐らく慰問袋を詠った最初の詩であろう。〔『漢詩人』一四〇ジペー〕

聞海軍占領南洋耶爾特島　　海軍の南洋耶爾特島《ヤルート》を占領するを聞く

艨艟破浪到南洋　　艨艟《もうどう》浪を破って 南洋に到り

孤島受降天一方　　孤島降を受く 天の一方

要使民人浴皇化　　民人をして皇化に浴せしむるを要す

仁風恩露洽桄榔　　仁風恩露 桄榔《こうろう》に洽《あまね》し

七言絶句。洋・方・榔（陽韻）

【訳】わが軍艦が波を蹴立てて南洋へ行き／孤島は遥か天の彼方にて降伏した／島の人々もわが日本の教化に浴させ／仁愛の風があまねく及ぶように

○耶爾特島　ヤルート島。大正三年九月二十九日帝国海軍はこの島を占領した。○艨艟「遠州洋上作」参照。○南洋　アジア大陸の南東にある島々。○受降　降伏者を受け入れる。○天一方　遠い彼方。天の一隅。蘇軾「前赤壁賦」望美人兮天一方（美人を天の一方に望む）。○皇化　天子の徳化。○仁風　人徳の教化。仁の徳は風のごとく遠くまで及ぶからいう。○恩露　いつくしみによる教化。○洽　広く行きわたる。○桄榔　くろつげ。棕櫚に似た常緑高木。南方に多く見られる。ここでは南洋耶爾特島を代表する産物として取り上げ、「恩愛が桄榔にまでも及ぶ」とした。

この詩も、新しい詩材を積極的に詠われた例。

南洋群島は、太平洋戦争の敗戦まで、日本の委任統治となった。〔『漢詩人』一四三ページ〕

南洋諸島

南洋島嶼一帆通
散在千波萬浪中
想見早春猶盛夏
鳥呼椰子綠陰風

南洋諸島
南洋の島嶼《とうしょ》　一帆通ず
散在す　千波万浪の中《うち》
想い見る　早春猶お盛夏のごとく
鳥は呼ぶ　椰子緑陰の風

七言絶句。通・中・風（東韻）

【訳】南洋の島々へ舟が通うようになった／島々は大海の波浪の中に散在している／そこでは早春も真夏のような気候で／椰子の木蔭で鳥が鳴き合う光景を想像する

○南洋諸島　「聞海軍占領南洋耶爾特島」参照。○島嶼　しま。「島」は大きいしま。「嶼」は小さいしま。○一帆　一つの帆。転じて、一艘の舟。王湾「次北固山下」潮平両岸闊、風正一帆懸（潮平らかにして両岸闊《ひろ》く、風正しくして一帆懸かる）。○千波萬浪　千万波浪を互い違いに言った、互文。○綠陰　「夏日遊嵐山」参照。

『謹解』によると、南洋諸島が日本海軍の占領に帰したときの作。

この詩も、南洋の新しい詩材を詠われたもの。第四句の「鳥が椰子の木陰で鳴き合っている」というのは、新鮮な表現である。〔『漢詩人』一四二ページ〕

重陽

登高佳節値重陽
風物清澄霜菊香
翻憶懸軍人萬里
海天西望水蒼茫

重陽

登高の佳節　重陽に値《あ》う
風物清澄　霜菊香《かんば》し
翻って憶う　懸軍《けんぐん》　人《ひと》万里
海天西望すれば　水蒼茫《そうぼう》

七言絶句。陽・香・茫（陽韻）

【訳】重陽の節句がめぐってきた／景色は清く澄み、霜を帯びた菊はよい香りがする／今我が軍の兵士は万里のかなたに出征しているので／高みに登って海が青くかすむその西の空を眺めやる

○重陽　陰暦の九月九日。九は陽の数（一、三、五、七、九）の最大で、九が重なるから重陽という。この日は茱萸《しゅゆ》（かわはじかみ）の実を頭に挿し、山や丘など高いところに登って、菊の花びらを浮かべた酒を飲んで厄払いをする風習がある。菊の節句ともいう。○登高佳節　「重陽」の項参照。○霜菊　霜を帯びた菊。○懸軍　敵地深くに侵入する軍隊。○海天　海上の空。柳宗元「登柳州城樓」城上高樓接大荒、海天愁思正茫茫（城上の高楼大荒に接し、海天の愁思正に茫茫）。○蒼茫　「到鹽原訪東宮」参照。

高い所に登って菊酒を飲むという風雅な節句も、今年は戦争中ゆえ、遠く出征している兵士を思いやる、と重陽の節句の風習を今に引きつけて詠われた。第四句の「海天」の語は、『唐詩選』にも採られる、柳宗元の南方へ流されての望郷の詩から引用されたもので、この場合ははなはだ適切な趣がある。

聞赤十字社看護婦赴欧洲　赤十字社の看護婦の欧洲に赴くを聞く

白衣婦女氣何雄　白衣の婦女 気何ぞ雄なる
胸佩徽章十字紅　胸に佩《お》ぶ徽章 十字の紅
能療創痍盡心力　能く創痍《そうい》を療《いや》し 心力を尽くす
回生不讓戰場功　回生《かいせい》譲らず 戦場の功

七言絶句。雄・紅・功（東韻）

【訳】 白衣の女性たちの意気は何と盛んなことか／胸につけた赤い十字の徽章はその象徴である／負傷した兵士たちの治療に心を尽くし／蘇生させることは、戦場で立てる軍功に決して劣るものではない

○赤十字社　戦時に敵味方の区別なく病傷者を救護する目的で設立された国際組織。○欧洲　「夢遊欧洲」参照。○創痍　刀で受けた切り傷。ここでは戦場で負った傷をいう。○心力　「擬出征將士作」参照。○回生　よみがえる。蘇生。

第一次大戦中、活躍の目覚ましい赤十字看護婦を新詩材として取り上げられた。「白衣」の胸に「十字の紅」の組み合わせが妙。第四句の「回生譲らず　戦場の功」も佳句。

なお、明治二十七年十月に発表されて一世を風靡した「婦人従軍歌」（加藤義清作）に、「あないさましや文明の　母という名を負《お》い持ちて　いとねんごろに看護する　こころの色は赤十字」（六番まであるうちの最終章）などという句も、念頭に置かれたかもしれない。

聞我軍下青島
所向無前是我軍
喜聞異域奏奇勳
平和時頼干戈力
東亞自今生瑞氛

我が軍の青島を下すを聞く
向かう所　前無し　是れ我が軍
喜び聞く　異域に奇勲を奏するを
平和　時に頼《よ》る　干戈《かんか》の力
東亜　今より瑞氛《ずいふん》を生ぜん

七言絶句。軍・勲・氛（文韻）

【訳】 向かうところ敵なしの我が軍は／嬉しいことに、遠征ですぐれた武勲を立てたという／平和を実現するために、時には武力に頼らねばならないことがある／戦乱が収まった東アジアにこれからはめでたい気が生ずることであろう

○青島　「聞青島兵事」参照。　○無前　前に立って手向かう者がない。敵する者がない。　○異域　外国をいう。　○奇勲　すぐれた功績。　○干戈　「時事有感」参照。　○東亞　アジアの東部。日本・中国・朝鮮半島などを含む地域。　○瑞氛　めでたい気。瑞気。

『謹解』によると、大正三年十一月七日、青島の敵軍は我が軍に降伏し、青島の受け渡しが行われた。青島を租借領有していたドイツ軍が降伏して、戦争は終結した。一連の〝戦争詩〟もこれで結びとなる。

秋夜讀書
秋夜漫漫意自如
西堂點滴雨聲疎
座中偏覺多涼氣
一穗燈光繙古書

秋夜読書
秋夜漫々　意　自如《じじょ》
西堂の点滴　雨声疎《そ》なり
座中偏えに覚ゆ　涼気多きを
一穂《いっすい》の燈光　古書を繙《ひもと》く

七言絶句。如・疎・書（廣韻）

【訳】秋の夜は更《ふ》けゆき、心はゆったりと／西の部屋で雨だれを聞いている／あたりは次第に涼しさを増す／燈火の下、古典の書を読む

○漫漫　夜の長いさま。『楚辞』長夜之漫漫（長夜漫々たり）。○自如　ゆったりとしたさま。○點滴　雨だれ。したたり落ちるしずく。○座中　座敷のなか。○一穗　一筋の穂の形をしたものの形容。ここでは、燈火の形にいう。次掲「冬夜讀書」参照。○繙　ひもとく。書物を読む。

昔は、皿に油を入れ、芯を立て、それに火をつけて明かりとした。火はちょうど稲穂のような形に静かに燃える。大正帝の時代はもう電気（或いはランプ）になっていたが、菅茶山の名作を襲って詠じた。〔『漢詩人』一六四ページ〕

参考までに、菅茶山の詩を紹介しておこう。

冬夜讀書　　菅　茶山（一七四八—一八一九）

雪擁山堂樹影深　雪は山堂を擁して樹影深し

檐鈴不動夜沈沈　檐鈴《えんれい》動かず　夜沈々
閑收亂帙思疑義　閑《しず》かに乱帙《らんちつ》を収めて疑義を思う
一穗青燈萬古心　一穂《いっすい》の青燈　万古の心

初冬即事

池上白雲蔽
樹間紅葉存
凄風吹後塢
寒雨洒前園
對畫時催興
題詩或役魂
萬機猶有暇
如坐別乾坤

初冬即事

池上　白雲蔽《おお》い
樹間　紅葉存す
凄風　後塢《こうお》を吹き
寒雨　前園に洒《そそ》ぐ
画に対して　時に興を催し
詩を題して　或は魂を役す
万機　猶お暇有り
別乾坤に坐するが如し

五言律詩。存・園・魂・坤（元韻）

【訳】池の上を白雲が包み／木々の間の赤い葉はまだ残っている／後ろの土手には冷たい風が吹き／前の庭には寒々とした雨が降り注いでいる／部屋の中で絵に向き合っていると、折しも興がわき／心をはたらかせて、詩を作る／こ

れが政務の余暇の楽しみであり／別天地にでもいるかのような心地になる

○凄風　すさまじい風。寒ざむしい風。○後塢　うらの土手。○寒雨　冷たい雨。○題詩　詩を作ること。○役魂　心をはたらかせる。李中「春日野望」故人不可見、倚杖役吟魂（故人見るべからず、杖に倚りて吟魂を役《えき》す）。○萬機　「至尊」参照。○別乾坤　別天地。

首聯（第一・二句）も対になっている。格調正しい律詩。前半は屋外、後半は室内の景の構成になっている。尾聯（第七・八句）は、いかにも天皇のご日常らしい表現でしめくくる。

冬至

窮陰早已遇來陽
自此方添一線長
將士凱旋恰斯日
城中雲物帶祥光

冬至

窮陰《きゅういん》早く已に　来陽に遇う
此より方《まさ》に一線の長きを添う
将士　凱旋　恰《あたか》も斯《こ》の日
城中の雲物《うんぶつ》　祥光を帯ぶ

七言絶句。陽・長・光（陽韻）

【訳】今日は陰の気がきわまって陽の気が来復する冬至であり／これからは日一日と日が長くなってゆく／ちょうど今日は兵士たちが海外から凱旋してくる日だ／市中にたなびく雲がめでたい光を帯びているようだ

○窮陰　冬の末。旧暦十二月。陰気がきわまるときの意。「冬至」（明治三十四年）参照。○早已　すでに。もはや。○來陽　来復一陽。「冬至」（明治三十四年）参照。○一線長　冬至後、日がだんだん長くなること。糸で日影を計るのに、冬至から毎日一線分ずつ長くなるからいう。『歳時記』冬至後、日添長一線（冬至の後、日は長さ一線を添う）。○將士　「擬出征將士作」参照。○雲物　雲にあらわれる色や形。○祥光　めでたいひかり。

『謹解』によると、陰去って陽来るというところから、青島攻囲軍が東都に凱旋することは、戦争の陰気散じて和平の陽光生ずるものとのご命意が存するように拝される。

一陽来復の冬至と、戦争が終わって平和が来ることを、たくみに重ね合わされた機知の詩である。

偶成

良辰美景入詩歌
秋月春花興趣多
願使蒼生衣食足
山無噴火水無渦

偶成

良辰《りょうしん》美景　詩歌に入る
秋月春花　興趣多し
願わくは蒼生《そうせい》をして衣食足らしめ
山に噴火無く　水に渦無からんことを

七言絶句。歌・多・渦（歌韻）

【訳】　よい時節や美しい景色は詩歌に詠み込むべきもの／秋の月や春の花は興趣が多いもの／わが願いは、万民の衣食が足りて／噴火や水害などの天災が起きないことである

○良辰美景　よい時節とよい景色。謝霊運「擬魏太子鄴中集詩序」天下良辰・美景・賞心・樂事、四者難幷（天下の良辰・美景・賞心・楽事、四者は并《あわ》せ難し）。○蒼生　人民。万民。○山無噴火水無渦　大正三年一月に桜島が噴火し、その前年には全国的に風水害が頻発したのでいう。

前半の二句は、上の四字が対語になっている。第一句の「良辰美景」は、語注に示したように、六朝宋の謝霊運（三八五―四三三）の名言中より取り、「秋月春花」とうまく組み合わせたもの。

勸農

夙念鄕官務勸農
深耕易耨戒疎慵
秋成五穀致豐稔
培養邦基百姓雍

勧農

夙《つと》に念う　郷官の勧農を務め
深耕易耨《いどう》　疎慵《そよう》を戒むるを
秋成五穀　豊稔《ほうねん》を致し
邦基《ほうき》を培養して百姓《ひゃくせい》雍《やわら》ぐ

七言絶句。農・慵・雍（冬韻）

【訳】　村の役人はよく農民を督励して／農事がおろそかにならないようにさせなければならない／秋になれば五穀が豊かに実り／国の基礎をよく築き、万民がやわらぎ楽しむことになるのだ

○勧農　農業を勧め励ます。○夙　以前から。○郷官　村里の官吏。○深耕易耨　土を深く耕し、よく手入れをし、草を除いて、耕作につとめること。『孟子』に出る語。○疎慵　怠惰なこと。○豊稔　「新嘗祭有作」参照。○培養

物事の発達を助ける。○邦基　国のもとい。○百姓　人民。庶民。○雍　やわらぐ。おだやかに楽しむ意。『書経』に「黎氏（人民・百姓）於《ああ》変り時《こ》れ雍《やわら》ぐ」とある。

古典を適切に詠いこまれた、天皇らしい格調の高い詩。

寒夜
朔風蕭颯月侵帷
正是寒雲醸雪時
想得村家貧女苦
護児燈下理機絲

寒夜
朔風蕭颯《しょうさつ》として　月　帷《とばり》を侵す
正に是れ寒雲雪を醸《かも》すの時
想い得たり　村家貧女の苦
児を護って　燈下に機糸《きし》を理《おさ》む

七言絶句。帷・時・絲（支韻）

【訳】　北風がもの寂しく吹き、月明かりが冷たくとばりからさし込む／寒々とした雲が今にも雪を降らせようとしている／こんな日は村の貧家の女性の苦労が思いやられる／幼い子どもを見守りながら、薄暗い燈火のもとで機織りをしていることであろう

○朔風　北風。○蕭颯　ものさびしいさま。双声語。張喬「宴辺将」邊風蕭颯動江城（辺風蕭颯として江城を動かす）。

○機絲　機を織る糸。杜甫「秋興　其七」織女機絲虚夜月（織女の機糸に夜月虚《むな》し）。

為政者としてのお立場から、庶民のいろいろな場面を詠われたものの一つ。

詠松
參天老木勢崢嶸
翠色四時無變更
曾拜先皇宸詠賜
不論秦政大夫名
枝頭鳴鶴瑞聲響
月下流雲祥影横
靈壽超過千百歳
蒼蒼繞膝子孫榮

松を詠ず
参天の老木　勢い崢嶸《そうこう》たり
翠色　四時　変更無し
曽《かつ》て拝す　先皇宸詠《しんえい》の賜
論ぜず　秦政大夫の名
枝頭《しとう》の鳴鶴　瑞声《ずいせい》響き
月下の流雲　祥影《しょうえい》横たわる
霊寿超過す　千百歳
蒼々　膝を繞《めぐ》って　子孫栄ゆ

七言律詩。嶸・更・名・横・榮（庚韻）

【訳】　年古《ふ》りた松が天高く勢いよく聳え／緑の色は四季を通じて変わることがない／先帝はよく松を愛でて和歌の勅題にして賜っている／秦の始皇帝が己の権力を誇示しようと松を大夫に封じたなどは問題にならない／枝の先では鶴がめでたい声を響かせて鳴き／月のもと雲のかかった松の姿はめでたい光に包まれている／霊妙な寿命は百年千年を過ぎ／たくさんの子松孫松がその根元をとり囲んで、青々と盛んに繁っている

○參天　空にとどく。また、天高く伸びるさま。杜甫「古柏行」霜皮溜雨四十圍、黛色參天二千尺（霜皮雨を溜《したた》らす四十囲《い》、黛色天に參ず二千尺）。○崢嶸　高く聳えるさま。畳韻語。○翠色　みどり色。○四時　春夏秋冬の四季。一年中。○先皇　先代の天皇。明治天皇を指す。○宸詠　天皇の御詠。○秦政大夫名　秦政は、秦の始皇帝（名は政）を指す。秦の始皇帝が、泰山に登り、風雨を松樹の下に避け、その樹に五大夫の爵位を授けた故事に基づく。○瑞聲　めでたい声。○祥影　めでたい光。○靈壽　霊妙な寿命。長寿。○蒼蒼　「養老泉」参照。○繞膝　児孫等が父母の膝を廻って遊ぶこと。ここでは、子松や孫松が親松の根元を取り囲んでいるのをいう。

頷聯（第三・四句）の対は、やや緩い構成だが、全体によくまとまった七言律詩となっている。
『謹解』が、嵯峨天皇（七八六—八四二）の松の七言律詩を掲げているので、紹介しよう。

冷然院各賦一物得澗底松一首

鬱茂青松生幽澗　鬱茂《うつも》たる青松幽澗に生《お》い
經年老大未知霜　年を経《へ》し老大未だ霜を知らず
薜蘿常掛千條重　薜蘿《へいら》常に掛かり千条重く
雲霧時籠一蓋長　雲霧時に籠《こ》めて一蓋《がい》長し
高聲寂寂寒炎節　高声寂々炎節に寒く
古色蒼蒼暗夕陽　古色蒼々夕陽に暗し
本自不堪登嶺上　本より嶺上に登るに堪えず
唯餘風入韻宮商　唯だ余すは風入って宮商《きゅうしょう》を韻《ひび》かすのみ

團扇

團扇如明月
一揮生夜涼
風流足題句
南殿興偏長

団扇

団扇 明月の如し
一たび揮《ふる》えば 夜涼を生ず
風流 句を題するに足る
南殿 興偏えに長し

五言絶句。涼・長（陽韻）

【訳】 満月のように円い団扇《うちわ》で／ひとあおぎすると、夜の涼しさを生じる／興に乗じて団扇に詩句でも作って書きつけてみようか／南殿でそのようなことに興じていると、楽しみは尽きることがない

○明月　満月。もちづき。明月は団扇の縁語でもある。○揮　ふる。手をふりまわす。○題句　詩句を書きしるす。

詠物詩に属する作。唐詩などでは、漢の班婕妤《はんしょうよ》の「団扇歌」に基づいて、宮女が寵愛を失った悲しみを詠うことが多いが、これは純粋に「風流」に徹した作で、面白い味わいを醸《かも》し出しているといえよう。

古祠

林間有古祠
清淨稱靈境

古祠

林間に 古祠有り
清浄 霊境を称す

拂曉賽神來　　払暁《ふつぎょう》 神に賽《さい》し来たる
里人心自儆　　里人 心自ら儆《いまし》む

五言絶句（仄絶）。境・儆（梗韻）

【訳】林の中に古い祠《ほこら》があり／あたりは清らかで汚《けが》れなく、霊域と称するに相応《ふさわ》しい／村人は夜明けとともにここにお参りに来て／心をいましめるのである

○古祠　「嚴島」参照。○靈境　神々しい雰囲気のある場所。また、神仏を奉祠してある場所。○拂曉　夜の明け方。あかつき。○賽神　神に参詣する。

韻に仄字を用いた、いわゆる「仄絶」である。五言絶句には、よく見られる形（王維の「鹿柴」や、柳宗元の「江雪」など）。

豐臣秀吉　　豊臣秀吉

征伐多年戡國艱　　征伐多年 国艱《こくかん》を戡《か》つ
老來餘勇壓三韓　　老来余勇 三韓を圧す
浪華城郭儼然在　　浪華城郭 儼然として在り
猶作龍蟠虎踞看　　猶お龍蟠《りゅうばん》虎踞《こきょ》の看を作す

七言絶句。艱・韓・看（寒韻）

【訳】 長年全国の諸大名を征伐して戦国の混乱を鎮め／老いてはありあまる勇気をもって三韓を制圧した／大阪に築いた城郭は今なおおごそかに存している／そのさまは、諸葛孔明が「龍蟠虎踞」と評した金陵のように要害堅固である

○多年 多くの年月。長年。○戡 戦争で勝って平定する。○國艱 国の難儀。○三韓 漢代、朝鮮半島南部にあった馬韓・辰韓・弁韓の総称。日本では、漢代の三韓の地に、その後に国を建てた百済・高句麗・新羅をいう。○浪華 大阪の別名。○儼然 威厳あるさま。おごそかに気高いさま。○龍蟠虎踞 龍がとぐろをまき、虎がうずくまる。地勢の要害堅固なことをいう。三国時代、蜀の軍師諸葛亮が金陵（今の南京）を「鍾阜龍蟠、石城虎踞（鍾阜《しょうふ》〔山〕は龍蟠、石城〔石頭城《せきとうじょう》〕は虎踞）、まことに帝王が身を置く場所にふさわしい」と評した故事に基づく。ここでは、浪華の城郭を金陵に喩える。

『謹解』によると、大正三年十一月十三日、陸軍特別大演習統裁のため大阪府下に行幸、二十日まで大本営を第四師団司令部に置かれた。そのときの作。

「豊臣秀吉」の題の下、その大阪城の荘麗を詠ったもの。大阪城を石頭城に見立てた「龍盤虎踞」が適切。詠史詩に属する作。

源義家

東征跋渉幾山河

源義家

東征 跋渉《ばっしょう》す 幾山河

竹帛功名馬上多
別有風懷足千古
勿來關外落花歌

竹帛《ちくはく》の功名 馬上多し
別に風懐の千古に足る有り
勿来関《なこそのせき》外 落花の歌

七言絶句。河・多・歌（歌韻）

【訳】 多くの山河を駆け巡って東北地方に遠征し／歴史に残る功名の多くは馬上で立てられた／武功のみならず、その風雅な心は後世に語り継がれている／勿来の関で詠じた落花の歌はそれよ

○源義家 平安時代後期の武将。八幡太郎の通称でも知られる。前九年の役では安倍氏を破り、後三年の役では清原氏を破って、武勇を天下に広めた。○東征 東方を征伐すること。ここでは、一度目は陸奥に、二度目は出羽に遠征したことを指す。○跋渉 山を越え川をわたる。原野を行くことを跋といい、河川を行くことを渉という。○竹帛 竹簡と絵ぎぬ。書物をいう。転じて、歴史をいう。歴史に名を残すことを「竹帛の功」という。○風懐 風雅な心。○千古「讀乃木希典惜花詞有感」参照。○勿來關 現在の福島県いわき市勿来町付近にあった奈良時代以来の関所。白河の関・念珠《ねず》ケ関とともに奥州三関の一つ。○落花歌 義家が詠んだ和歌「吹く風をなこその関と思へども道もせに散る山桜かな」を指す。勅撰和歌集の一つである『千載和歌集』に収録されており、詞書に「陸奥国にまかりける時、勿来の関にて花の散りければよめる」とある。

八幡太郎義家の東北征伐を詠った、詠史詩。『謹解』では、江戸後期の詩人たちの作を掲げているが、そのうちの一首を紹介しよう。

八幡公　　頼 山陽

結髪從軍弓箭雄　　結髪軍に従う 弓箭《きゅうせん》の雄

八州草木識威風　八州の草木　威風を識《し》る
白旗不動兵營靜　白旗動かず　兵営静かに
立馬邊城數亂鴻　馬を辺城に立てて乱鴻《らんこう》を数う

源爲朝

八郎雄武有誰儔
絶技穿楊膂力優
破浪南遊果何意
長留遺蹟在琉球

源為朝

八郎の雄武　誰有ってか儔《たぐい》せん
絶技楊を穿って　膂力《りょりょく》優なり
浪を破って南遊す　果たして何の意ぞ
長く遺蹟を留めて　琉球に在り

七言絶句。儔・優・球（尤韻）

【訳】　鎮西八郎為朝の武勇は並ぶものがない／楊《やなぎ》の葉を弓矢で射るような優れた技を持ち、膂力も秀でていた／それにもかかわらず海を渡って南へ去ったのはどういうことであろう／今でも琉球には為朝の遺跡が残っているという

○源爲朝　平安時代末期の武将。鎮西（西国を鎮圧する）を名目に九州で暴れ、鎮西八郎を称す。保元の乱では父為義とともに崇徳上皇方に属して奮戦するが敗れ、伊豆大島へ流される。しかしそこでも暴れて国司に従わず、伊豆諸島を事実上支配したが、追討を受けて自害した。○八郎　為朝は豊後にあって鎮西八郎と称したのでいう。○雄武　雄々しく猛々しい。○儔　たぐい。仲間。○絶技　はなはだすぐれた技。○穿楊　射術のたくみなこと。養由基《ようゆうき》という弓の名人が、百歩離れた場所から柳の葉を百発百中で射抜いたという故事に基づく。○膂力　ちから。筋肉の力。○破浪　海

を渡る。〇南遊　南の地方に旅する。ここでは、為朝が南の琉球へ逃れ去ったという伝説を指す。琉球王国の正史『中山世鑑』や『おもろさうし』、『鎮西琉球記』、『椿説弓張月《ちんせつゆみはりづき》』などでは、為朝は追討を逃れて琉球に渡り、その子が琉球王家の始祖 舜天《しゅんてん》になったとされる。〇琉球　現在の沖縄県。

これも、詠史詩。為朝の琉球王伝説を詠じている。第三句、「南遊したのはどういうつもりか」、と正面から詠じられたところが面白い。

孝子養親圖

菽水承歡養老親
人憐孝子閱酸辛
浮雲富貴茅廬下
日事耕耘不厭貧

孝子養親の図

菽《しゅく》水歓を承けて　老親を養う
人は憐れむ　孝子の酸辛を閲《けみ》するを
富貴を浮雲にす　茅廬《ぼうろ》の下
日に耕耘《こううん》を事として　貧を厭わず

七言絶句。親・辛・貧（眞韻）

【訳】豆を食べ水を飲むような貧しい中で年老いた親を養う／孝行な子の苦労を見て人々は憐れみの情を抱く／粗末な家に住み富貴を望まず／日々農耕に従事して貧しさを厭わない孝子が描かれた図である

〇孝子　よく父母につかえる子。〇菽水承歡　菽は、豆類の総称。豆や水といった極めて粗末なものを飲食して貧しく暮らしながらも、親に孝養を尽くして、その心を喜ばせること。『礼記』に出る語。〇酸辛　苦しくつらいこと。〇浮

雲富貴　財産や身分は天に浮かぶ雲のように遠く離れていて何の関係もないことをいう。『論語』「述而」不義而富且貴、於我如浮雲（不義にして富み且つ貴きは、我に於いて浮雲の如し）。○茅廬　かやぶきの家。粗末な家。○事　つとめる。専念する。○耕耘　田畑を耕し、草を取る。農作業のことをいう。

孝行息子が親に孝養を尽くすことを画いた絵に付けた題画詩。

將士談兵圖
燈火青熒秋氣清
營中將士共談兵
更闌笑看腰間劍
霜冷半天鴻雁鳴

将士談兵の図
燈火青熒《せいけい》　秋気清し
営中の将士　共に兵を談ず
更闌《こうらん》笑って看る　腰間の剣
霜冷やかにして　半天　鴻雁《こうがん》鳴く

七言絶句。清・兵・鳴（庚韻）

【訳】燈火が青白く輝き、秋の清く澄んだ気配があたりを包む夜／陣営の中で兵士たちが戦の話をしている／夜の更けるのも忘れて腰に帯びた刀を見ながら笑って話に花が咲く／陣営の外では、冷たい霜が降り、雁が鳴きながら飛んでゆく

○將士　「擬出征將士作」参照。○談兵　いくさばなしをする。○青熒　青く光る。燈火の光にいう。畳韻語。○更闌　夜更け。○半天　天のなかほど。○鴻雁　かり。渡り鳥。大きいものを鴻、小さいものを雁という。

題画詩。第三句の「腰間剣」が、この詩の中心を為す、またそれはこの絵の中心でもあろう。いくさ話という主題のシンボルとしての剣、それを青く光る燈が照らし、剣の持つ冷ややかな気配に応じて、第四句の「霜冷」と鋭い雁の声が、視覚・聴覚に訴える。

その「冷ややか」さを、第三句の「笑って看る」が、軟らかく包みこむ働きをしているのも見逃せない。題画詩として上乗の作。

憶舊遊有作

登山臨水遠遊曾
干戈遺跡感廢興
杜鵑啼血雲漠漠
林間遙認蕭寺燈
人事紛糾因名利
政治由來資賢能
僻鄉到處問風俗
不在吟詠事攀登

旧遊を憶《おも》って作有り

登山臨水　遠遊曽《かつ》てす
干戈《かんか》の遺跡　廃興《はいこう》に感ず
杜鵑《とけん》啼血　雲漠々
林間遥かに認む　蕭寺《しょうじ》の燈
人事の紛糾《ふんきゅう》は名利に因り
政治は由来賢能に資す
僻郷《へききょう》到る処　風俗を問う
吟詠して攀登《はんとう》を事とするに在らず

七言古詩。曾・興・燈・能・登（蒸韻）

【訳】 山に登ったり川や海に行ったりして遠く旅することを重ね／古戦場の跡を訪れて、興廃に思いを馳せたりもした／ほととぎすが悲しげに鳴く声が聞こえ、雲は遠くまで連なって薄暗く／遠く林のなかに明かりがともった寺が見える／人間社会の事柄がとかくもつれがちなのは、名誉や利益を求めるのによる／政治とはもともと賢く才能のある者に頼らねばならないものである／遠遊を重ねるのは、片田舎の村の至る所で風俗をたずねて、世の中がよく治まっているかどうかを知るためであり／ただ詩を口ずさみながら山登りをすることだけが目的ではないのである

○舊遊　かつての遊び。○登山臨水　山にのぼり水にのぞむ。「登臨山水」の互文。『楚辞』「九弁」登山臨水兮逃將歸（山に登り水に臨んで逃《の》がれて将に帰らんとす）。○干戈　「時事有感」参照。○廢興　衰えることと盛んになること。興亡。○杜鵑啼血　ほととぎすが血を吐くほどに声をしぼって鳴く。鳴き声の痛切なさまをいう。白居易「琵琶行」杜鵑啼血猿哀鳴（杜鵑血に啼いて猿哀鳴す）。○蕭寺　寺をいう。梁の武帝が仏教を信奉し、寺を造って、その姓の蕭を寺に名づけてからいう。○人事　人間社会のこと。○紛糾　みだれもつれる。ごたごたする。○名利　名誉と利益。○由來　もとより。元来。○資　よる。たのむ。○賢能　かしこくて才能がある。また、その人。○僻鄉　辺鄙なむら。○片田舎。○風俗　ならわし。風習。○吟詠　声をあげて詩歌をうたう。○攀登　よじのぼる。

『謹解』によると、明治天皇は即位後二十年ばかりの間、全国各地を順次ご巡幸され、殖産興業を勧め、民情を軫念《しんねん》された。その先蹤を学んで、大正天皇も東宮時代努めて各地に行啓された。そのことを追懐されたのである。

前半四句は、景。後半は情。第一句で提起された「遠遊」は、決して物見遊山ではなく、民情を視察するためである、と第八句で結ぶ。第一句の下の三字がやや落ち着かない表現だが、全体にまとまった作で、険韻をよくこなされている。

大正四年

新正値第四回本命
開暦還逢本命春
顧思往事感懷新
由來治國非容易
誓則天行安庶民

新正第四回の本命に値《あ》う
開暦還た逢う　本命の春
往事を顧思《こし》して　感懐新たなり
由来国を治めるは容易に非ず
誓って天行に則《のっと》って庶民を安んぜん

七言絶句。春・新・民（眞韻）

【訳】年が改まってまた本命の春がやってきた／過ぎし日を思い返すと新たな感慨が湧いてくる／元来、国を治めるのは容易なことではない／健やかな天の運行に則って民を安んずることを年頭の誓いとしよう

○新正　新年の正月。○値　あう。○本命　生まれた年の十二支。大正天皇は明治十二年己卯（つちのと・う）の生まれであるから、己卯を第一回とすれば、大正四年乙卯は第四回目の卯年に当たる。○開暦　年のはじめ。○顧思　ふりかえり思う。○往事　過ぎ去ったこと。昔のこと。○天行　天の運行。『易経』「乾」天行健（天行健なり）。

御年三十七歳（数え年）を迎えられた新春の感懐。壮年に達せられた意気ごみが行間に溢れている。第五回の本命を迎えられることがついになかったのは、まことに痛惜の極みである。

雪意

雪意生天外
同雲影欲昏
梅花唇尚澁
爐火手宜温
樹上禽聲罷
階前犬影奔
題詩呵凍筆
轉覺潔吟魂

雪意

雪意　天外に生じ
同雲　影昏《くら》からんと欲す
梅花　唇尚お渋り
炉火《ろか》　手宜しく温むべし
樹上　禽声《きんせい》罷《や》み
階前　犬影奔る
詩を題して　凍筆《とうひつ》を呵《か》し
転《うた》た覚ゆ　吟魂《ぎんこん》潔きを

五言律詩。昏・温・奔・魂（元韻）

【訳】　雪が降りそうな気配が空の上に生じ／雪雲が覆って暗くなってきた／梅の花はまだ蕾を開こうとしない／いろりの火で手を温めるのがよい寒さである／木の上では鳥の声も止み／階段の前では犬が駆け回っている／詩を作って書き付けようと、凍った筆に息を吹きかける／凛とした寒さのおかげで、詩を作る心が清らかに澄むような気がする

○雪意　雪模様。雪空。○天外　「三島矚目」参照。○同雲　雪雲。どんよりして一つ色であるからいう。『詩経』「小雅　信南山」上天同雲、雨雪雰雰（上天雲同《あつ》まり、雪を雨《ふ》らすこと雰々《ふんぷん》たり）。○爐火　囲炉裏の火。○禽聲　鳥の鳴き声。○犬影　犬の姿。○呵　吹く。息を吹きかける。○凍筆　寒さで穂先の凍った筆。○吟魂　詩歌を作る心。李中「春日野望」故人不可見、倚杖役吟魂（故人見るべからず、杖に倚りて吟魂を役《えき》す）。

頷聯（第三・四句）の対は、後から手が入ったもののようだが、洒落た対句になっている。また第六句の「犬影奔」は、或いは小学唱歌「雪」の「犬は喜び庭駆けまわり、猫は火燵《こたつ》で丸くなる」（明治四十四年六月）を詠いこまれたものか。時期的にその可能性は大いにあると思われる。

登臺
雨後登臺處
春風淑氣催
煙波千里濶
長嘯意悠哉

台に登る
雨後　台に登る処
春風　淑気《しゅくき》催す
煙波　千里濶《ひろ》し
長嘯すれば　意悠なるかな

五言絶句。催・哉（灰韻）

【訳】　雨上がり、高殿に登ると／春風が吹き穏やかな気がきざしはじめて／眼下にはもやがたちこめた海がひろびろと広がっており／息を長く吹くと、ゆったりとくつろいだ気分になる

○登臺　高殿にのぼる。　○淑氣　春日のなごやかな気。杜審言「和晉陵陸丞早春遊望」淑氣催黃鳥、晴光轉綠蘋（淑気黄鳥を催し、晴光緑蘋《りょくひん》に転ず）。　○煙波　「海上釣鼇圖」参照。　○長嘯　口をすぼめて声を出す。また、声を長くひいて詩を吟じる。王維「竹裏館」獨坐幽篁裏、彈琴復長嘯（独り坐す　幽篁《ゆうこう》の裏《うち》、弾琴復《ま》た長嘯す）。

『謹解』では、大正帝は海に関する御詠藻が多い、と指摘しているが、皇太子時代に葉山の御用邸で過ごされ

たことが影響していると思われる。この詩も、前掲「葉山即事」（一一八ページ）などと、詩の長短はあれ、詩趣に通うところがある。

和貞愛親王韻
瞳瞳旭日映波浮
海外妖氛忽爾收
喜見三軍精鋭力
宣揚威武壯神州

貞愛《さだなる》親王の韻に和す
瞳々《とうとう》たる旭日　波に映じて浮かぶ
海外の妖氛《ようふん》　忽爾《こつじ》として収まる
喜び見る　三軍精鋭の力
威武を宣揚して神州を壮《さか》んにす

七言絶句。浮・收・州（尤韻）

【訳】　輝く朝日がきらきらと波に映じている／海外に立ち込めていた戦乱の妖しい気はたちまちのうちに収まった／わが軍の精鋭の力が／勇ましい武力を広く天下に知らしめ、日本を勇気づけたことをうれしく思う

○和…韻　他人の詩に韻を合わせて詩を作る。○貞愛親王　「贈貞愛親王」参照。○瞳瞳　日の出のさま。○妖氛　悪気。災い。転じて、戦乱をいう。ここでは、青島の役を指す。○忽爾　たちまち。○三軍　全軍。○宣揚　広く天下に明らかにする。○威武　非常に勇ましい力。○神州　「聞陸軍中佐福島安正事」参照。

前年、青島での戦争が収まった喜びを詠った。貞愛親王の作に和韻したもの。親王の詩は残念ながら伝わらない。

春日偶成
上林花木向春榮
習習東風雨正晴
天意人心相合好
綿蠻鶯語又怡情

春日偶成
上林の花木　春栄に向かう
習々たる東風　雨正に晴る
天意　人心　相い合して好し
綿蛮《めんばん》たる鶯語《おうご》　又た情を怡《よろこ》ばす

七言絶句。榮・晴・情（庚韻）

【訳】　御苑の花木は春になって盛りを迎えつつある／そよそよと春風が吹き、ちょうど雨もあがった／のどかな春は天意であり、それを喜ぶのは人心であり、今はちょうどそれが合致している／うぐいすの鳴き声がそれに花を添えて気持ちをよろこばせてくれる

○上林　「秋夜郎事」参照。○習習　「清明」参照。○天意　天帝の意思。○綿蠻　小鳥の鳴く声。双声語。『詩経』「小雅」緜蠻黄鳥、止于丘阿（綿蛮たる黄鳥、丘阿に止まる）。○鶯語　鶯の鳴き声。

第三句の「天意　人心　相い合して好し」の句が妙。春を迎えて楽しむ気持ちが素直に詠じられている。

春日水鄉
習習東風滿水鄉

春日の水郷
習々たる東風　水郷に満つ

分明佳景屬春陽
輕寒輕暖天成候
半落半開花競芳
曲渚釣魚情可遣
扁舟賞月興難忘
數聲鶯囀知何處
垂柳絲絲擁一塘

分明なり 佳景の春陽に属するは
軽寒軽暖 天 候を成し
半落半開 花 芳を競う
曲渚《きょくしょ》魚を釣り 情遣《や》るべし
扁舟月を賞《め》でて 興忘れ難し
数声の鶯囀 知んぬ何《いず》れの処ぞ
垂柳糸々 一塘《いっとう》を擁す

七言律詩。郷・陽・芳・忘・塘（陽韻）

【訳】 春風がそよそよと川のほとりの村に吹き満ちて／はっきりとわかる、よい景色がうららかな春の季節になったことを／天気は薄ら寒かったり暖かかったりと、春のきざしを示しており／花は半ばは散り半ばは咲いて、よい香りを競い合っている／曲がりくねった渚で魚釣りをして気晴らしをするのもよく／小舟を浮かべて月をめでていると興は尽きない／あちこちでうぐいすがさえずる声が聞こえる／しだれ柳の細い枝が一筋の土手を抱くように包んでいる

○水郷　水辺の村。○習習　「清明」参照。○分明　「階前所見」参照。○輕寒輕暖　うすら寒いこととうすら暖かいこと。王文治「沈華坪春江暁渡図」梅花落後杏花紅、輕暖輕寒二月中（梅花落ち し後　杏花紅なり、軽暖軽寒二月の中）。○曲渚　曲がりくねった渚。○情可遣　気晴らしができる。○扁舟　「海上釣鼇圖」参照。○垂柳　しだれ柳。○絲絲　枝の細長いさま。○一塘　塘は、土手。

題詠であろう。首聯（第一・二句）で、題の意を尽《つ》くし、頷聯（第三・四句）は「春日」、頸聯（第五・六句）は「水郷」の情景を、対句構成で詠う。尾聯（第七・八句）は、鶯の声（聴覚）と枝だれ柳のさま（視覚）を詠って結ぶ。格調正しい作。頷聯の対句は殊に好い。

歸雁

江湖到處便成家
飛向朔天辭水涯
猶記秋宵明月底
西風如雪散蘆花

帰雁

江湖到る処　便《すなわ》ち家を成す
飛んで朔天に向かって水涯を辞す
猶お記す　秋宵明月の底
西風雪の如く　蘆花《ろか》を散ず

七言絶句。家・涯・花（麻韻）

【訳】　雁は川や湖のいたるところを棲み家とし／春になれば水辺を離れて北の空に向かって飛んでゆく／月が明るい秋の夜のことを今でも覚えている／秋風に蘆の花が雪のように散るなか、雁が宿っていた美しい光景を

○歸雁　春、北に帰る雁。雁は我が国には九月ごろ北方から飛来し、翌年の三月ごろ北に向かって去ってゆく。○江湖　川や湖。○朔天　北方の空。○水涯　水辺。水際。○記　「六月十八日作」参照。○秋宵　秋の夜。○底　下と同じ。○西風　「琵琶湖」参照。○蘆花　あしの花。李白「洗脚亭」西望白鷺洲、蘆花似朝霜（西に白鷺洲を望めば、蘆花は朝霜に似たり）。

「帰雁」もよく詠われる題である。この詩は、後半が美しい。澄み渡る秋の夜空、明月が皓々と照らす下、サアッと秋風が吹いて蘆の花が雪のように散る情景。唐の銭起《せんき》の名詩、「帰雁」の「水は碧《みどり》に沙《すな》は明るく両岸の苔」と水郷の景を詠ったのを連想させる。

觀新造戰艦

榛名霧島兩艨艟
海上儼然姿態雄
彷彿大山高抜地
凝將蒼翠聳晴空

新造の戦艦を観る

榛名《はるな》 霧島 両艨艟《もうどう》
海上儼然として 姿態雄なり
彷彿たり 大山の高く地を抜き
蒼翠《そうすい》を凝らし将《も》って晴空に聳《そび》ゆるに

七言絶句。艟・雄・空（東韻）

【訳】 榛名・霧島の両軍艦が／海上におごそかにその勇ましい姿を横たえている／それはさながら大きな山が地上から突き出て／緑色を凝らして晴れた空に聳えているかのよう

○榛名霧島　軍艦の名。榛名は川崎造船所によって、霧島は三菱造船所によって製造された。○艨艟　「遠州洋上作」参照。○儼然　「豊臣秀吉」参照。○彷彿　よく似ているさま。さながら。○抜地　地上に高く抜け出る。○蒼翠　あおみどりの色。

榛名（群馬）、霧島（鹿児島）と名山の名を取った軍艦の雄姿を詠った。第一句が第三句に、第二句が第四句に応ずる緊密な構成をとっている。

首夏即事
首夏園林風氣清
雨餘新綠繞軒楹
知他求得安巢處
時有幽禽樹上鳴

首夏即事
首夏の園林　風気清し
雨余の新緑　軒楹《けんえい》を繞《めぐ》る
知る　他《か》の巣に安んずる処を求め得たるを
時に幽禽《ゆうきん》の樹上に鳴く有り

七言絶句。清・楹・鳴（庚韻）

【訳】　初夏の園内の林は風も空気も清々しく／雨上がりの新緑が軒の柱を取り囲んでいる／安全な巣を営む場所を見つけたのであろう／林の奥深くに棲む鳥が木の上で鳴いている

○首夏　夏の初め。初夏。○園林　「擬人暮春作」参照。○風氣　風と気。気候。○雨餘　「過目黑村」参照。○軒楹　軒の柱。また、軒と柱。○幽禽　奥深いところに棲む鳥。幽鳥。

後半、樹上で鳴く鳥は、定めし安らかな棲《ねぐら》（巣）を求め得たのだろう、と想像する。その背景として第一句「風気清し」、第二句「雨余の新緑」の気持ちのよい情景描写が用意されている。

竹陰讀書
風竹清陰夏尙寒
庭前涼月露珠團
半宵靜坐燈光下
帝範繙來仔細看

竹陰読書
風竹清陰　夏尚お寒し
庭前の涼月　露珠団《まどか》なり
半宵《はんしょう》静坐す　燈光の下
帝範繙《ひもと》き来たって仔細《しさい》に看る

七言絶句。寒・團・看（寒韻）

【訳】竹林に風が吹いて夏でも涼しい／庭に月の光がさやけく葉の露が丸く宿る／夜半に燈の下に静かに座り／『帝範』を開いてじっくりと読む

○竹陰　竹のかげ。○風竹　風に吹かれて竹がそよそよと音を立てる。また、その竹。○清陰　涼しいかげ。○涼月　冷ややかな感じの月。○露珠　つゆを玉に喩えていう。○團　まるい。○半宵　「新嘗祭有作」参照。○帝範　書名。四巻。唐の太宗の著。太子のために、帝王の模範とすべき事柄を書いたもの。○仔細看　細かくみる。気をつけてみる。杜甫「九日藍田崔氏荘」酔把茱萸仔細看（酔うて茱萸《しゅゆ》を把《と》って仔細に看る）。

『謹解』によると、明治二十八年、枢密顧問官細川潤次郎《ほそかわじゅんじろう》に命じて『帝範』を進講させて以来、この書並びに『臣軌《しんき》』が君臣の道に裨益《ひえき》するところが多いのをお察しになり、当時世には寛文八（一六六八）年の京師の刊本が僅かに伝わるのみで、しかも誤りが多かったのを鑑み、大正二年侍従長鷹司熙通《たかつかさひろみち》に諭してこの二書を刊刻させ、細川に命じて諸本を校訂させた。刻成ってこれを宮府に所蔵し、あわせて諸臣にも頒賜《はんし》された。

ふつう夏は読書に適さないが、敢えて夏の季節の中の〝涼しみ〟を描くことによって、秋の季節にもない読書の味わいを詠った。読む書は天皇の範となる『帝範』なのも、真正面から読書の醍醐味を詠おうとしたもの。

なお、語釈に解説したように、「仔細」は杜甫独自の用語なのを、たくみに用いられた。機知の光る詩である。

〔『漢詩人』一六七ページ〕

雨中偶成

滿城霖雨氣如秋
漠漠陰雲何日收
聞説西陲洪水漲
壞廬沈稼不堪憂

雨中偶成

満城の霖雨《りんう》 気 秋の如し
漠々たる陰雲 何《いず》れの日にか収まらん
聞説《きくなら》く 西陲《せいすい》洪水漲ると
壊廬《かいろ》沈稼《ちんか》 憂いに堪えず

七言絶句。秋・收・憂（尤韻）

【訳】 街は長雨で、夏にもかかわらず秋のような気配が立ちこめている／切れ間なく続く暗雲は、いったいいつになったら晴れることやら／九州のほうでは洪水になったところもあると聞く／家屋が壊れ、水田が水没したことを思うと、憂慮にたえない

○満城 「六月十二日卽事」参照。○霖雨 ながあめ。○漠漠 「初秋偶成」（明治三十九年）参照。○陰雲 「梅雨」（明治四十五年）参照。○聞説 聞くところによると。○西陲 西方の辺地。ここでは九州地方をいう。○壞廬 こわれた家。○沈稼 水にしずんだ苗。陸機「贈尚書郎顧彦先」沈稼湮粱潁（沈稼 粱潁《りょうえい》を湮《うず》む）。

『謹解』によると、大正四年六月中旬並びに下旬、鹿児島県管内に出水被害が甚だしい旨お聞きになり、八月四日、救恤金《きゅうじゅつきん》九万五千円を下賜された。「霖雨」「陰雲」「洪水」と畳みかけて、最後に「壊廬沈稼」とダメ押しをするように詠う。構成の妙。

晃山所見

日暮風微竹樹間
新涼生檻足怡顔
隔溪漠漠歸雲合
光景依稀畫裏山

晃山所見

日暮風微かなり 竹樹の間
新涼檻《かん》に生じて 顔を怡《よろこ》ばすに足る
渓を隔てて 漠々 帰雲合す
光景依稀《いき》たり 画裏《がり》の山

七言絶句。間・顔・山（刪韻）

【訳】日が暮れて、竹林の間を抜けて微風が吹き／この手すりのあたりにも涼しさが生じ、我が顔色もやわらぐ／谷川を隔てて、山の岩穴へと帰って行く雲が連なって流れてゆく／まるで一幅の画中の山を見ているような風景である

○晃山 日光山の異称。「晃」は「日」と「光」との合字。○檻 手すり。欄干。○怡顔 顔色をよろこばす。陶淵明「帰去来辞」眄庭柯以怡顔（庭柯《ていか》を眄《かえり》みて以て顔を怡ばす）。○歸雲 帰り行く雲。杜甫「返照」歸雲擁樹失山村（帰雲樹を擁して山村を失う）。○依稀 あたかも〜のようだ。張嘏「江樓書感」風景依稀似去年（風景依稀として去年に似たり）。

『謹解』によると、大正四年八月十四日から九月六日まで、日光にご滞在中の作。谷川から雲が湧くさまを、「帰雲合す」と表現したところが面白い。

新秋
一林樹色白雲收
石徑青苔傍水流
倚檻微吟覺衣薄
月明今夕入新秋

新秋
一林の樹色　白雲収まる
石径青苔《せいたい》　水流に傍《そ》う
檻に倚り微吟すれば　衣の薄きを覚ゆ
月明　今夕　新秋に入る

七言絶句。收・流・秋（尤韻）

【訳】茂った森の緑の木の上に白雲がたなびき／石の小道に青苔がむし、傍らを川が流れる／手すりにもたれ詩を口ずさめば涼気がしのび寄る／月明るい今夜、秋に入ったのだ

○新秋　「紫苑」参照。○樹色　「過元帥山縣有朋椿山莊」参照。○石徑　「觀梅花」参照。○倚檻　「池亭觀蓮花」参照。○微吟　「初秋偶成」（明治三十九年）参照。

「樹色」「白雲」「石径」「青苔」と道具立てをそろえ、「衣の薄きを覚ゆ」と前触れをしておいて、さらに明月をあしらい「新秋に入る」と結ぶ。用語と結構の工夫が光る。〔『漢詩人』一七二ページ〕

秋涼

秋來薄露促蟲聲
清夜階前喞喞鳴
在手齊紈不須動
箇中涼味愜幽情

秋涼

秋来 薄露 虫声を促す
清夜 階前 喞々《そくそく》と鳴く
手に在る斉紈《せいがん》 動かすを須《もち》いず
箇中の涼味 幽情に愜《かな》う

七言絶句。聲・鳴・情（庚韻）

【訳】 秋となり、かすかに降りた露に虫が鳴く／清らかな夜、階段の前でしきりにすだく／手に団扇を持つも、扇ぐ必要はない／この間の涼味は、わが静けき心に滲み入ったことだ

○喞喞 虫の声。○齊紈 斉《せい》の国（山東省）で産する白いねりぎぬ。それで作った合わせ扇（合歓扇《ねむのおうぎ》）をいう。次掲「怨歌行」参照。○箇中 この中。○愜 満足する。○幽情 静かな心情。風雅な思い。

この詩を鑑賞するために、漢の班婕妤《はんしょうよ》（婕妤は女官の階級の名）の「怨歌行」の前半の部分を紹介しておこう。〔『漢詩人』一七三ページ〕

怨歌行　班婕妤

新裂齊紈素　新たに斉の紈素《がんそ》を裂けば（斉の国の白絹を裂けば）
鮮潔如霜雪　鮮潔　霜雪の如し（霜や雪のように清らか）
裁爲合歡扇　裁《た》ちて合歓の扇と為せば（その絹で合歓〔恋〕の扇を作れば）
團團似明月　団々として明月に似たり（まんで明月のよう）

臨議會有感

外交內治重經綸
國運興隆逐歲新
賴有臣民能議政
和衷協贊竭精神

議会に臨んで感有り

外交内治　経綸《けいりん》を重んず
国運興隆　歳を逐《お》うて新たなり
頼《さいわ》いに臣民の能く政を議する有り
和衷協賛　精神を竭《つ》くす

七言絶句。綸・新・神（眞韻）

【訳】　外交と内政は、経綸ということを重んじる／国家は年毎に盛んになってきている／それもこれもよく政治を議論してくれる臣下がいて／心からやわらぎ力を合わせようと心を尽くしてくれているからである

○経綸　天下を営み治める喩え。もとは糸を治め整える意。　○興隆　さかんになる。栄える。　○臣民　一国の臣下、人民。　○議政　政治を論議する。　○和衷協賛　心の底から打ち解け、力を合わせて助ける。

『謹解』によると、大正四年十二月一日、貴族院に行幸、第三十七回帝国議会開院式に臨み勅語を賜った。そのときの作。

公の発言、というべき作。「外交内治」「国運興隆」など、用語を吟味して作られている。

即位式後大閲兵青山　即位式後大いに兵を青山に閲す

堂堂隊伍陣形成　堂々たる隊伍　陣形成る
練武場中大閲兵　練武場中　大いに兵を閲す
正是車馳馬嘶處　正に是れ車馳せ馬嘶《いなな》く処
芙蓉晴雪映旗旌　芙蓉の晴雪　旗旌《きせい》に映ず

七言絶句。成・兵・旌（庚韻）

【訳】　堂々たる軍隊の列が整然とならんでいる／練武場で大いにその様を見た／戦車が走り馬が嘶き／遥かかなたに聳える富士山の雪を背景に、無数の軍旗が立ち並んで鮮やかに見える

○閲兵　軍隊を整列させて視察すること。○青山　青山練兵場。現在の明治神宮外苑にあった。明治十九年、日比谷練兵場に代わる新練兵場として設置された。○隊伍　軍隊の列。軍隊の組み分け。○芙蓉　「三島矚目」参照。○晴雪　雪の降った後に晴れること。○旗旌　はた。

『謹解』によると、大正四年十一月十日、京都において即位の大礼を行われた天皇は、十二月二日、青山練兵場において大礼観兵式を行われ、勅語を賜った。

堂々たる閲兵の作であるが、この後、天皇は次第に健康をそこねられ、この詩のような場面は遂に復び詠ずることがなかった、とは『謹解』の歎くところである。

示萬里小路幸子

歴事三朝備辛苦
従公導衆見情眞
百年全壽何須卜
老健後宮推此人

万里小路幸子《までのこうじ》に示す

三朝に歴事《れきじ》して備《つぶさ》に辛苦す
公に従い衆を導き　情真を見る
百年寿を全うす　何ぞ卜《ぼく》するを須《もち》いん
老健後宮　此の人を推す

七言絶句。眞・人（眞韻・第一句踏み落しの格）

【訳】　続けて三朝に仕えていずれも苦労をし／奉公して多くの人を指導し、その真心は万人の認めるところである／百歳の長寿を全うするであろうことは占いをするまでもないこと／老いてなお健やかなこの人の右に出る者は後宮にいない

○萬里小路幸子　宮中の女官。東宮職御用係、皇后宮職御用係を歴任した。○歴事三朝　孝明天皇の嘉永六年、十九歳で上臈御雇《じょうろうおやとい》を以って宮中に出仕してから、明治一代を経て大正四年に至るまで、六十二年間三朝に仕えたことをいう。○備　みな。ことごとく。○情眞　人情のまこと。○全壽　よわいを全うする。○卜　「車中作」参照。○老健　年老いて身体がすこやかなこと。○後宮　后妃や女官の住む宮殿。奥御殿。

『謹解』にいう、侍従の典型と目された徳大寺実則《さねつね》（一一六ページ）と、五十年間宮廷に仕えた好一対と。

望富士山

神州瑞氣鍾
曉日照芙蓉
雪色何明潔
餘光被衆峯

富士山を望む

神州 瑞気鍾《あつ》まり
暁日 芙蓉を照らす
雪色 何ぞ明潔なる
余光 衆峰を被《おお》う

五言絶句。鍾・蓉・峰（各韻）

【訳】 日本のめでたい気が凝縮してできたかのような山／その富士山を朝日が照らしている／雪をまとったさまはまことに明るくけがれなく／その余光がまわりの多くの峰々を被っている

○神州 「聞陸軍中佐福島安正事」参照。 ○瑞氣 「元旦」参照。 ○曉日 あさひ。旭日。 ○芙蓉 「三島矚目」参照。 ○明潔 あきらかでけがれのないこと。 ○餘光 照らすべきところを照らしてなお余分の光。 ○衆峰 多くの峰。

『謹解』によると、第一句の「神州 瑞気鍾まり」は、杜甫「望岳」の「造化 神秀を鍾め」と同じく、正に霊山に恰好の文字である、と。

富士山を詠じて簡潔・端正な作。第四句の「余光が衆峰を被う」は、他に見ない表現である。

詠海
積水連天足偉観
百川流注涌波瀾
由來治國在修徳
徳量應如大海寛

海を詠ず
積水天に連なり　偉観《いかん》足《おお》し
百川流れ注いで　波瀾涌く
由来　国を治むるは徳を修むるに在り
徳量　応に大海の如く寛かるべし

七言絶句。観・瀾・寛（寒韻）

【訳】　海は天に連なり雄大な景色に満ちている／もろもろの川が流れ注いで大波小波が湧き立つ／そもそも国を治めるには治める者が徳を修めなければならぬ／大海のような大きな徳が必要だ

○積水　たくさん集まった水。海をいう。王維「送秘書晁監還日本」積水不可極（積水極むべからず）。○偉観　みごとな眺め。○百川　多くの川。○波瀾「海上明月圖」参照。○修徳　徳行をおさめる。○徳量　有徳の器量。『蜀志』「諸葛亮伝」孤不度徳量（孤　徳量を度《はか》らず）。

『謹解』によると、かつて三島中洲は明治天皇の御製「天」の「あさみどり澄みわたりたる大空の広きをおのが心ともがな」が陛下にとって絶好の訓言になると考え、その心を体して漢詩を作り、ご覧に供したところ、陛下は先帝の「大空」に対しこの詩をお作りになられた。三島はこの詩を見て大いに感激し、この詩の韻に依って詩を和し奉った。〔『漢詩人』一八六ページ〕

『謹解』に述べる三島中洲の和詩を紹介しておこう。

應制詠海　三島中洲

萬水朝宗作壯觀　万水朝宗《ちょうそう》して壮観を作《な》す（すべての水が海に注いで壮観だ）
大波瀾又小波瀾　大波瀾又小波瀾（大波・小波が湧き立つ）
仰欽兩聖如符節　仰ぎ欽《した》う両聖の符節の如きを（明治帝と大正帝のお二方の詩は札の裏表のよう）
或擬天空或海寬　或いは天空に擬し或いは海寛（明治帝は大空に、大正帝は大海に徳をなぞらえられた）

詠鶴

鶴を詠ず

十洲三島路迢迢　十洲三島　路迢《ちょうちょう》々
仙翮飛來此地飄　仙翮《せんかく》飛び来たって　此の地に飄《ひるがえ》る
佇立好從松下望　佇立《ちょりつ》　好し松下より望まん
縞衣如雪點晴霄　縞衣雪の如く　晴霄《せいしょう》に点ず

七言絶句。迢・飄・霄（蕭韻）

【訳】仙人が住むという島ははるか遠い／その島から気高い羽を翻してこの地に飛んで来た／松の木の下に佇んで眺めると／しろぎぬのような真っ白な姿は、白雪が晴れた空に点じているかのようだ

○十洲三島　十洲・三島ともに仙人の住む島。○迢迢　はるかなさま。遠いさま。○仙翮　気高いはね。翮ははねの意。○縞衣　しろぎぬの衣服。○晴霄　晴れた空。

題詠詩。鶴の羽の白さに着目し、青空をバックにして詠じた、機知の詩。

詠梨
鳳卵稱佳果
美味蔑以加
靈液能癒渇
不比餐紅霞
殿中閒倚榻
消暑時勝茶
想見春雨後
欺雪枝枝花

梨を詠ず
鳳卵《ほうらん》　佳果と称す
美味　以て加うる蔑《な》し
霊液　能く渇を癒し
比せず　紅霞《こうか》を餐するに
殿中　閒に榻《とう》に倚り
暑を消して時に茶に勝る
想い見る　春雨の後
雪を欺く枝々の花

五言古詩。加・霞・茶・花（麻韻）

【訳】　鳳凰の卵という名の良き果物／美味なることこの上ない／くすしき液が渇きを癒してくれる／仙人の食らう紅霞など較べようもない／御殿の中でゆったり椅子に座り／暑さしのぎに食べれば茶に勝る／それにしても春雨のあとの／雪を欺くまっ白な花々が想われる

○鳳卵　おおとりの卵。梨をなぞらえていう。○佳果　よい果物。○蔑　無・莫と同じ。否定詞。○靈液　霊妙な液。

○餐紅霞　道家の不老長生の術をいう。紅霞は朝焼け、夕焼けのこと。○榻　「初秋偶成」（明治三十九年）参照。題詠詩。梨の実の美味から、春雨に濡れるまっ白な梨の花を連想して結んだところが妙味である。〔『漢詩人』一八三ページ〕

高楼

高樓獨坐夜將分
萬里晴空無片雲
俯讀詩書知古道
仰觀星斗察天文

高楼

高楼独坐　夜将に分かれんとす
万里晴空　片雲無し
俯して詩書を読んで　古道を知り
仰いで星斗を観て　天文を察す

七言絶句。分・雲・文（文韻）

【訳】高殿で独り座っているうちに夜も十二時を過ぎた／広い空は晴れ、一片の雲もない／下を見ては詩経や書経を読んで古の聖人の道を知り／上を見上げては星を観ながら天道の運行を知る

○夜将分　夜の十二時になること。○片雲　一ひらの雲。○詩書　『詩経』と『書経』。転じて、儒家の典籍の総称。○古道　むかしの聖人の道。○星斗　星をいう。斗は星宿の名。○天文　天に見えるいろいろなあや。天体の現象。『易経』「繋辞上」仰以觀于天文、俯以察于地理（仰いで以て天文を観、俯して以て地理を察す）。

高楼で天地を俯仰する、という趣向。前半は真夜中に独り座して空を望む。カラリと晴れて雲もない――胸中に雑念のないことを暗示する。後半は古典によって人の道を、星座の運行によって天の道を察する。スケールの大きい構想である。

寶刀

自古神州産寶刀
男兒意氣佩來豪
能教一掃妖氛盡
四海同看天日高

宝刀

古より神州宝刀を産す
男児　意気　佩び来たって豪なり
能く妖氛を一掃し尽くさしめ
四海同《とも》に看ん　天日の高きを

七言絶句。刀・豪・高（豪韻）

【訳】いにしえより我が国では宝刀を産する／男児が一たびこれを佩びれば、たちまち意気軒昂となる／妖しい気配を一刀のもとに掃い去り／天下の人は、くもりのない太陽が高く照り輝くのを見ることであろう

○神州　「聞陸軍中佐福島安正事」参照。○妖氛　「和貞愛親王韻」参照。○天日　太陽。

北宋の欧陽修に「日本刀」の詩があり、夙《つと》に知られている。大正帝の詩は、日本刀の精神を詠い上げた。

偶感

將卒堂堂氣象雄
攻城野戰策奇功
若能使爾加精鋭
會見隨年國運隆

偶感

将卒《しょうそつ》堂々　気象雄なり
攻城野戦　奇功を策す
若し能く爾《なんじ》をして精鋭を加えしめば
会《かなら》ず見ん　年に随って国運の隆んなるを　七言絶句。雄・功・隆（東韻）

【訳】兵士たちは堂々として士気も盛ん／攻城においても野戦においてもすぐれた手柄を立てた／もしそなた等にさらに精鋭を加えさせたならば／きっと年を追うごとに国運が隆盛することであろう

○將卒　「聞青島兵事」参照。○氣象　気だて。気性。○策　たてる。○會　かならず。きっと。

日清戦争・日露戦争・第一次世界大戦と、三次の大戦を勝利した後、軍隊の更なる精強を期待し、励ましたもの。この時代の意気を窺うに足る。

老將

白髮將軍鐵石腸
據鞍顧眄氣猶剛

老将

白髪の将軍　鉄石の腸
鞍に拠り顧眄《こべん》し　気猶お剛

夢中夜夜煙塵裡
叱咤精兵百戰場

夢中 夜々 煙塵の裡《うち》
精兵を叱咤す 百戦場

七言絶句。腸・剛・場（陽韻）

【訳】老いた将軍、はがねの心もて／馬上に顧み、なお意気揚がる／今も毎夜夢の中で 砂けむりのなか／勇士を叱咤して数多の戦場を駆け巡っている

○鐵石腸　鉄や石のように堅固で何物にも動かされない精神をいう。○據鞍顧眄　馬の鞍に寄りかかり後ろを振り向いて威勢を示す。『後漢書』「馬援伝」援據鞍顧眄、以示可用（援鞍に拠り顧眄し、以て用うべきを示す）。○煙塵　兵馬が行き交うために起こる砂けむり。

唐の王維に「老将行」という三十句の七言古詩がある。その中に「一身転戦三千里、一剣曽《かつ》て当たる百万の師（軍隊）」など、老将の若いころの勇壮な場面を描く句がある。また、『唐詩選』にも張喬《ちょうきょう》の「辺将を宴す」という七言絶句がある。これらの作に触発されて作られたものだろう。〔『漢詩人』五二ページ〕

飛行機

凌空倐忽渉天程
上下四方隨意行
此物如今稱利器

飛行機

空を凌いで 倐忽《しゅくこつ》 天程渉たり
上下四方 随意に行く
此の物 如今《じょこん》 利器と称す

應期戰陣博功名

應に戦陣に功名を博するを期すべし

七言絶句。程・行・名（庚韻）

【訳】あっという間に空を凌いで上昇すると、そこには空の道が果てしなく広がり／上下四方ともさえぎるものなく、自由に飛ぶことができる／この飛行機というものは今や大変役に立つ道具といわれている／戦場ではきっと戦果をあげてくれるものと期待される

○倏忽　はやく。たちまち。○渺　はるか。○天程　空の道。○如今「聞鼠疫流行有感」参照。○利器　役に立つ精巧な道具。

ライト兄弟が飛行機を発明したのが一九〇三（明治三十六）年十二月、実戦に用いられてまだ間のない時期ゆえ、漢詩に詠われた先例は、恐らくないのではないか。飛行機の題詠の最も早いものといえよう。

艨艟

艨艟《もうどう》

七言絶句。濤・豪・高（豪韻）

艨艟先後破波濤
將卒三千意氣豪
半夜舵樓對明月
一天雲盡雁行高

艨艟先後　波濤を破る
将卒三千　意気豪なり
半夜舵楼に　明月に対すれば
一天雲尽きて　雁行《がんこう》高し

【訳】戦艦が艦列を組んで大波を破って進んでゆく／乗り込む兵士三千人の意気は盛んである／夜中に船の楼上で明月と向かい合えば／雲の晴れた空を雁が列をつくって高く飛んでゆくのが見える

○艨艟　「遠州洋上作」参照。○波濤　「舞鶴軍港」参照。○将卒　「聞青島兵事」参照。○半夜　「海上明月圖」参照。○舵楼　船の舵を操るやぐら。操舵室。○雁行　かりが列をつくって飛んでゆく。かりの行列。

上杉謙信の「九月十三夜陣中作」にも比すべき作。後半は謙信作の前半「霜は軍営に満ちて秋気清し、数行の過雁《かがん》月三更」に対応する。「陣中作」の「海戦版」と称すべき作。

斥候

西風驅馬度荒原
秋草茫茫天欲昏
深入敵中迷徑路
燈光遙認數家村

斥候

西風馬を駆って　荒原を度《わた》る
秋草茫々　天昏《く》れんと欲す
深く敵中に入って　径路に迷い
燈光遥かに認む　数家の村

七言絶句。原・昏・村（元韻）

【訳】秋風のなか馬を駆って荒れた野原を突っ走る／地上は秋草が果てしなく広がり、空は暮れようとしている／敵中深く潜入し、道に迷っていると／はるか遠くの村で家の明かりが灯っているのが見えた

○斥候　敵情をさぐる兵士。○茫茫　広々として果てしないさま。○徑路　小道。近道。
戦争の詩の新しい題材を詠うもの。結句は菅茶山《かんちゃざん》の「酔帰」（七絶）の「燈光認む我が読書の窓」を襲った。

頼襄

終生在野抱誠忠
筆挾風霜氣概雄
議論堂堂竭心血
文章報國有誰同

頼襄《らいのぼる》　七言絶句。忠・雄・同（東韻）

終生野に在って　誠忠を抱く
筆は風霜を挟んで　気概雄なり
議論堂々　心血を竭《つ》くす
文章報国　誰有ってか同じき

【訳】終生官職に就かず在野で誠の忠義を心に抱き／文はつよくはげしく、雄々しい気概が感じられる／意見も堂々として、心血を尽くしている／「文章報国」において頼山陽の右に出る者はいないであろう

○頼襄　江戸時代後期の歴史家、思想家、漢詩人、文人。諱は襄《のぼる》、字は子成。号は山陽。主著に『日本外史』及び『日本政記』があり、幕末の尊皇攘夷運動に影響を与え、当時のベストセラーとなった。○在野　官職に就かないで民間にいる。○誠忠「賀土方久元七十」参照。○風霜　文章の意気のつよくはげしいこと。○心血　精力。精神。梁川星巌《やながわせいがん》「聞頼子成訃音詩以哭寄」（頼子成の訃音を聞き詩以て哭寄す）一篇政記盡心血（一篇の政記心血を尽くす）。○報國　国恩にむくいる。

頼山陽を讃えた詩。詠史詩に属する。承句の「筆は風霜を挟んで…」は、山陽の詩文の特性をよく伝えるもの。

北畠親房

干戈滿地暗風塵
著述千秋筆有神
顚沛不移心若鐵
能明大義古忠臣

北畠親房

干戈《かんか》地に満ち 風塵暗し
著述千秋 筆に神有り
顚沛《てんぱい》移らず 心 鉄の若し
能く大義を明らかにす 古の忠臣

七言絶句。塵・神・臣（眞韻）

【訳】 戦火が地に満ち、戦塵が暗く世を覆う時代にあっても／彼の著述は霊妙な力を発揮している／危急のときでも心は鉄のように動じることがない／この古の忠義の臣は人の行うべき正しい道をよく世に明らかに示した

○北畠親房　南北朝時代の公卿（著書『神皇正統記』で名高い）。○干戈　「時事有感」参照。○風塵　兵乱をいう。○著述　親房の『神皇正統記』を指す。○千秋　「高松栗林公園」参照。○筆有神　詩文の特にすぐれた形容。杜甫「奉贈韋左丞丈二十二韻」（韋左丞丈に贈り奉る二十二韻）讀書破萬卷、下筆如有神（読書万巻を破り、筆を下せば神有るが如し）。○顚沛　つまずきたおれる。危急存亡の場合。○心若鐵　心が鉄のように堅固である。○明大義　『神皇正統記』を著して南朝正統論を主張したことなどを指す。

詠史詩。「古忠臣」の三字、ずっしりと重い味わいがある。

芳野懐古

芳山秀出白雲中
萬樹櫻圍古梵宮
往事茫茫遺恨在
延元陵上鳥啼風

芳野《よしの》懐古

芳山秀出す 白雲の中
万樹桜は囲む 古梵宮《ぼんきゅう》
往事茫々 遺恨在り
延元陵《えんげんりょう》上 鳥 風に啼く

七言絶句。中・宮・風（東韻）

【訳】 吉野山が秀麗な姿を白雲の中からのぞかせている／山上ではたくさんの桜の樹々が古い仏閣を取り囲んでいる／当時のおもかげは時の移ろいとともにはっきりしなくなったが、後醍醐天皇の晴れない恨みは今も残っている／その御陵では、鳥が風に吹かれながら悲しげに鳴いている

○芳野　奈良県南部の別名。吉野山から大峰《おおみね》山の山岳地帯をいい、狩りに適した良い野、の意味という。桜の名所としても知られるが、多くは吉野の名を冠したソメイヨシノではなく、ヤマザクラの類である。後醍醐天皇は京都で建武の新政を開くが、その後吉野へ移り、皇居や行政機関を置いて吉野朝廷（南朝）が成立した。○芳山　吉野山の雅称。○秀出　衆に抜きん出ていること。○梵宮　仏寺。ここでは、吉野朝行宮が置かれた吉水院《きっすいいん》をいう。○茫茫　「嚴島」参照。○遺恨　「示高松宮」参照。○延元陵　後醍醐天皇の陵、塔尾陵《とうのおのみささぎ》のこと。「延元」は天皇御在世中の年号。

『謹解』によると、大正天皇は生涯吉野へは行啓も行幸もしたことはなかった。この詩は吉野朝の哀史を想いかつ悼んで作られたものである。

詠史詩。吉野を詠う詩は幕末以来数多い。この詩も、「桜と御陵」を二本の柱として詠出されている。

宇治採茶圖
宇治田園綠葉新
羅裙纖手采茶人
鳳凰堂畔歌聲緩
一様東風四野春

宇治採茶の図
宇治の田園　緑葉新たなり
羅裙《らくん》繊手　采茶の人
鳳凰堂畔　歌声緩やかに
一様の東風　四野の春

七言絶句。新・人・春（眞韻）

【訳】宇治の田園に緑の茶の葉が伸び／美しい人が細い手で摘む／茶摘みの歌が鳳凰堂にのびやかに聞こえ／四方の野に等しく春風が吹き渡る

○宇治　「遊宇治」参照。○羅裙　うすぎぬのもすそ。○纖手　細くやわらかい手。美人の手。○鳳凰堂　「遊宇治」参照。○一様　同じさま。

中国では桑摘み娘の歌（陌上桑《はくじょうそう》）や蓮摘みの歌（採蓮曲）があって、美しい娘の生き生きと艶《なまめ》かしい「労働歌」として詠いつがれてきた。この詩も、その流れをくむもの。「羅裙」は、労働する娘の着る物としてふさわしくないが、唐の王勃《おうぼつ》の「採蓮」にも「羅裙玉腕軽櫓《けいろ》を揺らす」とあるように、娘を美しくいう形容語として常用される。「纖手」も、古く漢代の「古詩」に見える。これらの用語をたくみに、宇治の鳳凰堂畔の茶摘みに応用した。〔『漢詩人』一九三ページ〕

身延山圖

樹密山深石逕斜
爛然佛閣帶雲霞
開基僧去多經歲
猶有鶯聲唱法華

身延《みのぶ》山の図

樹密に山深く　石逕《せきけい》斜めなり
爛然《らんぜん》たる仏閣　雲霞《うんか》を帯ぶ
開基の僧去って　多く歳を経《へ》
猶お鶯声《おうせい》の法華を唱うる有り

七言絶句。斜・霞・華（麻韻）

【訳】樹々がこんもりと山深く小道が斜めに通じている／荘厳な仏閣に雲霞がたなびく／その昔、寺を開いた僧侶が去って年を経／今も鶯が法華経を唱えている

○身延山　現在の山梨県南巨摩郡《みなみこまぐん》身延町と早川町の境にある山。標高一、一五三メートル。また同地にある日蓮宗総本山久遠寺《くおんじ》の山号でもあり、別名としてもよく用いられる。○石逕　「石徑」（「觀梅花」）に同じ。杜牧「山行」遠上寒山石徑斜（遠く寒山に上れば石径斜めなり）。○爛然　明らかなさま。あざやかなさま。○佛閣　寺。○雲霞　雲と霞。「霞」は、朝焼け、夕焼け。○開基　仏寺を新たに建てた人。ここでは、日蓮宗の開祖日蓮を指す。○法華　妙法蓮華経の略。ここでは、鶯の鳴き方の「ホーホケキョ」が「法華経（ホッケキョウ）」と唱えているように聞こえるということ。

題画詩。この詩の妙味は、鶯が「ホー法華経《ホケキョ》」と鳴く、ことにある。詩の後半、開基の僧日蓮が去ってより年を経たが、なお鶯が昔のままのお経を唱える、と結ぶ。この趣向は、平安時代の僧空海上人の「仏法僧鳥」を詠じた詩にヒントを得たかと思われる。有名な詩だが、掲げておこう。〔『漢詩人』一九六ページ〕

後夜聞仏法僧鳥　空海

閑林獨坐草堂曉　閑林独坐す 草堂の暁（静かな森の草堂で、明け方独坐していると）
三寶之聲聞一鳥　三宝の声 一鳥に聞く（鳥が三宝〔仏・法・僧〕の声で鳴いている）
一鳥有聲人有心　一鳥声有り 人 心有り（鳥には鳴き声があり、人には心がある）
聲心雲水倶了了　声心雲水 倶《とも》に了々《りょうりょう》（声と心と雲と水と、みなはっきりと）

農家圖　農家の図

農家幾處掩華門　農家幾処か 華門《ひつもん》を掩《おお》う
清風滿地絶塵煩　清風地に満ち 塵煩を絶つ
豚柵雞塒相連接　豚柵鶏塒《とんさくけいじ》 相い連なって接し
田畬耕耨世業存　田畬耕耨《でんよこうどう》 世業存す
秋穀已登輸租税　秋穀已に登《みの》って 租税を輸《いた》す
時招隣人酒可溫　時に隣人を招いて 酒温むべし

七言古詩。門・煩・存・溫（元韻）

【訳】いばらで作った門を閉ざしている農家があちこちに見える／清らかな風が地面に吹き満ち、俗世の煩わしさを寄せつけない／豚小屋と鶏小屋が並んで建ち／田畑を耕作し草を取って、代々受け継いでいる／秋に実る穀物はすでに稔り、年貢ももう納め終えた／ちょうど隣人を呼んで酒を温めているところであろうか

○華門　いばらで作った門。いなか家。○塵煩　俗世のわずらわしさ。○豚柵雞塒　豚小屋と鶏小屋。王安石「歌元豊」豚柵雞塒晻靄閒（豚柵鶏塒　晻靄の間）。○田畬　畬は開墾して三年目の田をいう。○耕耨　たがやし草ぎる。耨は、くわ、また、くわで草ぎること。○世業　先祖から代々伝わってきた職業。○秋穀　秋に実る穀物。○租税　年貢。

題画詩。詩から、画の様子が生き生きと伝わる。最後の句は、農家の部屋の中の楽しさを窺うようだ。

元寇圖

元寇傳警到紫宸
臨機果斷有武臣
國家安危之所決
上皇以身禱明神
敵軍十萬忽覆沒
西海從此絶邊塵
對圖懷古情不盡
茫茫弘安七百春

元寇の図

元寇　警を伝えて　紫宸《ししん》に到る
臨機果断　武臣有り
国家の安危の決する所
上皇身を以て　明神に禱る
敵軍十万　忽ち覆没《ふくぼつ》し
西海　此れより辺塵を絶つ
図に対して　懐古の情尽きず
茫々《ぼうぼう》たり　弘安　七百春

七言古詩。宸・臣・神・塵・春（眞韻）

【訳】　元寇の警報が御所に届き／執権北条時宗はその場に臨んで果断に行動した／国家の安否がここで決するという

とき／亀山上皇は我が身を捨てて明神に祈りを捧げた／願いは通じ十万の敵軍はたちまち船が転覆して沈み／これより西の海では国境の戦塵が絶えたのである／この絵に向き合っていると、懐古の情は尽きることがない／これは今を去ること七百年も昔の弘安のころの出来事である

○元寇　蒙古襲来、文永十一年・弘安四年の二度にわたり、元兵が筑紫に入寇したこと。文永の役・弘安の役ともいう。○傳警　警報を伝える。○紫宸　天子の御殿。○臨機　機に臨んで事を行う。○果斷　思い切って決断する。○武臣　武士。ここでは、鎌倉幕府第八代執権の北条時宗を指す。○安危　安らかなことと危ういこと。安否。『史記』「項羽本紀」國家安危、在此一擧（国家の安危、此の一挙に在り）。○上皇　譲位した帝王。ここでは、「身を以て国難に代える祈願」を伊勢神宮で行ったとされる亀山上皇を指す。○明神　あらたかな神。○茫茫　「嚴島」参照。○弘安　後宇多天皇の年号。弘安四年は西暦一二八一年。

題画の詠史詩。小学唱歌にも歌われて親しい「元寇」を八句にまとめたもの。最後の句、「弘安」という年号に「大いなる平安」の意があるので、「茫々たり　弘安　七百春」ということにより、あれから何事もなく平安の七百年が経った、との意を含み、面白い句作りになっている。

大正五年

新年書懐

日照瑞雲年又新
梅花香動入陽春
禁園早有黄鶯囀
和氣欲頒天下人

新年書懐

日は瑞雲を照らして 年又た新たなり
梅花 香動いて 陽春に入る
禁園早《つと》に黄鶯の 囀《さえず》る有り
和気頒《わか》たんと欲す 天下の人

七言絶句。新・春・人（眞韻）

【訳】 初日の出がめでたい兆しの雲を照らし、また新年を迎え／梅の花が香りはじめて春の時節になった／御苑では早くも鶯の囀る声が聞こえる／このうららかな春の陽気を天下の人々と分かち合いたいものである

○瑞雲　めでたいしるしの雲。○禁園「駐春閣」参照。○和氣　暖かい陽氣。○頒　わける。あたえる。

大正五年の新春を迎えての作。
『謹解』に、後柏原天皇（第百四代、室町時代）の文亀三（一五〇三）年新春の御製を掲げているので、紹介しよう。

文亀三年歳首　後柏原天皇

雪盡山山韶景新　雪尽きて山々韶景《しょうけい》新たなり（雪が消えて、山々には春の光が新たに）
鶯歌燕語各迎春　鶯歌燕語各おの春を迎う（鶯や燕の鳴き声が春を迎えてのどか）
此心非一人天下　此の心一人の天下に非ず（この心は朕ひとりのものではない）
故覺昇平樂兆民　故《ことさら》に覚ゆ　昇平兆民を楽しましむるを（万民に太平を楽しませたいと切に思う）

一月八日閱觀兵式

春風滿野旭光明　春風野に満ち　旭光明《あき》らかなり
馬上東西閱萬兵　馬上　東西　万兵を閲《えっ》す
威武堂堂軍氣肅　威武堂々　軍気粛《しゅく》たり
時聞武將指揮聲　時に聞く　武将指揮の声

七言絶句。明・兵・聲（庚韻）

【訳】　春風が野を吹いて、朝日が輝いている／馬上から東西に整列した軍隊を視察する／威風堂々として、士気もおごそか／時々将校の号令する声が聞こえてくる

○威武　「和貞愛親王韻」参照。　○軍氣　軍隊の意気。士気。　○肅　「巖上松」参照。

『謹解』によると、一月八日は陸軍始めにあたり、大正天皇は宮城前外苑に臨御、観兵式を行われた。

『謹解』にも指摘しているが、第四句が奇抜。軍隊の整列した厳粛な雰囲気の中に、時折、一部を統轄する隊長の指揮する声が緊張の声を立てる。この句によって、〝絵〟に動きが添えられた、といえよう。大正帝の詩人としてのセンスが窺える一コマ。

偶成

讀書三十歳
治化意常存
涵養剛柔德
優游禮樂園
每看時運變
輒證聖人言
一室春風滿
此心誰與論

偶成

読書三十歳
治化　意　常に存す
涵養す　剛柔の徳
優游す　礼楽の園
時運の変を看《み》る毎に
輒《すなわ》ち証す　聖人の言
一室　春風満つ
此の心　誰とか論ぜん

五言律詩。存・園・言・論（元韻）

【訳】読書に励んで三十年／政治と教化はいつも心にかけている／剛と柔の徳をしっかり身につけ／古の礼楽の道に心を遊ばせる／時勢の移り変わりを見るたびに／古の賢人の教えの正しいのに思い当たる／部屋には春風が吹き満ち

る心地だ／この思いを誰と語り合おうか

○治化　民を治めて善に導く。『莊子』「繕性」及唐虞始爲天下、興治化之流（唐虞《とうぐ》〔堯舜《ぎょうしゅん》〕始めて天下を為《おさ》むるに及び、治化の流興る）。○涵養　学問や道徳の中にひたるようにして身につける。○剛柔徳　剛健な徳と柔和な徳。両方を得て徳は完全なものとなる。『易経』剛中而柔外（剛中にして柔外）。○優游　自得のさま。○禮樂園　礼節と音楽。礼は社会の秩序を定め、楽は人心を和らげる用あるものとして尊重される。○時運　時の巡り合わせ。

『謹解』によると、ちょうどこの前年（大正四年）から三島も老病を以て骸骨《がいこつ》を乞い（辞職の意）、進講に上れなくなっていたし、明良の際会をこいねがわれる御意が寓せられているようである。堂々たる帝王の気風満つ五言律詩。『謹解』には、「含蓄無窮、一唱三歎」と褒めちぎっている。末尾は、この前年大正四年を以て引退した三島中洲を念頭に置いての感慨であろう。〔『漢詩人』一〇七ジペー〕

葉山偶成

積水涵虛霽色開
葉山彷彿是蓬萊
魚龍出沒知何處
萬里長風海上來

葉山偶成

積水　虚を涵《ひた》して　霽色《せいしょく》開く
葉山　彷彿として　是れ蓬萊
魚龍出没　知んぬ何れの処ぞ
万里の長風　海上より来たる

七言絶句。開・萊・來（灰韻）

【訳】 海は空を涵すように広がり、空は晴れ渡る／葉山は仙人の棲むという蓬莱山のようだ／不思議な魚や龍が出没するのはどの辺りだろう／万里の遠くから広々と風が海上を吹いてくる

○積水 「詠海」参照。○涵虚 空をひたす。虚は、空。孟浩然の「臨洞庭」涵虚混太清（虚を涵して太清に混ず）。○霽色 晴れ渡った景色。祖詠《そえい》「終南余雪」林表明霽色（林表霽色明らかなり）。○彷彿 「観新造戦艦」参照。○蓬萊 仙人が住むという山。○魚龍 「海上明月圖」参照。○長風 遠くから吹いてくる風。

『謹解』によると、東宮のころよりしばしば軍艦に搭乗して巡航され、また小艇に乗り葉山から大島などの方面へご遊弋《ゆうよく》になり、そのさい供奉《ぐぶ》員の多くが船酔いに悩むような場合でも、ご気色を少しも変えることがなかったという。

第一句、「積水」「涵虚」「霽色」、みな『唐詩選』の詩語であり、後半も王維の詩「晁卿衡《ちょうけいこう》を送る」に基づく。『唐詩選』を愛誦されたご様子を窺うに足るであろう。〔『漢詩人』一七七ページ〕

奈良

飛花芳草鳥頻呼
春日遅遅舊帝都
雲外鐘聲何處是
燦然金碧幾浮圖

奈良

飛花芳草《ひかほうそう》 鳥頻りに呼ぶ
春日遅々たり 旧帝都
雲外の鐘声 何《いず》れの処か是れなる
燦然たる金碧《こんぺき》 幾浮図《ふと》

七言絶句。呼・都・圖（虞韻）

【訳】花は風に舞い、草はかぐわしく香り、鳥がしきりに鳴いている／古都奈良ののどかな春の日／どのあたりだろうか、雲のかなたから鐘の音が響いてくる／見れば色鮮やかに輝くお寺の伽藍がいくつも建ち並んでいる

○飛花　散る花。韓翃「寒食」春城無処不飛花（春城処として飛花ならざるは無し）。○芳草　よいにおいの草。○遅遅　日が長いさま。のどかなさま。『詩経』「豳風」春日遅遅（春日遅々たり）。○燦然「夢遊歐洲」参照。○金碧　黄金と碧玉。金色と青色。美しい彩りをいう。○浮圖　梵語ブッダの音訳。仏、仏教、僧、寺の塔などの意。ここでは寺の伽藍をいう。

『謹解』によると、神武天皇二千五百年式年山陵祭のため、天皇は四月一日東京をご出発、二日行在所である奈良倶楽部に入られた。

語は平易ながら古都奈良の雅《みやび》で大らかな気象のよく表れたお作。

「鳥頻呼」は、やはり『唐詩選』中の杜甫の詩（韋諷録事《いふうろくじ》の宅にて曹将軍の画馬の図を観る）に「龍媒去尽鳥呼風」（龍媒《りょうばい》〔名馬〕去り尽くして鳥風に呼ぶ）の句がある。

恭謁畝傍陵
松柏圍山綠欝然
白雲搖曳寝陵前

恭《つつし》んで畝傍《うねび》陵に謁す
松柏山を囲んで　緑欝然たり
白雲揺曳《ようえい》す　寝陵《しんりょう》の前

肇基垂統仰天業
緬邈二千五百年

基を肇《はじ》め統を垂れて　天業を仰ぐ
緬邈《めんばく》たり　二千五百年

七言絶句。然・前・年（先韻）

【訳】　松や柏（ひのき）が山を取り囲み緑がこんもりとして／白雲が御陵の前にたなびいている／日本国の基をたて、よい政治を後世に残した神武天皇の帝業を敬い慕う／それははるかむかしから二千五百年以上も受け継がれている

○畝傍陵　奈良盆地南部に位置する山。明治に入って神武天皇の宮（畝傍橿原宮《かしはらのみや》）があったとされる畝傍山の麓に橿原神宮を興し、それまで多武峰《とうのみね》で奉斎してきた神武天皇の御霊を移したとされる。○欝然　草木の茂るさま。○搖曳「吹上苑習馬」参照。○寢陵　陵寢。天子のみささぎ。○肇基　土台をすえる。基礎を確立する。○垂統　事業を子孫に伝える。○天業　帝王の事業。帝業。○緬邈　はるかなさま。髣髴《ほうふつ》としたさま。

『謹解』によると、四月二日、奈良の行在所に入られた天皇は、先着の皇后と共に、三日、畝傍に行幸、山陵祭を行われ、陵前にご参拝、ついで橿原神宮に行幸ご参拝された。

神武天皇の畝傍陵は、『謹解』によると江戸時代までは荒れたままであったのを、明治十年二月十一日、明治天皇がご参拝になり、祭祀を創《はじ》められたという。

詩の第四句は、明治帝に扈従《こじゅう》した長三洲《ちょうさんしゅう》の詩に拠られたものか。因みに当詩を掲げておこう。

　畝傍山東北陵臣在扈従恭祀盛典
橿原基業際中興　橿原の基業中興に際し
盛事史編書未曾　盛事史編に書すこと未だ曽《かつ》てせず

照耀二千五百歳　照耀《しょうよう》二千五百歳
天皇親祭畝傍陵　天皇親祭す　畝傍陵

望金剛山有感於楠正成　金剛山を望んで楠正成《まさしげ》に感有り

金剛嵂崒勢何豪　金剛嵂崒《りつしゅつ》　勢い何ぞ豪なる
絶頂浮雲想白旄　絶頂の浮雲に白旄《はくぼう》を想う
絶代忠臣憑大義　絶代の忠臣　大義に憑《よ》る
偉勲長與此山高　偉勲　長《とこし》えに此の山と高し

七言絶句。豪・旄・高（豪韻）

【訳】金剛山の高く険しいさまはいかにも豪壮である／山頂に浮かぶ白雲は旗指物《はたさしもの》を思わせる／世に並ぶ者のない忠臣楠正成は、勤皇の大義によって挙兵し／そのすぐれた手柄は永遠にこの山と同じく高いのである

○金剛山　現在の奈良県御所市と大阪府南河内郡千早赤阪村との境目にある山。周辺には楠木正成の城であった千早城の城跡や楠公誕生地など、正成ゆかりの史跡が点在している。○楠正成　南北朝時代の名将。建武の中興の立役者として足利尊氏らと共に活躍。尊氏の反抗後は南朝側の軍を支えるが、湊川の戦いで尊氏の軍に破れて自害した。明治以降は「大楠公《だいなんこう》」と称され（子の正行《まさつら》を小楠公と称す）、明治十三年には正一位を追贈された。○嵂崒　山の高く険しいさま。畳韻語。○白旄　白い旄牛《からうし》の尾を竿の先につけた旗。指揮官の旗。○絶代　一世にすぐれてならぶものがないこと。絶世。○大義　人のふみ行うべき大切な正しい道。君臣・父子などの道をいう。○偉勲　「賀土方久元七十」参照。

この詩と次の詩とは、前の詩と同じく奈良行幸の折の作。
この題の詩は江戸時代以来数多いが、この二首とも奇をてらわず、素直な詠じ方で、気品が漂うお作となっている。

同

一峯高在白雲中
千歳猶存氣象雄
不負行宮半宵夢
長敎孫子竭誠忠

同

一峰高く白雲の中に在り
千歳猶お存す　気象の雄なるを
負《そむ》かず　行宮　半宵の夢
長く孫子をして誠忠を竭《つ》くさしむ

七言絶句。中・雄・忠（東韻）

【訳】　金剛山の一峰が白雲の中に高く聳えている／千年のちの世でもなお勇壮な趣を有している／後醍醐天皇が夜中に行宮でみたという夢は正夢であった／長い間、子孫が誠の忠義を尽くしたのだから

○氣象　「偶感」（大正四年）参照。○行宮　天子が行幸して泊まる御所。仮の御所。○半宵夢　後醍醐天皇が北条高時の兵を避けて笠置《かさぎ》を行宮とした際、夜中に夢を見た。紫宸殿《ししんでん》の前庭に大樹があり、南の枝が最も繁茂していた。樹下に南面の座（玉座）を設けて百官班列している。夢から覚めて自ら占って、「木」に「南」は「楠」であり、朕を再び帝位に就かせるのは楠氏という者に違いないと考え、人に問うと、はたして楠正成という武将が見つかり、人をやって召し出したという。○誠忠　「賀土方久元七十」参照。

世に知られる水戸烈公《れっこう》（徳川斉昭《なりあき》）の作を紹介しておこう。

大楠公

豹死留皮豈偶然　豹は死して皮を留む　豈《あに》偶然ならんや（豹は死んで皮を残すのは偶然ではない）
湊川遺跡水連天　湊川の遺跡　水　天に連なる（湊川の遺跡は今も変わらぬ姿）
人生有限名無盡　人生限り有り　名尽くる無し（人生は限りがあるが、名声は尽きない）
楠氏誠忠萬古傳　楠氏の誠忠　万古伝う（楠公の忠義は永遠に伝えられる）

即事

牡丹花謝不留香
新樹青青映南堂
薫風日午吹入座
儒臣時復講文章
追思五絃解民慍
夏景冲淡興自長
晩來無人閒坐久
九重雲物盡夕陽

即事

牡丹の花謝して　香を留めず
新樹青々　南堂に映ず
薫風　日午　吹いて座に入り
儒臣　時に復た　文章を講ず
追思す　五絃　民の慍《いか》りを解くを
夏景　冲淡　興自《おの》ずから長し
晩来人無く　閒坐久し
九重の雲物　尽《ことごと》く夕陽

七言古詩。香・堂・章・長・陽（陽韻）

【訳】 牡丹の花は落ちてその香りも消え／新たに芽吹いた木々の葉は青々として、南堂に映えている／初夏の風が青葉を通って座のなかに吹き入る昼どき／儒臣は礼楽や制度についての講義をする／五弦の琴の音楽が民の不平不満を解くという故事を思う／夏の景色はさっぱりとしていて、興趣は尽きず／夕方になって人々が引き上げた後、しばらくのんびりと座っていると／空にあるさまざまな形の雲がことごとく夕焼けに染まってゆく

○謝　散る。しぼむ。○南堂　「夢遊歐洲」参照。○日午　まひる。正午。○儒臣　「葉山卽事」参照。○追思　過去のことを思い出す。○五絃解民慍　中国古代の聖天子舜は五絃の琴を弾き南風の詩を作った。その詩に曰く「南風之薫兮、可以解吾民之慍兮」（南風の薫りて、以て吾が民の慍《いか》りを解くべし）。○夏景　夏の景色。○冲淡　さっぱりしていること。○閒坐　のんびりと座っている。○九重　天。○雲物　「冬至」（大正三年）参照。

詩中の「儒臣」は、三島引退後は小牧昌業《こまきまさなり》がご進講した、と『謹解』に記す。

第三句の「薫風吹く」から、舜の「南風」歌を自然に連想し、昼から暮れに至る〝清閑〟の興趣を詠う。

晩歩庭園

庭園晩歩時
綠樹看將暝
一痕新月影
早已印清池

五言絶句。時・池（支韻）

晩に庭園を歩す

庭園　晩歩の時
緑樹　看《み》すみす将に暝《く》れんとす
一痕　新月の影
早く已に清池に印す

【訳】緑の木々がだんだん暮色に包まれようとするこのとき／庭園を散歩している／空にはくっきりと三日月の光が／はやくも清らかな池の水に影を映している

○晩歩　夕方の散歩。○看　みるみるうちに。杜甫「絶句」今春看又過（今春看すみす又過ぐ）。○一痕　ひとつのあと。くっきり跡が印されるさま。月などにいう。○早已「冬至」（大正三年）参照。

夕暮れ時の散歩の折の、印象に残る情景を写したもの。絵画的な味わいが感ぜられる。なお、明の文徴明の詩に、「一痕新月在梧桐」（一痕の新月 梧桐に在り）の名句があるが、影響があるかどうか。

夏日即事
榴花紅似火
緑葉満繁枝
倚檻看殊好
南園雨霽時

夏日即事
榴花《りゅうか》 紅 火に似たり
緑葉 繁枝に満つ
檻に倚って 看れば殊に好し
南園 雨霽《は》るるの時

五言絶句。枝・時（支韻）

【訳】ざくろの花が火のように真っ赤に咲き／緑色の葉が茂った枝に満ちている／手すりに寄りかかりながら眺めていて殊によいのは／南園の雨上がりの景色

○榴花　ざくろの花。○繁枝　しげった枝。○倚檻　「池亭観蓮花」参照。

柘榴《ざくろ》の花は、日本ではあまり詩歌に詠われることはないが、漢詩にはよく詠われる。韓愈の名作を紹介しておこう。

榴花　　韓愈

五月榴花照眼明　五月榴花　眼を照らして明らかなり（五月、柘榴の花が目にまぶしく咲き）

枝閒時見子初成　枝間時に見る　子《み》初めて成るを（枝の間には、ときどき、実が成っているのが見える）

可憐此地無車馬　憐れむべし　此の地車馬無く（かわいそうにここには車も馬も来ず、見る人もないままに）

顚倒青苔落絳英　青苔に顚倒《てんとう》して絳英《こうえい》落つ（逆さまに青苔の上に赤い花を落としている）

観螢　　螢を観る

緑樹陰深月色微　緑樹陰深くして　月色微かなり

清風一陣拂炎威　清風一陣　炎威《えんい》を払う

水邊螢火如星亂　水辺の螢火　星の如く乱れ

又照詩書入殿幃　又た詩書を照らして　殿幃《でんい》に入る

七言絶句。微・威・幃（微韻）

【訳】緑の木々が深い影をおとし、月の光もかすか／一陣の清風が激しい暑さを一掃して涼しい夜／水辺で星のよう

に乱れ飛んでいた蛍の光が／殿中のとばりの中にすべりこんできて、読みかけの書を照らしてくれた

○月色　月の光。○炎威　はげしい暑さ。○詩書　「高楼」参照。○殿幃　宮殿の窓のとばり。

「雪案蛍窓」の故事を詠みこんだ詩。もとの孫康の話は、燈火の油がないので蛍を集めてその放つ光で書を読むという切実なものであったが、それを風流な味わいに仕立て換えした。機知の光る詩。

農村驟雨

沛然雨過近黄昏
殷殷鳴雷雲與奔
想得農夫多喜色
稲田水足一村村

農村の驟雨

沛然《はいぜん》　雨過ぎて　黄昏に近し
殷々たる鳴雷　雲と与《とも》に奔る
想い得たり　農夫喜色多きを
稲田水は足る　一村々

七言絶句。昏・奔・村（元韻）

【訳】　夕暮れ時、夕立が盛んに降り／雷が雲と一緒に走っているかのように轟いている／農夫はさぞ喜んでいることであろう／村々で水田に十分に水が行き渡ったのだから

○驟雨　にわか雨。夕立。○沛然　雨のさかんに降るさま。○黄昏　夕暮れ。○殷殷　音の盛んな形容。雷が轟くさま。○一村村　一村一村の意。

「喜雨」というテーマで詠われる、雨を喜ぶ詩。これは、おのずから為政者の立場からの詠詩となっている。次は詩題が「喜雨」そのもの。

喜雨
農夫辛苦務耕田
流汗淋漓久旱天
忽看沛然雷雨起
黑雲潑墨碧山前

雨を喜ぶ
農夫辛苦して　耕田を務む
流汗淋漓《りゅうかんりんり》　久旱《きゅうかん》の天
忽《たちま》ち看る　沛然《はいぜん》として雷雨起こるを
黒雲墨を潑す　碧山の前

七言絶句。田・天・前（先韻）

【訳】　農夫は苦労して田を耕し／長く続く日照りの空の下での作業で汗が滴り落ちる／急に激しい雷と雨がやってきて／墨を流したような黒雲が青い山にかかる

○淋漓　したたるさま。双声語。　○久旱　ながひでり。　○沛然　「農村驟雨」参照。　○潑墨　水墨山水画で、画面に墨を落とし、そのかたまりをぼかしながら一気に景物のかたちを描く画法。多く雨景を描くのに用いる。　○碧山　樹木の青々と茂った山。深山。

前作と同趣だが、こちらは題画詩のような作。ことに第四句は、「潑墨」という墨絵に用いる術語が使われている。碧《あお》い山に墨のボカシが掛けられた趣である。

初秋偶成

天清露下早蟲吟
月照階前涼氣侵
燈火可親好披卷
文章欲見古人心

初秋偶成

天清く露下って　早虫吟ず
月は階前を照らして　涼気侵す
燈火親しむべし　好し巻を披《ひら》かん
文章見んと欲す　古人の心

七言絶句。吟・侵・心（侵韻）

【訳】　空は清く澄み、露が下りて、初秋の虫が鳴いている／月の光は階段の前を照らして涼気がしのび寄る／こんな夜は燈火の下で書を読むのにもってこいだ／文章の中に先賢の心を訪ねてみようと思う

〇早蟲　初秋に鳴く虫。〇階前　「階前所見」参照。〇燈火可親　秋は燈火の下で書を読むのによいということ。韓愈「符讀書城南」燈火稍可親、簡編可卷舒（燈火稍《ようや》く親しむべく、簡編巻舒すべし）。

夏の夜の読書の趣を詠った「竹陰読書」（二二八ページ）と相い応ずる作。

讀書

機餘時讀案頭書
溫故知新樂有餘

読書

機余時に読む　案頭《あんとう》の書
温故知新　楽しみ余り有り

記取秉鈞廊廟士　記取せよ　鈞《きん》を秉《と》る廊廟《ろうびょう》の士
正心誠意愼其初　正心誠意　其の初めを愼しむを　　七言絶句。書・餘・初（魚韻）

【訳】　政務が終わった後、机の上の書を読む／古きをたずねて新しきを知ることはこの上もない楽しみである／政権を担う役人たちよ、ぜひとも覚えておくように／心を正しく真心を込めて、事にあたっては初心を忘れないことを

○機餘　まつりごとをおさめたのち。○案頭　机の上。杜甫「題鄭著作虔」案頭乾死讀書螢（案頭乾死《かんし》す　讀書の螢）。○温故知新　前に学んだことを復習して新しい知識を得る。『論語』「為政」温故而知新、可以爲師矣（故きを温めて新しきを知れば、以て師と為るべし）。○記取　おぼえる。取は助字。○秉鈞　実権を執る。○廊廟　朝政を執るところ。廟堂。朝廷の意。○正心誠意　心を正しくし、真心のこもったようにする。『大学』欲正其心者、先誠其意（其の心を正しくせんと欲すれば、先ず其の意を誠にす）。○愼其初　物事のはじめをつつしむ。『礼記』事君愼初而敬終（君に事《つか》えては初めを愼しみて終わりを敬《つつ》しむ）。

これは「読書」の要諦を説いたもの。特に官僚などの実際に事に当たる者への心得を説いている。

望海　　海を望む

海天正空濶　海天　正に空濶《くうかつ》
日霽遠帆明　日霽《は》れて　遠帆明らかなり

直駕長風去　　直ちに長風に駕し去り
何人掣巨鯨　　何人《なんぴと》か巨鯨を掣《せい》せん

五言絶句。明・鯨（庚韻）

【訳】海も空も広々とひろがり／晴れ渡って、遠くの船がはっきりと見える／遠くまで吹いてゆく大風にのって／巨大な鯨を捕りおさえるのははたして誰であろうか

○海天　海と空。○空濶　ひろびろとしていること。双声語。○遠帆　遠くに浮かぶ船。○長風　遠くまで吹いてゆく雄大な風。李白「行路難」長風破浪会有時（長風浪を破る　会《かなら》ず時有り）。○掣巨鯨　大鯨をとりおさえる。杜甫「戯為六絶句」未掣鯨魚碧海中（未だ鯨魚を掣せず　碧海の中）。

海の広大さから、空想がふくらみ、鯨を捕らえることを発想する。イメージ詩というもの。

看飛行機　　飛行機を看る

晴日風收不起波　　晴日　風収まって　波起こらず
白砂灣上我來過　　白砂湾上　我来たり過ぐ
一機倏忽航空遠　　一機倏忽《しゅくこつ》　空を航《わた》って遠し
卽自山前下海阿　　即ち山前より海阿《かいあ》に下る

七言絶句。波・過・阿（歌韻）

【訳】空は晴れ、風も静かで波も穏やかな一日／湾のほとりの白い砂浜にやってきた／飛行機が一機、はるかかなたの空を横切って／山の前から海岸へと着陸した

○倏忽　「飛行機」参照。　○海阿　海岸。阿はきし、水際。

まだ飛行機の珍しいころ、偶然目に留まった状景を即興的に詠まれたもの。第三句の表現は、新しいことを詠うのに慎重な言葉遣いが窺われる。

楠正成

勤王百戰甚艱辛
妙算奇謀本絶倫
臨死七生期滅賊
誠忠大節屬斯人

楠正成

勤王百戦　甚だ艱辛
妙算奇謀　本《も》と絶倫
死に臨んで　七生《しちしょう》滅賊《めつぞく》を期す
誠忠大節　斯《こ》の人に属す

七言絶句。辛・倫・人（眞韻）

【訳】勤王の大義のもと歴戦して多くの困難に直面したが／巧みなはかりごとは人並みはずれて優れていた／その死に臨んでは、七度生まれ変わっても朝敵を滅ぼすことを心に誓ったという／まことの忠義と大きな節操をもった武将であった

○楠正成　「望金剛山有感於楠正成」参照。　○勤王　天子のために力をつくす。　○艱辛　なやみ。苦しみ。艱難辛苦。　○妙算奇謀　巧みですぐれたはかりごと。　○絶倫　人並みはずれてすぐれていること。　○七生期滅賊　湊川の戦いで敗れた正成が弟正季《まさすえ》とともに「七生報国」（七たび生まれかわっても逆賊を滅ぼし、国に報いる）を誓って自害したとされる。　○誠忠　「賀土方久元七十」参照。　○大節　人の守るべき大切なみさお。君臣の義など。

楠木正成を詠じた詩は数多いが、『謹解』は、「語は陳套でも凛として生氣あり、表現の眞率なるが却つて迫力をなす」と評している。その真率なお人柄の為せる所であろう。

楠正行

勤勞王事節逾堅
表志題扉歌一篇
不負當時遺訓切
千秋忠義姓名傳

楠正行《まさつら》

王事に勤労して　節逾《いよ》いよ堅し
表志扉に題す　歌一篇
負《そむ》かず　当時遺訓の切なるに
千秋の忠義　姓名伝う

七言絶句。堅・篇・傳（先韻）

【訳】　帝に仕えて忠節はますます篤く／合戦に赴く折、己の志を和歌一篇に詠じて如意輪堂《にょいりんどう》の扉に書きつけたという／父正成の遺訓の切なる思いにそむかず／千年のちの世まで忠義の名が伝わっている

○楠正行　楠木正成の嫡男。「大楠公」と尊称された正成に対して「小楠公」と呼ばれる。　○表志　こころざしをあらわ

す。○題扉歌一篇　四条畷の合戦に赴く際、正行が如意輪寺本堂の門扉に矢じりで彫りつけた辞世の句「かへらじとかねて思へばあづさ弓なき数にいる名をぞとどむる」を指す。今もその跡は残っている。○遺訓　父正成の残した教訓。○千秋　「高松栗林公園」参照。

詠史詩。正行を詠じた詩は、父の正成ほどは多くないが、この詩は如意輪堂に残る歌と父とのことを詠じている。

平重盛

跋扈貪榮諫乃翁
闡明大義有誰同
平生涵養謙虛德
造次能全孝與忠

平重盛

跋扈《ばっこ》栄を貪る　乃翁《だいおう》を諫む
大義を闡明《せんめい》す　誰有ってか同じからん
平生涵養す　謙虚の徳
造次《ぞうじ》能く全うす　孝と忠と

七言絶句。翁・同・忠（東韻）

【訳】　世にはびこって栄華をほしいままにする父を諫止し／人のふみ行うべき正しい道を明らかにした者はこの人物をおいていない／日頃から謙虚の徳を身に着け／危急の場合でも孝と忠とを貫いたのである

○平重盛　平清盛の嫡男。保元・平治の乱で若き武将として父清盛を助けて相次いで戦功を上げ、父の立身とともに累進し、最終的には左近衛大将、正二位内大臣にまで出世した。○跋扈　強くてわがままに振る舞うこと。人臣が権威をほしいままにして上を犯すこと。○諫乃翁　重盛が「忠ならんと欲すれば孝ならず、孝ならんと欲すれば忠ならず」と泣いて父の跋扈を諫止し、大逆に至らしめなかったことを指す。「乃翁」は父をいう。○闡明　明らかにする。○大義「望金剛山有感於楠正成」参照。○涵養「偶成」（大正五年）参照。○謙虚　へりくだる。心をむなしくして謙遜すること。○造次　とっさの場合。さし迫った場合。

詠史詩。「跋扈」「闡明大義」「謙虚」「造次」と、各句に適切な用語を配し、重盛の忠孝の義を道破している。

諸葛亮

至誠不敢事權謀
三顧感恩興漢劉
名世文章出師表
忠肝義膽照千秋

諸葛亮

至誠　敢て権謀《けんぼう》を事とせず
三顧　恩に感じて　漢劉を興す
名世の文章　出師《すいし》の表
忠肝義胆　千秋を照らす

七言絶句。謀・劉・秋（尤韻）

【訳】　この上もない真心を生涯貫き、ことさら謀略を用いることはせず／劉備の三顧の礼の恩に感じて蜀漢を建国した／一世に名高い文章、出師の表は／忠義の真心が千年のちの世までも輝きを放っている

○諸葛亮　三国時代の蜀漢の宰相。字は孔明。○至誠　この上もないまごころ。○権謀　場合に応じたはかりごと。臨機の策略。○三顧　礼を尽くして賢人を招くこと。蜀漢の劉備が諸葛亮を招くにあたり、三度その草廬を訪ねた故事に

基づく次掲「蜀相」参照。○漢劉　劉備が建国した蜀漢の国。○名世　一世に名高い。陸游「書憤」出師一表眞名世（出師の一表真に名世）。○出師表　諸葛亮が出陣の際に劉備の子劉禅《りゅうぜん》にたてまつった上奏文。前出師表と後出師表がある。○忠肝義膽　忠義の心。忠義肝膽（忠義の肝胆）を互い違いにいった互文。○千秋「高松栗林公園」参照。

『謹解』によると、明治天皇の御歌に「臥す龍の岡の白雪ふみわけて草のいおりを訪ふ人はたれ」がある。これは名君が賢臣を求めることの誠にお感じになったのであるが、大正天皇の御詩は忠臣が主君に報ずることの節にお感じになっての作である。

中国に題材を取った詠史詩。杜甫の名詩「蜀相」（七言律詩）に触発されての作と思われる。その後半を掲げておこう。

（前略）

三顧頻煩天下計　　三顧頻煩《ひんぱん》なり　天下の計
兩朝開濟老臣心　　両朝開済す　老臣の心
出師未捷身先死　　出師　未だ捷《か》たざるに身先づ死し
長使英雄涙滿襟　　長《とこしえ》に英雄をして　涙　襟に満たしむ

岳飛　　　岳飛

萬兵運用巧如神　　万兵の運用　巧　神の如し
高義精忠挺一身　　高義精忠　一身を挺す

百世煌煌兼墨妙　　百世煌々　墨妙《ぼくみょう》を兼ね
眞卿以後有斯人　　真卿以後　斯の人有り

七言絶句。神・身・人（眞韻）

【訳】大軍を指揮しては神のような巧妙さ／すぐれた忠義の心で自ら率先して戦った／武ばかりではなく文においてもすぐれ、墨蹟のすばらしさは後々の世でもなお輝きを放ち／顔真卿亡き後は、この人が第一である

○岳飛　中国南宋の武将。字は鵬挙。南宋を攻めて南下する金軍と戦ってしばしば勝利を収めたが、岳飛らの勢力が拡大することを恐れた宰相秦檜《しんかい》に謀殺された。その功績を称えて後に鄂王《がくおう》に封じられ、忠武と諡《おくりな》された。○高義　高い徳行。すぐれた正義。○精忠　純粋の忠義。『宋史』「岳飛伝」に「慷慨大節《こうがいたいせつ》、精忠無比《せいちゅうむひ》」の心、とある。○挺一身　一身を投げ出す。率先する。○百世　後々の世。○煌煌　きらきらと光るさま。○墨妙　墨蹟のすぐれていること。○眞卿　唐の忠臣、顔真卿。字は清臣。諡は文忠。玄宗のとき、安禄山と戦って功をたてたが、徳宗のときに反将李希烈《りきれつ》のために殺された。書道にすぐれ、その楷書の書法は「顔法」と呼ばれ、後世に多大な影響を与えた。

詠史詩。諸葛孔明と並んで忠臣の代表、岳飛が書を能くすることから、唐の顔真卿と並べて詠じたもの。なお、『謹解』にも言及しているが、大正帝の大字の書はいかにも帝王の気象が表れた、大らかな筆遣いであった。

愛宕山　　愛宕山《あたごやま》

樓閣參差千萬家　　楼閣参差《しんし》たり　千万家

總山品海望中賖　　総山品海　望中賖《はる》かなり
塵飛不到神靈地　　塵飛んで到らず　神霊の地
古木蒼蒼夕照斜　　古木蒼々　夕照斜めなり

七言絶句。家・賖・斜（麻韻）

【訳】眼下には高殿が多くの家々の中に混じって立ち並び／遠くには下総《しもうさ》の山並みや品川の海が見渡せる／世俗の塵もこの神聖な霊域までは飛んでこない／夕日が傾きかけ、古い木々が鬱蒼と茂るこの山は一層静寂に包まれる

○愛宕山　現在の東京都港区芝にある丘。山上に愛宕神社がある。○參差　「農家圖」（明治三十五年）参照。○總山品海　上総・下総（現在の千葉県北部と茨城県の一部）の山と品川の海。○賖　「箱崎」参照。○神靈　神のみたま。

繁華な東京の中にあって、ここだけは清浄な世界の様子を保っているのを、たくみに詠じられた。第三句、「塵飛んで到らず　神霊の地」は、この山を言い得て妙。

神武天皇祭日拜鳥見山祭靈時圖

神武天皇の祭日に　鳥見山に霊畤《れいじ》を祭るの図を拝す

確如明達仰英風　　確如明達《かくじょめいたつ》　英風を仰ぐ
創建神州帝業隆　　神州を創建して　帝業隆んなり

報本兼垂無極統
感深靈時畫圖中

報本《ほうほん》兼ねて垂る 無極の統
感は深し 霊時 画図の中

七言絶句。風・隆・中（東韻）

【訳】 堅強で聡明だった神武天皇のすぐれた徳を慕う／我が日本国を建国して、帝業の隆盛を現出した／上は天地や祖先の恩に報いるとともに、下は尽きることのない皇統を垂れられた／この絵を見ていると大変感慨深い

○神武天皇 『古事記』や『日本書紀』に登場する日本の初代天皇。○鳥見山 現在の奈良県桜井市外山にある山。神武天皇が皇祖天神を祭ったところという。○靈時 祭りの庭。神霊の依り止まる所。○礭如明達 「礭如」はかたくつよいこと、「明達」はかしこいこと。「礭」は「確」に通ずる。○英風 すぐれた徳風。また、英雄の風姿。○神州 「聞陸軍中佐福島安正事」参照。○帝業 天子が天下を統べる事業。○報本 天地や祖先の恩と功に報いる。『礼記』所以報本反始也（報本反始する所以《ゆえん》なり）。○無極統 永遠に極まりない皇統。

題画詩。『日本書紀』に見える神武天皇の祭事を描いた図に題したもの。『書紀』中の語を用いて構成した格調高い作。

仁德天皇望炊煙圖

高津宮闕望炊煙
御製于今輝史編

仁徳天皇 炊煙を望むの図

高津の宮闕《きゅうけつ》 炊煙を望む
御製 今に史編に輝く

四海洋洋恩澤洽
聖君修德不違天

四海洋々　恩沢洽《あまね》し
聖君徳を修めて　天に違わず

七言絶句。煙・編・天（先韻）

【訳】　仁徳天皇は高津の宮殿から家々の炊事の煙を望み見／その御製の和歌は、今も歴史書の中で輝いている／四方の海の水が満ち満ちるように、仁徳天皇の恩恵は広く行き渡っていたことであろう／すぐれた君主が徳を修めれば、おのずと天命に違うことはないのである

○仁徳天皇　第十六代天皇。ある時、台に登って遠望すると、人家の竈《かまど》から炊事の煙が立ち上っていないことに気づいて、租税を三年間免除した、という逸話に見られるように、仁徳天皇の治世は仁政として知られ、「仁徳」の漢風諡号もこれに由来する。○高津　今の大阪城がある地。玉造の古名。仁徳天皇の皇居があった。○宮闕　闕は王宮の正門の両傍にある物見台。転じて、宮城をいう。○御製　後年再び台に登って「高き屋に登りて見れば煙たつ民のかまどは賑ひにけり」と詠んだ。その和歌を指す。○史編　歴史の書物。○四海　四方の海。また、天下。○洋洋　水のさかんなさま。いきわたり満ちるさま。○恩澤　めぐみ。恩恵。○洽　「聞海軍占領南洋耶爾特島」参照。○聖君　すぐれた天子。

これも、『日本書紀』に見える有名な一節を詠じた、詠史詩であり題画詩である。

樵夫

伐木丁丁響翠巒

樵夫

伐木丁々《とうとう》　翠巒《すいらん》に響く

負薪歸去夕陽殘
聞言朔北曾從役
今老山中鬢影寒

薪を負い帰り去れば　夕陽残す
聞言《きくなら》く　朔北《さくほく》　曽《かつ》て役に従うと
今は山中に老いて　鬢影《びんえい》寒し

七言絶句。巒・殘・寒（寒韻）

【訳】　きこりが木を切る音が緑色の山の峰に響く／夕暮れに切り出した薪を背負って山を下りて家路につく／聞けば、昔は北の辺境で兵役についていたという／今は山中できこりをしながら、びんの毛も白く寒々と老いてゆく

○伐木丁丁　伐木は木をきる。丁丁は木をきる音。『詩経』「小雅　伐木」伐木丁丁、鳥鳴嚶嚶（伐木丁丁、鳥鳴いて嚶《おう》嚶《おう》）。○翠巒　青々とした山。○聞言　聞くところによると。「聞道」「聞説」と同じ。○朔北「瘦馬」参照。○従役　戦争に行く。従軍。○鬢影　耳ぎわの髪の毛。

第三句、「朔北　曽て役に従うと」と樵夫の前身を詠うところが新しい味わいといえよう。これにより、鬢影寒き老樵夫の、孤影蕭然としながら、ある風格が添えられた。

桃源圖

漁舟泝流往問津
煙霞深處絶埃塵

桃源の図

漁舟流れを泝《さかのぼ》って　往きて津《しん》を問う
煙霞深き処　埃塵《あいじん》絶ゆ

桃花風暖雞犬靜
居民生息互相親
由來爲政忌苛刻
苛刻爭敎風俗淳
仙源今在畫圖裏
使人空思駘蕩春

桃花 風暖かくして 鶏犬静かに
居民生息 互いに相い親しむ
由来政を為すは苛刻を忌む
苛刻 争《いか》でか風俗をして淳《あつ》からしめん
仙源 今 画図の裏に在り
人をして空しく駘蕩《たいとう》の春を思わしむ　七言古詩。津・塵・親・淳・春（眞韻）

【訳】漁師は小舟で川の流れを溯って、桃源郷への道をたずねる／あたりはもややかすみが深く立ちこめ、俗世のけがれがない／桃の花が咲き、あたたかい風が吹いて、鶏や犬はのんびりと静かに／住民も互いに睦まじく暮らしている／昔からむごい政治は慎むべきもの／むごい政治は風俗を厚くすることなどできないのである／桃源の仙境は今この絵の中にあり／観る者はのどけき春を思いめぐらせるばかり

○桃源　俗世間を脱した別天地。桃源郷。晋の陶潜（陶淵明）の、「桃花源記」に描かれた世界。○泝流　流れをさかのぼる。○問津　渡し場の所在を問う。「桃花源記」後遂無問津者（後遂に津を問う者無し）。○煙霞　「三島驛」参照。○雞犬　鶏と犬。「桃花源記」雞犬相聞（鶏犬相い聞こゆ）。○居民　「櫻島噴火」参照。○生息　生きる。また、生活。○苛刻　厳しくむごい。○争　いかでか。どうして。○仙源　仙人の居るところ。俗人の行けない霊境。王維「桃源行」春來遍是桃花水、不辨仙源何處尋（春来たって遍《あまね》く是れ桃花の水、弁ぜず　仙源何れの処にか尋ぬるを）。○駘蕩　春景ののどかなさま。

桃源図も桃源詩も、由来多く作られている。この詩は、前半の桃源郷の景を受けて、後半は専ら政治論を詩句で展開している。一篇の核心は、第五・六句に尻取りで繰り返す「苛刻」の対極にある「風俗淳」に在る、といえよう。

庶民歡樂圖

庶民歡喜樂昇平
東風吹暖酒堪傾
櫻花爛漫春色麗
影蘸一川水波明
四海無虞狼烟絶
游賞今日尤怡情
畫師得意揮彩筆
眼前彷彿聽歌聲

庶民歓楽の図

庶民歓喜して 昇平を楽しむ
東風暖を吹いて 酒傾くるに堪えたり
桜花爛漫 春色麗し
影は一川に蘸《ひた》って 水波明らかなり
四海 虞《おそ》れ無くして 狼烟《ろうえん》絶え
游賞 今日 尤《もっと》も情を怡《よろこ》ばす
画師意を得て 彩筆を揮い
眼前 彷彿《ほうふつ》として 歌声を聴く

七言古詩。平・傾・明・情・聲（庚韻）

【訳】 絵の中の庶民は大喜びで太平の世を謳歌し／暖かい春風に吹かれながら、杯を傾けて酒を飲んでいる／桜の花が咲き乱れ、春景色をより一層華やかにしていて／川の流れに鮮やかな影を映している／戦の狼煙《のろし》も絶えて久しく、天下は何の憂いもなく／この日の花見はたいへん心を楽しませる／絵師が思うままに絵筆を振るったこの絵は／まるで眼前から楽しげな歌声が聞こえてくるかのようである

○歡樂　よろこびたのしむ。○昇平　「元旦」参照。○爛漫　「墨堤」参照。○四海　「憶陸軍大將乃木希典」参照。○無虞　うれいや心配がないこと。○狼烟　のろし。○游賞　山川に遊んで風景を眺める。また、名所古跡を遊歴して観賞する。○怡情　「農家圖」（明治三十五年）参照。○得意　心に適う。望み通りになる。○彩筆　「望金華山」参照。○彷彿　「觀新造戰艦」参照。

題画詩。前詩が想像の世界を題材とするのに対して、この詩は現実の世界の歓楽を詠う。前半の四句は、桜花爛漫の春を楽しむ庶民、次の二句は、その歓楽も平和ゆえ、と詠い、次の二句は絵が迫真的であることを詠って結ぶ。

大正六年

元日

斗回晴日照佳辰

元日

斗回《めぐ》り　晴日　佳辰《かしん》を照らす

料識人心與歳新　料り識る　人心の歳と与《とも》に新たなるを
歐土風雲猶黯淡　欧土の風雲　猶お黯淡《あんたん》
熙熙東海物皆春　熙々《きき》たる東海　物皆な春なり

七言絶句。辰・新・春（眞韻）

【訳】斗星が一回りして年が改まり、空は晴れて、よい元日を迎えた／人々の心も年とともに新たになったことであろう／ヨーロッパではなお戦雲が暗澹と垂れ込めているが／東海にある我が国は万物みな春を迎えてのどかにやわらいでいる

○斗回　星座が一回りして年が改まる。「斗」は天の南北にある星座の名。北の七星を北斗、南の六星を南斗という。○佳辰　「天長節」参照。○歐土　ヨーロッパ。○風雲　「時事偶感」参照。○黯淡　「六月十二日卽事」参照。○熙熙　やわらぎ楽しむさま。

第一次世界大戦は四年目を迎え、東海は春を謳歌しているが、ヨーロッパの風雲なお晴れやらない、と気づかわれる。

尋梅　梅を尋ぬ

林間通一逕　林間　一逕通ず
獨歩訪梅來　独歩　梅を訪い来たる

日霽寒香動　　日霽《は》れて　寒香動き
花從雪裏開　　花は雪裏より開く　　五言絶句。來・開（灰韻）

【訳】林の中に通じる一本道を／梅の花を探して独り歩いてきた／空は晴れて梅の香が漂い／花は雪の中でももう咲いている

○一逕　一筋のこみち。○寒香　梅の匂い。○雪裏　雪のなか。

梅を賞する詩は数多いが、それだけに特色を出すのは容易ではない。この詩は、結句が妙。前半は、一逕（径と同じ）を独歩して梅を尋ねる、後半は、まず梅の香、そしてそれが雪の中に開いた花から薫ってくる、という趣向。上品な味わいの作。

寒香亭　　寒香亭《かんこうてい》

園林春淺雪餘天　　園林春は浅し　雪余の天
剪剪風來鳥語傳　　剪々《せんせん》風来たって　鳥語伝う
好是寒香亭子上　　好し　是れ寒香亭子の上
梅花相對似神仙　　梅花相い対して　神仙に似たり　　七言絶句。天・傳・仙（先韻）

【訳】 御苑の春まだ浅い、雪後の空／さっと吹く風にのって鳥の鳴き声が聞こえてくる／こんな日に寒香亭に座って／梅の花に対しているると、まるで仙界にいるようなよい気分になる

○寒香亭　吹上苑内にある。明治二十一年に新造された梅花観賞のための純和風の建物。○雪餘　雪の降ったあと。雪後。○剪剪　風がさっと吹くさま。また、風がうすら寒いさま。王安石「夜直」剪剪輕風陣陣寒（剪々たる軽風　陣々寒し）。○神仙　仙人。ここでは、仙人の住む仙界。

第一句の「春は浅し雪余の天」が、第三句の「寒香亭」の名とよく映って面白い味になっている。

初夏

風吹修竹緑
雲氣淡還濃
遠近秧應插
鳲鳩似勸農

初夏

風は修竹の緑を吹き
雲気　淡還《ま》た濃
遠近　秧《おう》応に挿《さ》すべし
鳲鳩《しきゅう》　農を勧むるに似たり

五言絶句。濃・農（冬韻）

【訳】 風は高く伸びた青い竹を吹き／雲は風に流されて淡くなったり濃くなったり／今ごろ、近くの田でも遠くの田でも稲の苗を植えていることであろう／そんな農作業を励ますかのようにカッコウが鳴いている

○雲氣　「觀華嚴瀑」参照。○秧挿　稲の植え付け。○鳲鳩　カッコウ。ふふどり。田植えの時節に鳴く。鳴き声が「五穀布種すべし」といっているように聞こえることから、別名、布穀《ふこく》。杜甫「洗兵馬」布穀處處催春種（布穀処々春種を催《うなが》す）。○勸農　「觀農」参照。

前半、たけのこから伸びた竹の緑に風が吹き、雲が流れる情景。後半は、田植えする人とそれを催すカッコウの声。のどかな初夏の田園詩。

薫風

薫風吹百草
原上綠靑靑
樹下行人息
鳥聲閒可聽

薫風

薫風　百草を吹き
原上　緑青々
樹下　行人息《いこ》い
鳥声　間に聴くべし

五言絶句。靑・聽（靑韻）

【訳】　初夏の風がもろもろの草を吹き／野原の上は青々と揺れている／木の下では道行く人が一休みしながら／静かに鳥の声に耳を傾けている

○薫風　「夏日遊嵐山」参照。

木陰で風に吹かれながら、鳥の声を楽しんでいる人物を詠う。良寛（一七五八―一八三一）の代表作とされる詩に、似た趣を詠う五絶がある。

時憩　　良寛

担薪下翠岑　薪《たきぎ》を担《にの》うて翠岑《すいしん》を下《くだ》る（薪をしょって緑の山を下る）
翠岑路不平　翠岑路平《たい》らかならず（緑の山は路が険しい）
時憩長松下　時に憩《いこ》う 長松の下（時々高い松の根かたで休み）
靜聞春禽聲　静かに聞く 春禽《しゅんきん》の声（静かに春の鳥のさえずりを聞く）

雨中卽事

濛濛細雨鎖春城
明日難期陰與晴
却喜土膏多潤澤
西疇南畝好農耕

雨中即事

濛々たる細雨 春城を鎖《とざ》す
明日 期し難し 陰と晴と
却って喜ぶ 土膏《どこう》 潤沢多く
西疇南畝《せいちゅうなんぽ》 農耕に好ろしきを

七言絶句。城・晴・耕（庚韻）

【訳】 しとしとと降る小雨が春の街を降りこめている／明日も降り続くのやら、晴れるのやら／しかし、土の湿り気は潤いが多くなって／田畑が農耕にちょうどよくなったことは、かえって喜ばしいことである

○濛濛　「櫻島噴火」参照。○細雨　小雨。霧雨。○春城　「春夜聞雨」参照。○土膏　地中の養分。○潤澤　うるおい。○西疇　西方にある田地。○南畝　「春夜聞雨」参照。

いつ晴れるかわからない鬱陶しい雨も、農耕には却って喜ばしい、と為政者の目からの詠詩。前半は雨をマイナスに捉え、後半は「却」の字をきっかけにプラスに転ずる。第一句の「鎖春城」と第四句の「好農耕」の語が対応している。

挿秧

水田千畝雨聲中
男女插秧西又東
農事由來國之本
陰晴兩順願年豐

挿秧《そうおう》

水田千畝　雨声の中
男女　秧を挿す　西又た東
農事　由来　国の本
陰晴両順　年豊を願う

七言絶句。中・東・豊（東韻）

【訳】　広い水田に雨が音を立てて降り注ぐ／雨の中、男も女も田に出て、あちらでもこちらでも田植えに精を出している／昔から農業は国の基と言われる／天の陰晴が順調で、豊年になることを願っている

○插秧　稲の苗を植える。○千畝　広い田。○由來　「憶舊遊有作」参照。○兩順　二つとも順調、の意。○年豐　穀物がゆたかに実る。豊年に同じ。

為政者としての詠詩。第三句、「農事 由来 国の本」の表現は面白い。

貧女

荊釵布被冷生涯
無意容姿比艶花
晨出暮歸勤稼穡
年年辛苦在貧家

貧女

荊釵布被《けいさいふひ》 冷生涯
容姿 艶花に比するに意無し
晨出暮帰《しんしゅつぼき》 稼穡《かしょく》を勤め
年々辛苦して 貧家に在り

七言絶句。涯・花・家（麻韻）

【訳】 いばらのかんざし、木綿の着物という粗末な身なりで、薄幸な生涯／己の容姿をあでやかに咲く花になぞらえてみようともしない／農作業で夜明けとともに家を出て、日が暮れてから帰って来る／来る年も来る年も辛く苦しい思いをしながら貧しい家で暮らしている

○荊釵布被　いばらのかんざしと木綿の着物。粗末な服装。○艶花　あでやかな花。○稼穡　「農家圖」（明治三十五年）参照。

貧女を詠う詩は、由来いろいろ詠われているが、晩唐の秦韜玉《しんとうぎょく》の作は、その代表作として知られているので、紹介しておこう。

貧女

秦韜玉

蓬門未識綺羅香
擬託良媒益自傷
誰愛風流高格調
共憐時世儉梳粧
敢將十指誇偏巧
不把双眉鬪畫長
苦恨年年圧金線
爲他人作嫁衣裳

蓬門《ほうもん》未だ識《し》らず　綺羅《きら》の香
良媒《りょうばい》に託せんと擬《ぎ》し　益ます自《みずか》ら傷《いた》む
誰か愛す　風流の高格調
共に憐れむ　時世の倹《けん》梳粧《そしょう》
敢《あえ》て十指を将《も》って偏巧《へんこう》を誇り
双眉を把《と》って画くことの長きを闘わさず
苦《はなは》だ恨む　年々金線を圧《あつ》し
他人の為に嫁衣裳《かいしょう》を作《な》すを

貧しい家ゆえに美しい衣裳の香りなど知らない／仲人《なこうど》に良縁を頼もうとしてますます自分を傷つけてしまう／この娘の風雅な上品さを誰が愛してくれるだろう／流行の安化粧に心痛むばかり／十本の指の器用さを誇ろうとも／二つの眉を美しく描くことなど競おうとしない／辛いのは毎年金糸を操って／他人のために花嫁衣裳を作ることだ

蕈

滿籃松菌采于山
佳味如斯可助餐

蕈《きのこ》

満籃《まんらん》の松菌《しょうきん》　山に采る
佳味斯《か》くの如く　餐を助くべし

飽受清秋風露氣
生香偏在樹根間

飽くまで受く　清秋　風露の気
生香　偏《ひと》えに樹根の間に在り

七言絶句。山・餐・閒（刪韻）

【訳】かご一杯のきのこを山から採ってきた／このよい風味は食卓に花を添える／清らかな秋の風と露を十分に吸収し／生き生きとした香りを木の根の間から発しているのである

○蕈　きのこ。音シン。○滿籃　かごにいっぱい。○松菌　まつたけ。○佳味　よい味。美味。○餐　食事。○清秋　気の澄んだ秋。清くさわやかな秋。○風露　「紫苑」参照。○生香　いきいきとした香り。

詠物詩。まつたけを詠ずる。詠物詩は、その物の特性をどのように詠うかが、詩の命、見どころとなる。この詩は、「松茸は風や露の気を受けて、樹の根の間に偏在している」という、着眼点が面白い。

蟹

江鄕烟冷晩秋時
郭索經過水一涯
休道無腸只多足
横戈被甲見雄姿

蟹

江鄕《こうきょう》　烟冷ややかなり　晩秋の時
郭索《かくさく》　経過す　水の一涯
道《い》うを休めよ　腸無く只だ足多しと
横戈被甲《おうかひこう》　雄姿を見る

七言絶句。時・涯・姿（支韻）

【訳】　晩秋の川沿いの街は冷ややかなもやがかかっている／蟹ががさがさと音を立てて水辺を歩いてゆく／蟹は足ばかり多くて腸が無い（堅い心が無い）などとあなどってはいけない／ほこのようなはさみを携え、よろいのような甲羅をまとったその雄々しき姿を見るがよい

○江郷　川沿いの村。○郭索　蟹のがさがさと行く形容。『大玄経』蟹之郭索、用心躁也（蟹の郭索は、心を用うることの躁《さわ》がしきなり）。○水一涯　水際。水辺。○無腸　はらわたがない。また、堅い心のない喩え。○横戈　ほこを横たえ携える。○被甲　よろいをつける。

詠物詩。この詩は、第三句、蟹は無腸、多足だと、その姿をマイナスに表現しておいて、第四句で、実は「横戈」「被甲」の雄々しい姿、とひっくり返して結ぶところが見所である。軽妙な作。

鸚鵡

可憐鸚鵡弄奇音
飼養雕籠歳月深
聞說南方花木美
幽棲當日在清陰

鸚鵡

憐れむべし 鸚鵡 奇音を弄す
雕籠《ちょうろう》に飼養せられて 歳月深し
聞説《きくなら》く 南方 花木美なりと
幽棲《ゆうせい》 当日 清陰に在り

七言絶句。音・深・陰（侵韻）

【訳】　オウムが奇妙な声を発している／大きな鳥かごで飼われるようになってから、もう何年にもなる／聞くところ

では、この鳥の故郷の南方は、熱帯特有の花木が美しいという／思えば昔はその清らかな木蔭で静かに暮らしていたのであろう

○飼養　「詠馬」参照。○雕籠　鷲を飼うための大かご。あるいは、彫刻を施した鳥かご。○聞說　「雨中偶成」参照。○南方　オウムはフィリピン、マレーシアなどの熱帯に産するからいう。○幽棲　俗世を離れて静かにくらす。また、奥深いすみか。○當日　ありし日。昔日。○清陰　涼しいかげ。

詠物詩。この詩は、第一句の「奇音を弄す」と第四句の「清陰に在り」が対応し、また、第二句の「飼養」と第四句の「幽棲」が対応している。オウムも、本来は美しい花の茂る南方に居るべきで、籠に飼われて奇声を弄するのは不本意だろう、との意を含ませる。

雁

千里飛來南國秋
凄風殘月宿蘆洲
可憐此物亦辛苦
終歲唯爲粱稻謀

雁

千里飛来す　南国の秋
凄風　残月　蘆洲《ろしゅう》に宿る
憐れむべし　此の物亦た辛苦
終歳《しゅうさい》　唯だ粱稲《りょうとう》の謀を為す

七言絶句。秋・洲・謀（尤韻）

【訳】秋になって、雁は千里のかなたから南の国に飛来して／寒風が吹くありあけの月の下、蘆の洲に宿っている／

この鳥も苦労が絶えず気の毒だ／一年中、ただ生活のために食を得る算段ばかりして、北へ南へと移動しているのだから

○凄風　「初冬卽事」参照。○殘月　夜明けの空に消えそうになっている月。○蘆洲　あしが生えている浜辺。○終歳　一年中。○粱稻謀　稻粱謀ともいう。生活のはかりごと。韓愈「鳴雁」風霜酸苦稻粱微（風霜酸苦稻粱微なり）。

詠物詩。一見、優雅に見える雁の飛来も、実は生活のため、という結末。奇を衒わない詠法である。

李白觀瀑圖

一道銀河落九天
香爐飛瀑帶晴煙
何人至此傳佳句
唯有風流李謫仙

李白観瀑の図

一道の銀河　九天より落つ
香炉の飛瀑　晴煙《せいえん》を帯ぶ
何人か此に至って佳句を伝う
唯だ有り　風流の李謫仙《たくせん》

七言絶句。天・煙・仙（先韻）

【訳】　一筋の天の川が天空から流れ落ちるかのよう／香炉峰にかかる滝は晴れた日でも落下する水しぶきにかすんでいる／誰がこの滝にやってきて佳句を詠じたか／それは風流の謫仙人、李白ただひとりである

○李白　盛唐の詩人。字は太白。杜甫とともに中国第一の詩人とされる。奔放で変幻自在な詩風から、後世「詩仙」と称

される。○銀河落九天　天の川が天空から流れ落ちる。次掲「望廬山瀑布」参照。○香爐　廬山の北峰、香炉峰。雲気が立ち上って香のけむりの形に似ているのでいう。○飛瀑　高所から落ちる滝。○晴煙　晴れた日のもや、かすみ。○李謫仙　謫仙は天上界から人間界に流された仙人。俗世間を超越している人をほめていうことば。唐の詩人賀知章が李白を評して「子《し》は謫仙人なり」といった。

題画詩。この詩の基づいた李白の詩を掲げておこう。

望廬山瀑布　　李白
日照香爐生紫煙　日は香炉を照らして紫煙を生ず
遙看瀑布挂長川　遥かに看る　瀑布の長川を挂《か》くるを
飛流直下三千尺　飛流直下三千尺
疑是銀河落九天　疑うらくは是れ銀河の九天より落つるかと

日光が香炉峰を照らし、紫のもやが湧く／遥かに滝が長い川となって掛かっているのが見える／飛ぶような流れが、三千尺／まるで天の川が空から落ちるようだ

松鶴遐齡圖
曈曨海日映波時
仙鶴翺翔雪羽披

松鶴遐齢《かれい》の図
曈《とう》々たる海日　波に映ずるの時
仙鶴翺翔《こうしょう》して　雪羽披《ひら》く

好養遐齡蓬島裡
春風吹滿老松枝

好し 遐齢を蓬島の裏《うち》に養わん
春風吹き満つ 老松の枝

七言絶句。時・披・枝（支韻）

【訳】 海上の朝日が波に映って海も空も赤く染まるなか／鶴が雪のように白い羽を翻して飛びめぐっている／仙人が住むという蓬萊島で長寿を養おうと／春風が吹き満ちる年古りた松の枝に飛ぶのであろう

○遐齢 長生き。長寿。 ○曈曈 「和貞愛親王韻」参照。 ○海日 海上の太陽。 ○翺翔 鳥の高く飛ぶさま。 ○蓬島 蓬萊島の略。仙人が住むという島。蓬萊山。

題画詩。松に鶴の典型的な吉祥の図を詩に詠ったもの。朝日の紅に鶴の羽の白が映え、長寿を象徴する松が緑の枝を張って聳える。「仙鶴」「蓬島」「老松」の形容語が味を添えている。

【ま行】

【や行】

【ら行】

【わ行】

【た行】

【さ行】

詩題索引

[著者紹介]

石川　忠久（いしかわ　ただひさ）
東京都出身。東京大学文学部中国文学科卒業。同大学院修了。文学博士。現在、二松学舎大学顧問。二松学舎大学名誉教授。桜美林大学名誉教授。（公財）斯文会理事長、全国漢文教育学会会長、全日本漢詩連盟会長。元日本学術会議会員。
主な著書に、『漢詩人大正天皇』『漢詩を作る』『石川忠久漢詩の講義』『日本人の漢詩』（大修館書店）、『石川忠久 中西進の漢詩歓談』（共著・大修館書店）、『漢詩の魅力』（ちくま学芸文庫）、『漢魏六朝の詩』（明治書院）、『漢詩鑑賞事典』（講談社学術文庫）、『書で味わう漢詩の世界』（書：吉沢鉄之・二玄社）、『東海の風雅』『茶をうたう詩『詠茶詩録』詳解』『江都晴景 わが心の詩』（研文出版）、『身近な四字熟語辞典』『楽しく使える故事熟語』（文春文庫）、『漢詩と人生』（文春新書）などがある。

大正天皇漢詩集《たいしょうてんのうかんししゅう》

NDC 921 / xiv, 304p / 22cm

初版第一刷 —— 2014年 6 月20日

編著者 —— 石川忠久《いしかわただひさ》
発行者 —— 鈴木一行
発行所 —— 株式会社 大修館書店
〒113-8541 東京都文京区湯島2-1-1
電話 03-3868-2651（販売部） 03-3868-2290（編集部）
振替 00190-7-40504
[出版情報] http://www.taishukan.co.jp

装丁者 —— 井之上聖子
印刷所 —— 広研印刷
製本所 —— 牧製本

ISBN 978-4-469-23272-1　　Printed in Japan

漢詩人 大正天皇
―その風雅の心―

石川忠久 著

短いご生涯に、歴代天皇の中で最も多い一三六七首もの漢詩を残された大正天皇。その中から約八〇首を精選し、それぞれに書き下し、訳、解説を付す。
解説は、作詩時のエピソードなどを豊富に取り入れ、今まであまり知られていなかった大正天皇のお人柄や「漢詩人」としてのお姿を浮かび上がらせる。
また、漢詩研究の第一人者である著者が、詩の解説だけでなく、公刊本『大正天皇御製詩集』に収録する際の、編纂者の添削の効果についても評価しており、漢詩学習者・指導者の参考にもなる。

（四六判・二二六頁・本体 一六〇〇円）

大修館書店　定価＝本体＋税

石川忠久 著作

漢詩を作る　あじあブックス
四六判・二〇八頁・本体一六〇〇円

石川忠久 漢詩の講義
四六判・二九〇頁・本体一四〇〇円

日本人の漢詩 風雅の過去へ
四六判・三四四頁・本体二五〇〇円

新 漢詩の世界［CD付］
A5判・二四八頁・本体二四〇〇円

新 漢詩の風景［CD付］
A5判・二八〇頁・本体二四〇〇円

石川忠久 中西進の
漢詩歓談　（共著）
四六判・二八八頁・本体一四〇〇円